LUCI E OMBRE

K.C. WELLS

Traduzione di: Bruna Martinelli
per "Quixote Translations"
Edizione italiana a cura di:
Alessandra Magagnato

Informazioni sul libro che avete acquistato

Questa è un'opera di fantasia. Nomi, personaggi, luoghi e avvenimenti sono il prodotto dell'immaginazione dell'autore o sono usati in modo fittizio e ogni somiglianza con persone reali, vive o morte, imprese commerciali, eventi o località è puramente casuale.

"Luci e ombre"

Traduzione: Bruna Martinelli per Quixote Translations

Edizione italiana a cura di: Alessandra Magagnato

Cover Artist: Meredith Russell

ISBN: 978-1-915861-21-4

AVVERTENZE:

La lettura di questo libro è consigliata a un pubblico di soli adulti in quanto contiene scene di natura sessuale tra due o più uomini consenzienti.

Capitolo 1

Settembre

Com'è che dicono? Che non si può tornare indietro?

Sfortunatamente, per quello che riguardava Horn Pond, avevano ragione. Stephen Taylor era in piedi accanto alla propria macchina nel parcheggio vicino a Lake Avenue, cercando di bloccare il ruggito del traffico lungo Arlington Road.

Dio, è perfino peggio di quando eravamo ragazzini. È sempre stato così rumoroso?

Il ricordo di lui e Jamie che attraversavano la strada trafficata di macchine che si susseguivano aveva sempre fatto venire un infarto alle loro mamme, almeno così raccontavano, ma quello aveva fatto parte dell'avventura, all'epoca. Non era così sicuro che sarebbe stato felice di farlo anche adesso. L'ultima volta che aveva visitato Horn Pond aveva avuto tredici anni ed era infelice. Anche Jamie era stato giù di corda e quello non era da lui. Ovviamente, quello poteva avere qualcosa a che fare con il fatto che stavano per essere separati dall'intero territorio degli Stati Uniti.

Stephen sorrise tra sé e sé, era passato un po' di tempo da quando aveva pensato a Jamie Lithgow. Il che era un pochino triste, considerato quanto fossero stati inseparabili da bambini. Accidenti, avevano praticamente vissuto l'uno a casa dell'altro ed era stato così da quando avevano avuto sei anni. Nessuno dei due aveva fratelli, solo una sorella ciascuno, e magari era stato quello il motivo per cui erano stati così uniti. Avrebbero potuto vivere così per sempre, non fosse stato per il trasferimento di suo padre.

Chissà dov'è Jamie adesso. Erano passati tredici anni da quando vivevano entrambi a Ravine Road, a Winchester, a nord del centro di Boston. Per quanto ne sapeva, Jamie poteva ancora vivere là, anche se ne dubitava. Poteva essere andato al college, essersi trovato una moglie ed essersi sistemato da qualche parte. *Ehi, forse ha dei bambini, adesso.* Quando Stephen aveva scoperto che suo padre avrebbe aperto uno studio contabile tutto suo di nuovo a Boston, il pensiero di cercare Jamie gli aveva attraversato la mente. Era curioso di sapere com'era diventato "il ragazzo con gli occhi che ridevano", come lo chiamava sua nonna.

Non era ancora sicuro se sarebbe arrivato fino in fondo, senza nessuna idea concreta sul perché avrebbe dovuto essere così riluttante, poi si rese conto che il suo pensiero iniziale di arrivare al lago era stato accurato.

Non si può mai tornare indietro.

Quello poteva essere vero, ma non significava che non si sarebbe concesso qualche ricordo.

Si guardò intorno, sollevato di vedere che la lancia era ancora lì, come la stazione di pompaggio. E, sulle calme acque del lago, i cigni nuotavano tranquilli, accompagnati da un occasionale svolazzo di anatre.

Accidenti, ho scordato di portare qualcosa da mangiare per le anatre.

Poi sorrise di nuovo. Il lago non sarebbe andato da nessuna parte, e se suo padre non lo avesse fatto lavorare troppo sodo, ci sarebbero state altre occasioni per dar da mangiare agli animali.

Almeno lo sperava, perché suo padre era terribilmente eccitato per il nuovo lavoro e lui sospettava che ci fosse un'enorme mole di cose da fare all'orizzonte. Lavorare, comunque, andava bene, perché gli teneva la mente lontana da… altre cose.

Passeggiò fino al lago, restando fermo lì per un momento per fissare lo specchio d'acqua immobile. Dove rifletteva la luce del sole, era così luminoso da fargli lacrimare gli occhi, anche con gli occhiali da sole. Per quanto riguardava quale direzione prendere, era una cosa semplice: il percorso sulla sinistra, lontano da Arlington Road.

Ricordò le molte volte in cui lui e Jamie avevano corso lungo quella stradina che fiancheggiava il lago, che si faceva strada tra gli alberi, perlopiù asfaltata, ma con qualche passaggio pericoloso un po' più avanti. Almeno, quello non era cambiato. Il fogliame era un po' più fitto, ma la tonalità maculata fornita da quel tetto naturale era molto gradevole. I colori dell'autunno stavano già iniziando a mostrarsi e quella vista gli dava un'inattesa leggerezza. L'autunno era la sua stagione preferita.

Jamie era quello che apprezzava di più la bellezza naturale di quel posto. Tutto ciò che vedeva lui erano alberi e acqua, ma Jamie era sempre stato quello più creativo e artistico. *Adesso sarà probabilmente un arredatore, o un artista, o avrà una qualche carriera ugualmente estetica.* Magari era perché stava diventando più vecchio, anche se a ventisei anni non si poteva certo definire vecchio, ma ora apprezzava la bellezza del lago più di quanto avesse mai fatto da ragazzino.

Camminò lungo il percorso, sapendo con esattezza dove lo avrebbe portato: a Lion Park, dove un sentiero più stretto avvolgeva una radura a forma di pera con panchine posizionate a intervalli che guardavano verso l'interno di un prato e una statua di un leone nascosta al centro di un gruppo di alberi. Ricordava con chiarezza che un giorno Jamie si era presentato con una spada in plastica, perché voleva fingere di essere Peter del film *Il Leone, la Strega e l'Armadio*. Erano saliti sulla schiena del leone e avevano gridato cose del tipo: «Laggiù, Aslan! Prendi la strega! Mordila nel culo!»

Se quel leone si fosse mosso, ci saremmo entrambi cagati sotto. E se le loro mamme avessero sentito loro dire la parola "cagare", non si sarebbero potuti sedere per una settimana.

Quando raggiunse la radura, sospirò. Alcuni degli alberi che circondavano il leone erano stati abbattuti, lasciandolo aperto su un lato. *Era meglio dietro agli alberi,* pensò tristemente. Avevano sempre fatto finta che fosse rannicchiato, pronto a balzare sui passanti inconsapevoli. Nella sua testa poteva ancora vedere Jamie che sgusciava verso gli alberi, con addosso quel sorriso che non sembrava mai lasciarlo per troppo a lungo.

Gesù, la mia testa è piena di Jamie, oggi.

Non era una grande sorpresa. Quella visita aveva aperto le dighe e ora i suoi ricordi lo travolgevano liberi, sorprendendolo come una cascata d'acqua. Aveva amato la sua vita a Boston e i primi sei mesi dopo il trasferimento in California erano stati i più duri di tutti. Aveva detestato la sua nuova scuola, il clima, ma più di tutto aveva odiato aver dovuto lasciare Jamie.

Avremmo dovuto fare di più per restare in contatto.

Quello lo fece sbuffare internamente. Erano stati ragazzini, per l'amor di Dio. Degli adulti avrebbero potuto fare uno sforzo per mantenersi in contatto, ma dei tredicenni? Stephen aveva troppo in ballo e doveva pensare che fosse così anche per Jamie. I cinque anni di scuole superiori erano passati in fretta e, anche se si era fatto degli amici, non erano mai stati come Jamie.

Il mio migliore amico. No, non c'era stato nessuno che si era avvicinato a essere qualcosa del genere negli anni da quando si erano divisi. Riusciva ancora a ricordare quanto si fossero lamentati e avessero protestato quando suo padre aveva condiviso con loro la notizia del trasferimento. Un altro Stato era già abbastanza brutto, ma la distanza tra Boston e San Diego era stata troppo vasta da contemplare. Nessuna lacrima, almeno non quando qualcuno poteva vederli – perché da quando in qua i tredicenni piangono? – e decisamente nessun abbraccio. Solo lui, seduto sui sedili posteriori del taxi mentre andavano in aeroporto, fermo a fissare il lunotto posteriore verso Jamie, sul marciapiedi, a salutarlo.

Ha trovato un altro migliore amico? No che avesse voluto che fosse infelice, ma aveva sperato che fosse stata una cosa difficile da fare.

Si avvicinò alla statua, notando la figura davanti a essa in sedia a rotelle, di schiena. Da ciò che poteva vedere, il ragazzo stava disegnando la testa del leone, con un album da disegno appoggiato sui braccioli della sedia. Sembrava perso in quel compito e Stephen fece del proprio meglio per avvicinarsi in silenzio, curioso di vedere il lavoro che il tizio stava facendo, ma non volendolo disturbare. Mentre si avvicinava di più, il ragazzo sobbalzò e sollevò di scatto la testa verso di lui.

«Mi aspettavo che almeno ti vestissi da ninja…» Il ragazzo spalancò la bocca e sgranò gli occhi. «Stephen?»

Porca puttana. Era Jamie. Più vecchio, più massiccio, ma decisamente Jamie.

«Oh, mio Dio.» Stephen sbatté le palpebre un paio di volte, ma quando riaprì gli occhi, c'era ancora Jamie Lithgow davanti a lui a fissarlo con un ovvio stupore. I capelli erano lo stesso cespuglio nero di sempre, ma il viso era più asciutto di quanto ricordasse.

Poi Jamie sorrise e tutti quei tredici anni

sparirono, perché quel sorriso non era cambiato nemmeno un po'. «Beh, chi lo avrebbe mai detto? Stephen Taylor è diventato un palo della luce. Che fanno in California, vi concimano come le piante?»

«Vaffanculo, testa vuota.» Quell'insulto, usato così spesso, gli scivolò dalla bocca senza pensarci e scoppiò a ridere. «Cristo, non lo dico davvero da tanto tempo.»

«Vuoi dire che non hai avuto nessuno laggiù nella West Coast a tormentarti come facevo io? Oh, poverino, devi aver sofferto.» Quella scintilla non gli aveva lasciato gli occhi.

Poi se ne accorse. Abbassò lo sguardo e notò la sedia a rotelle. «Perché sei su quell'aggeggio? E da quanto?» Non appena pronunciò quelle parole, rimpianse subito di averle dette. «Scusa, sono stato maleducato.»

Jamie fece spallucce. «Se non avessi detto niente, avrei pensato: "chi è questo ragazzo e perché ha una maschera con la faccia di Stephen?". Ma è una lunga storia.»

«Ho tempo,» sbottò lui. Si stava ancora riprendendo dall'aver trovato Jamie in uno dei loro posti preferiti. Tra le altre cose, non sarebbe andato da nessuna parte fino a quando non ne avesse saputo di più su quella sedia a rotelle. Fissò Jamie. «Non riesco a credere che tu sia qui. Ti stavo pensando, ricordando di quando eravamo ragazzini.»

Jamie lo guardò pensieroso. «Il Boston King Coffee non è lontano da qui e fanno degli ottimi muffin ai lamponi e cioccolato bianco, in più il loro mocaccino è buono da impazzire. Cioè, se ti va di andare da qualche parte a parlare.»

Stephen annuì. Aveva circa un milione di domande. Guardò la sedia a rotelle. «Si piega? Penso di poterla farla stare sul mio pick-up.»

Le labbra di Jamie ebbero un sussulto. «Non ti preoccupare, si piega e ci arriverò con la mia macchina, grazie molte.»

Sbatté di nuovo le palpebre. «Guidi?» Poi si diede un calcio mentale. Non voleva dirlo in quel modo.

Jamie ridacchiò. «Vedi per caso un tubo di scappamento a questo affare? Certo che guido. Lascia che metta via questo.» Fece per chiudere il taccuino, ma lui lo fermò.

«Posso vedere?»

«Certo.» Jamie glielo porse e lui guardò l'intricato disegno a matita.

«Wow, sei sempre stato un artista, ma questo… questo è incredibile.» Era come guardare una fotografia in bianco e nero, da quanto era realistico.

«Grazie.» Prese il taccuino dalle sue mani e lo chiuse, facendolo scivolare in una grande borsa in pelle che teneva in grembo. «Dove hai parcheggiato? Vicino alla lancia?» Quando lui annuì, Jamie fece girare la sedia. «Anche io, allora andiamo. Avrei comunque voluto prendere un caffè.» Aveva le mani coperte da guanti senza dita.

«Devo… devo spingerti?» Non aveva idea di come comportarsi.

Jamie arcuò un sopracciglio. «Perché mai dovresti farlo? A meno che tu non abbia un desiderio recondito da tutta la vita di spingere una sedia a rotelle. Detesto infrangere i tuoi sogni, ma non è eccitante come te lo fanno credere.»

Stephen sbuffò. «Hai ancora lo stesso vecchio senso dell'umorismo.»

«Dico sul serio, mi muovo alla grande su questo splendore.» Ancora quel sorriso. «Probabilmente ti batterei in una gara, spilungone.» Guardò le proprie gambe. «Ma d'altra parte...» Afferrò le ruote e partì, dirigendosi lungo il sentiero che riconduceva al parcheggio.

Stephen gli camminò accanto, cercando di raccogliere i pensieri. «Quindi adesso dove vivi?» *E perché non me lo hai detto?* Quell'ultimo pensiero era crudele. Ci volevano due persone per mantenere un'amicizia e lui era stato pessimo tanto quanto Jamie a non tenersi in contatto. *E come avrebbe fatto lui a mettersi in contatto con me?*

«Tutte le domande otterranno una risposta davanti a un caffè. E farai meglio a credere che ci sono circa un triliardo di domande che ti devo fare, la prima è che cosa ci fai di nuovo qui, a Boston. Poi abbiamo tredici anni da raccontarci,» rise. «Amico, potremmo stare in quella caffetteria fino alla chiusura.»

Rimasero in silenzio mentre andavano verso il parcheggio. Osservò Jamie con attenzione. *Che diavolo gli è successo?* Non sembrava malato e a giudicare da come spingeva con forza sulle ruote aveva molto vigore nella parte superiore del corpo. Arrivarono per prima alla Corvette rossa di Jamie e, mentre lo guardava sollevarsi e spostare le gambe in macchina, poi chiudere in fretta la sedia a rotelle, togliere le ruote e appoggiare tutto nello spazio dietro al sedile del passeggero, divenne ovvio che era un'azione abitudinaria.

Jamie si fermò, appoggiando una mano sulla maniglia della portiera. «Perché non sali in macchina con me? Dopo, ti riporterò qui.» C'era una luce maliziosa nei suoi occhi che Stephen conosceva molto bene. «Ti prometto che non guiderò *troppo* in fretta.»

Di una cosa Stephen fu sicuro in quel momento: Jamie non era affatto cambiato.

Capitolo 2

Jamie salì lungo la rampa fino alla porta della caffetteria, con Stephen alle spalle. Era ancora elettrizzato. *È tornato, Stephen Taylor è tornato*. Aveva il cuore in gola, e gli rimbombava nel petto. *E se non fossi andato al lago, avremmo potuto non incontrarci mai.*

«Ecco, aspetta che ti apra la porta.» Stephen entrò e gliela tenne aperta. Lui si fece strada nell'interno caldo e inspirò, accogliendo il profumo del caffè e delle altre delizie. Dietro al bancone, Dee lo salutò, prima di fare il giro per spostare una sedia così da farlo sistemare nel suo solito posto.

Gli accarezzò una spalla. «Il solito?»

Jamie annuì. «Più qualsiasi cosa voglia questo bel bocconcino.» Temeva che se avesse sbattuto gli occhi una sola volta avrebbe fatto sparire Stephen di nuovo, poi si rese conto di quello che aveva appena detto. Girò di scatto la testa verso di lui. «Scusa, non avrei dovuto dirlo.»

Stephen lo guardò, ovviamente sorpreso. «Tranquillo, è… tutto okay.» Poi sorrise. «Mi hai chiamato ben di peggio.»

Jamie roteò gli occhi. «Sì, ma allora avevo una scusa, ero un ragazzino.» Era sollevato dalla reazione di Stephen. Nella sua testa, *un bel bocconcino* era ben più che un po' gay, ma a quanto pareva Stephen non se l'era presa, grazie a Dio. *Ma chi ha orecchie per intendere…*

Mise fine a quei pensieri prima che andassero fuori controllo.

Stephen ordinò un latte macchiato e un muffin come il suo, poi prese la sedia che dava le spalle al muro. Jamie aspettò che si sedesse prima di sistemare la sedia a rotelle sotto al tavolo e mettere il freno.

«Mi pare di capire che tu venga spesso qui,» commentò Stephen, guardandosi intorno.

Jamie fece spallucce. «Solo due volte alla settimana negli ultimi cinque anni, da quando mi sono trasferito a Woburn.»

Stephen si bloccò. «Non vivi più coi tuoi?»

Jamie era felice di non star bevendo, perché gli avrebbe fatto un'improvvisa doccia di caffè. «Mi prendi in giro? Quale ventiseienne sano di mente vorrebbe vivere con i propri genitori? Non sarebbe il mio stile.» Solo che il suo stile era già stato completamente rovinato e lui era seduto sull'esatto motivo che aveva causato tutto. Non che quello lo avrebbe fermato dal cercare, perché da qualche parte là fuori c'era un ragazzo che non si sarebbe fatto spaventare da una sedia a rotelle e dalle sue gambe non funzionanti e lui voleva trovarlo.

Dee arrivò con i loro ordini e Jamie le fece un caldo sorriso. «Grazie, tesoro.»

«Quando desideri, dolcezza.» Poi ritornò al bancone.

«Dolcezza?» chiese Stephen con un mezzo sorriso. Jamie fece scorrere il dito medio lungo la guancia, come facevano da ragazzini e Stephen scoppiò a ridere. «Non sei cresciuto, vero?»

«Mentre tu, a quanto pare, non hai mai smesso di farlo.» Dio, non riusciva a credere a quanto fosse alto, due metri di sicuro. Gli occhi verde-azzurro erano rimasti immutati, ma in quel momento Jamie notò la pelle color crema e la mascella squadrata. *Oh, ragazzino, di certo sei cresciuto per diventare incantevole. Hai sicuramente infranto dei cuori in California.* Poi gli venne da ridere. «Vedo che non sei ancora riuscito a domare i tuoi capelli. Vanno sempre per conto loro, eh?» Erano ancora dritti in testa come quando era ragazzino.

Stephen ridacchiò. «Che bastardo, ho solo scordato di mettere il gel, stamattina.»

Jamie finse di sussultare. «Vedo che il tuo broncio è ancora con noi.» Dentro, si sentiva leggero come l'aria. Gesù, era come se tutti quegli anni di lontananza non fossero mai trascorsi. Sorseggiò il latte macchiato, facendo una smorfia per il calore. «Allora, da quanto sei tornato a Boston?» *E ci resti?*

«Un paio di settimane. Sto aiutando i miei con la casa nuova.»

Jamie era sbalordito. «Sono tornati qui? Perché? Si sono finalmente stancati della soleggiata San Diego? Sapete che freddo fa adesso a Boston? E sapete quanto nevica?» Sorrise. «Mi sembra di ricordare che ti piaceva la neve. Aspetta, ti piaceva infilarmela nel cappotto e dentro ai jeans.»

Stephen sollevò le mani. «Ehi, è colpa mia se ti piaceva indossare quei jeans larghi? E, comunque, sono tornati qui perché mio padre ha aperto una società di contabilità. E lavorerò con lui.»

Ci volle un po' per capire quello che Stephen aveva detto e poi lui dovette trattenere la propria gioia. Stephen sarebbe rimasto a Boston. Lottò per mantenere un aspetto esteriore calmo, fino a rendersi conto di quante cartucce gli aveva dato Stephen. Jamie lo guardò, fingendosi sconvolto. «Oh, mio Dio, sei un… contabile.»

Stephen lo guardò male. «E quindi? Cosa c'è di sbagliato con i contabili?»

«Sono a un passo dall'essere degli zombie, immagino.» Era difficile restare serio.

«Ehi!» Stephen assottigliò lo sguardo. «Il mondo ha bisogno dei contabili.»

«Come no,» affermò. «Altrimenti mi perderei un sacco di battute su di loro.»

Stephen sbuffò. «E quante ne conosci?»

Il suo sorriso era enorme. «Credimi, tu non vuoi saperlo, ma cambiando argomento, perché se parliamo troppo di contabilità mi arresteranno per aver dormito pur essendo responsabile di una sedia a rotelle, vivrai coi tuoi?»

«Per il momento, fino a quando non troverò un posto tutto mio.»

Jamie si asciugò la fronte. «Grazie a Dio, impazziresti se restassi lì, a meno che, negli ultimi tredici anni, tua madre non abbia smesso di essere una malata di pulito.»

«Il fatto che ti abbia chiesto di toglierti le scarpe a casa non la rende una malata di pulito.»

«Sono d'accordo. Pensavo piuttosto a quando ti

stirava le mutande. E seguiva il gatto per casa con l'aspirapolvere. Giuro che ha rischiato di risucchiare Fluffy più di una volta.»

Stephen ridacchiò. «Ricordi ancora il nome del gatto?»

«Ehi, quel gatto mi adorava,» ribatté. «Veniva nella tua camera ogni volta che ero lì e si acciambellava su di me.»

«Adesso posso chiederti della sedia a rotelle?» sbottò Stephen.

Jamie sapeva che non poteva evitare l'argomento, solo che non voleva che Stephen si stressasse e lo commiserasse. Non aveva bisogno della commiserazione di nessuno, in quel momento.

Bevve un sorso dalla tazza, poi morse un pezzetto di muffin. Quando lo ebbe mandato giù, sospirò. «Sono stato investito a diciotto anni, okay? Era ubriaco. Sono rimasto ferito alla spina dorsale. Tutto qua, fine della storia.» Ovviamente non era così, ma Stephen non aveva bisogno di sentire tutti i dettagli. Accidenti, anche lui non ripensava più a quei giorni.

Stephen si bloccò. «Otto anni fa? Perché non ti sei fatto vivo?»

Jamie sollevò le sopracciglia. «E certo, io avevo il tuo indirizzo, perché da quando te ne sei andato siamo rimasti in costante contatto, vero?» Era genuinamente confuso. «Tra l'altro, perché mai avrei dovuto? Non sentivo né te né i tuoi genitori da un sacco. Voglio dire, erano già passati cinque anni. Che senso avrebbe avuto chiamarti, sempre che avessi lo stesso indirizzo, per dirti che avevo avuto un incidente? Cosa avresti fatto? Saresti salito su un aereo?» Jamie gli sorrise. «Avevi la tua vita.»

Stephen deglutì. «C'è... c'è qualche possibilità che tu possa camminare di nuovo?»

Jamie scosse la testa. «Questo sono io adesso ed è una bella vita,» aggiunse in fretta. «Quindi non pensare che sia in difficoltà o infelice o qualsiasi altro aggettivo negativo ti si insinui in testa. Sono felice, Stephen.»

Ed era la verità. Solo una cosa avrebbe reso perfetta la sua vita, ma non c'era nessun segno dell'uomo perfetto all'orizzonte. E fino a quando non sarebbe arrivato, si sarebbe accontentato dei suoi sex toys e delle sue notti da solo sul divano o a letto.

Stephen rimase in silenzio, piluccando il proprio muffin. Jamie avrebbe dato qualsiasi cosa per sapere quali pensieri stesse avendo in quel momento. Quando non poté più sopportare il silenzio, lo infranse nell'unico modo che conosceva. «Sapevi che ci sono due tipi di contabili?»

Stephen sollevò il mento, con le labbra che fremevano. «Oh, davvero?»

Jamie annuì. «Quelli che contano e quelli che non contano.» Con suo grande sollievo, scoppiò a ridere e lui respirò più facilmente. «Qual è la cosa peggiore che può fare un gruppo di contabili?»

«Ho paura di chiedertelo.»

Jamie gli lanciò un sorriso. «Andare in città per aggredire un indifeso con una revisione dei conti.»

Stephen sollevò le mani. «Ti prego, smettila.»

«Solo se accetti di incontrarti di nuovo con me.» Non gli avrebbe mai permesso di uscire di nuovo dalla sua vita. Rivoleva il suo migliore amico.

«Vuoi che lo faccia?»

Jamie ridacchiò. «Stai scherzando? Ci vorranno almeno altri cinque incontri da caffè per dirti tutto il mio repertorio di battute sui contabili.»

«Se la metti così, come posso rifiutare?» Morse di nuovo il muffin, con più entusiasmo questa volta.

Jamie aveva milioni di domande, ma avrebbero dovuto aspettare. Stephen di certo avrebbe voluto sapere di più sull'incidente, ne era certo. A meno che non fosse cambiato fino a non riconoscerlo più, dato che era sempre stato un ragazzino curioso.

È cambiato così tanto? Stephen era sempre stato un ragazzo di bell'aspetto, ma da adulto era ben più che affascinante. *Ma chi voglio prendere in giro? È bellissimo.* Eppure…

Lo guardò meglio. *È felice?* Non riusciva a capirlo. Sperava che la vita in California fosse stata bella per lui. Non come la sua, di certo.

Sapeva che Stephen avrebbe trovato difficile credere che lui fosse davvero felice, perché chi poteva credere che un ragazzo in sedia a rotelle lo fosse sul serio? Ma lui lo era, aveva la sua indipendenza, dei genitori che lo sostenevano, una sorella che adorava passare del tempo con lui… I giorni bui erano alle spalle, ormai.

E adesso Stephen è tornato. Faceva fatica a contenere il proprio entusiasmo. Non appena le parole testa-vuota erano uscite dalla bocca di Stephen, aveva saputo che il suo amico era ancora lì, da qualche parte. Era sempre stato l'insulto preferito da usare, ma a lui non importava che lo facesse ancora.

«Vivi da solo?» gli chiese Stephen.

Jamie sbatté le palpebre e ritornò alla conversazione. «Mmh? Oh, sì. Vivo non molto lontano dal lago.»

«Tu da solo?»

Jamie lo guardò. «Sì, solo io e sono stato solo da quando mi sono trasferito.» *Sfortunatamente.*

Stephen non disse nulla, ma continuò a mangiare il muffin.

Non ci voleva un genio per capire cosa gli stesse passando per la testa. Lui aveva incontrato un mucchio di persone che sembravano pensare che essere diversamente abile significasse doversi appoggiare agli altri.

Beh, questo non valeva per lui. Poteva, anzi no, era in grado di prendersi cura di se stesso. E avrebbe fatto in modo che Stephen lo capisse.

«Dato che resterai nei paraggi, magari potresti venire a vedere dove vivo,» disse d'impulso. «Potrei cucinare qualcosa per cena.»

Gli occhi di Stephen brillarono. «Sai cucinare?»

Adesso sì che era lo Stephen che ricordava. «Sì, stronzo.»

«È lo stesso Jamie che non ha superato il corso di economia domestica al campo estivo? Quello che ha dato fuoco a...»

«Pensavo che avessimo detto di non parlarne più. Mai più.» Lo guardò male.

«In tal caso, mi piacerebbe molto venire a cena da te, uno di questi giorni. Farò in modo di tenere il numero del Pronto Soccorso a portata di mano.»

Jamie lo fissò, poi scoppiò a ridere. «Vedo che recuperiamo il tempo perso. Ti sono proprio mancato, vero?»

Stephen sospirò. «Posso essere sincero?»

Lui si bloccò. «Naturalmente.»

Stephen fissò il proprio latte macchiato. «Per i primi tre mesi ho continuato a chiedere a mio padre se potevamo tornare a Boston. Per i tre mesi successivi, mi sei mancato da morire. Poi mi sono abituato al fatto che non c'eri più.» Sollevò la testa e lo guardò negli occhi. «Ho pensato a te più oggi che negli ultimi dodici anni messi insieme. Quando sono uscito dalla mia macchina, al lago, eri lì, come se non fossimo mai stati separati.»

Jamie sorrise. «Perché pensi che venga qui così spesso? È dove ricordo meglio di noi.»

«Di noi.»

«Sì, di noi. Pensi che potremmo tornare a esserlo, anche se non siamo più ragazzini?» Jamie sperava di sì. Aveva bisogno di un amico, perché aveva tante conoscenze, ma nessuno che lo capisse davvero, almeno nessuno come Stephen.

Ma adesso potrà capirmi?

Solo il tempo avrebbe potuto dirglielo.

«Io penso che… che dobbiamo ancora raccontarci tante cose.»

Jamie sospirò di sollievo internamente. «Sono d'accordo.»

«Solo... non adesso. Farei meglio ad andare. Ho detto a mia madre che non sarei stato via per molto. Stavo solo prendendo una boccata d'aria dallo svuotare degli scatoloni. Sembra che non abbia fatto altro da quando siamo arrivati.»

«Oh.» Jamie fece del suo meglio per nascondere la delusione, poi si prese il telefono dalla tasca e premette il tasto dei contatti. «Dammi il tuo numero.»

Stephen lo prese e mosse i pollici sullo schermo. «Devo farti sapere quando sarò libero nei prossimi giorni. Probabilmente sarò un po' impegnato nelle prossime settimane, dato che solo oggi sono riuscito a uscire perché è sabato.» Sorrise. «E dovevo allontanarmi da quelle dannate scatole.»

«Io lavoro da casa, quindi ho orari abbastanza flessibili.» Jamie fece un cenno verso il proprio corpo. «Non come il resto di me. Solo che non è strettamente vero. Si muove tutto, solo che alcune parti non fanno ciò che il mio cervello dice loro di fare. Lui chiama, ma loro non rispondono.» Gli brillarono gli occhi. «Questo mi ricorda un paio di appuntamenti a cui sono stato.» Sfortunatamente, ben più di un paio, ma non glielo avrebbe detto.

«Come riesci a scherzare su questo argomento?» Stephen lo guardò con sincerità.

Jamie ridacchiò. «Perché sono quello che vive con questo corpo, okay?»

Per un momento, Stephen non disse nulla, ma

alla fine annuì. «Okay, credo.» Piegò la testa di lato. «Che fai per vivere?»

Non poté resistere. «Indovina.»

Stephen si morse un labbro. «Pittore.»

Okay, quello era inatteso. «Dici sul serio?»

Fece un cenno alla borsa sulle sue ginocchia. «Quel disegno è incredibile. E sei sempre stato così… creativo.»

«Lo sono ancora, solo che uso la tecnologia. Creo siti web.» Stephen sgranò gli occhi e lui scoppiò a ridere. «Cosa c'è di così sorprendente?»

«Tu… e la tecnologia? La detestavi a scuola.»

Jamie sussultò. «Ma avevo dieci anni, sai che poi le persone imparano, sì?»

«Ma… eri un tale disastro!»

«Beh, ma poi sono migliorato, okay?»

Si fissarono, poi scoppiarono entrambi a ridere nello stesso momento. Stephen prese il portafogli.

«Che stai facendo?» chiese Jamie.

«Pago il conto. Problemi?»

«Sì, ti ho invitato io, ricordi?» Jamie indicò il portafoglio. «Mettilo via, pagherai la prossima volta.»

«Quindi ci sarà una prossima volta?»

Lui sorrise. «Ci puoi scommettere. Adesso lasciami pagare, poi ti riporterò alla macchina.»

«A una condizione, non infrangere nessun limite di velocità, questa volta.»

«Li ho infranti venendo qui?» lo sfidò, conoscendo già la risposta.

«Ehm, sì? Mi hai sentito pregare? E invocare

Gesù diverse volte? Senza menzionare che mi sono tenuto stretto alla maniglia da quando sei sgommato via dal parcheggio.»

Jamie sospirò drammaticamente. «Okay, guiderò più piano, se insisti.» Stava di nuovo vibrando.

Il mio migliore amico è ritornato nella mia vita. Qualcuno lassù ovviamente lo adorava. Era felice che ci sarebbero stati altri incontri, perché aveva ancora un sacco di domande.

Probabilmente non tante quante Stephen ne aveva sulla sua vita.

Capitolo 3

Stephen entrò in casa e gridò: «Sono arrivato!»

Dalla cucina sentì la risata di sua madre. «Da quel che so gli scassinatori non hanno le chiavi di casa, per cui immaginavo fossi tu.» Infilò la testa fuori dalla porta. «Allora, dove sei stato?»

«Sono stato a Horn Pond.» Stephen si tolse la giacca e la lasciò cadere sulla sedia in corridoio, fino a quando non vide l'occhiataccia di sua madre e si sbrigò ad appenderla all'attaccapanni vicino alla porta.

«Scommetto che ti è sembrato più piccolo, rispetto all'ultima volta in cui ci sei stato. C'è del caffè nella caffettiera, se ti va.» Si ritirò in cucina e Stephen la seguì per prendere il caffè. «E scommetto che il traffico è ancora un incubo. Ogni volta che andavi là da ragazzino, giuro che continuavo ad aspettarmi una chiamata dal Pronto Soccorso che mi avrebbe detto che eri stato investito da un'auto nel tentativo di attraversare quella cavolo di strada.»

Sorrise tra sé. *Cavolo* era il massimo che sua madre avrebbe detto come *parolaccia,* come ancora le chiamava lei. Poi il riferimento all'incidente stradale lo colpì. «Non crederai mai a chi ho trovato lì.»

Sua madre smise di riporre i piatti puliti. «E come faccio a indovinarlo? O hai incontrato qualcuno di famoso o è qualcuno che conosco anche io.»

Si versò il caffè nella tazza più grande che trovò. «Jamie.»

Sua madre si bloccò. «Jamie Lithgow?» Sorrise. «Oh, mio Dio, vive ancora a Boston? È molto cambiato? Ci verrà a trovare? Come sta?»

Stephen ridacchiò. «Se mi fai parlare, te lo dico.» Si sedette al tavolo, con le mani intorno alla tazza. Prima che potesse dire un'altra parola, suo padre entrò dalla porta sul retro, togliendosi subito gli stivali.

Sua madre lo aveva educato per bene.

Suo padre sorrise quando lo vide. «Ehi, sei tornato. Ha chiamato Marie, ha chiesto se più tardi la chiami.»

Sorrise anche lui. «Ah, già le manco.» Sua sorella viveva a Carmel con il marito e i loro due bambini. Ci voleva ancora un po' per abituarsi, dovendo calcolare l'orario della costa.

«Stephen ha visto Jamie Lithgow a Horn Pond,» disse sua madre tutta contenta.

Gli occhi di suo padre si illuminarono. «Ah, ma è fantastico. In questo caso, sono sorpreso di rivederti qui così presto. Mi sarei aspettato che avreste parlato fino a sera.»

«Non volevo lasciarvi da soli per troppo tempo, non quando c'è ancora così tanto da fare.» Il camion dei trasporti era arrivato il giorno dopo il loro arrivo e Stephen aveva immaginato che ci sarebbe voluto qualche altro giorno per svuotare gli scatoloni. Tra le altre cose, si sentiva… in imbarazzo.

Vederlo su quella sedia a rotelle…

«Allora, come sta?» chiese sua madre. «È sempre lo stesso?»

Suo padre ridacchiò. «Se così fosse, ci sarebbe qualcosa che non va.»

Sua madre lo guardò male. «Sai perfettamente cosa intendo.»

«In realtà, c'è una cosa di lui che è molto diversa.» Inspirò a fondo, incapace di togliersi quell'immagine dalla testa. «È su una sedia a rotelle.»

Entrambi i suoi genitori si bloccarono con la bocca aperta. Sua madre fu la prima a infrangere il silenzio. «È una cosa permanente?» Si toccò le labbra schiuse con le dita, con un'espressione confusa.

Lui annuì. «È così da otto anni. Un incidente stradale, colpa di qualcun altro.»

«Beh, accidenti,» commentò suo padre con tristezza. «Mi è sempre piaciuto quel ragazzo.»

Malgrado il suo dispiacere per la situazione di Jamie, il commento di suo padre gli bruciava. «È su una sedia a rotelle, non sta morendo di una qualche malattia terminale.»

Suo padre sbatté le palpebre. «Sì, ma… cioè… questo deve averlo cambiato.»

Gli venne da sorridere. «Non tanto da notarlo. Comunque, ci rivedremo di nuovo. Come hai detto anche tu, abbiamo molto da recuperare.» Non voleva parlare di Jamie, perché la gioia di rivedere il suo amico d'infanzia era stata macchiata dall'idea che dovesse vivere in sedia a rotelle.

Non era giusto, non Jamie.

«Hai cose più importanti a cui pensare,» lo informò suo padre. «Come trovare un posto in cui vivere. Hai iniziato a prendere in considerazione la cosa?»

No che non l'aveva presa in considerazione, ma sapeva che non era quello che voleva sentire suo padre. «Sì, pensavo di iniziare a cercare a Jamaica Plain. Non è troppo lontano dal lavoro o dal centro di Boston ed emana belle vibrazioni.» Non che ci fosse stato, aveva visto delle foto di sfuggita e lo aveva classificato come un possibile posto da gettare a suo padre nel caso in cui si fosse affrontato quel problema.

«Vibrazioni?» ridacchiò sua madre. «Sembra che tu stia ancora vivendo in California.»

Suo padre la ignorò. «Hai già messo all'opera il tuo Master?»

«Se intendi se sono pronto a lavorare sodo, allora sì, signore.» Sapeva che suo padre puntava molto su quella cosa, perché dopo anni di lavoro per una società la decisione di mettersi in proprio era stata presa con grande trepidazione, ma si erano ben informati. Adesso, tutto ciò che dovevano fare era farla funzionare.

«Sai come si dice,» disse sua madre, unendosi al tavolo con lui. «Tutto lavoro e niente svago…»

Quello era il modo di sua madre per dirgli di trovarsi un fidanzato, perché non lo avrebbe mai detto direttamente. Erano passati otto anni da quando aveva trovato il coraggio di fare coming out con loro. Subito i suoi genitori erano rimasti sbigottiti, ma lui era piuttosto sicuro che, perlopiù, fosse stato per la questione dei nipoti. Lentamente avevano accettato la cosa, anche se non aveva aiutato a far sì che la situazione fosse più confortevole, con la sua scia di relazioni fallite.

Marie, che Dio potesse benedirla, era stata il suo avvocato da quando aveva fatto coming out. Era stata lei a consolarlo quando era stato scaricato o tradito. Si era anche spinta a portarlo in un gay bar a West Hollywood, determinata sul trovargli un candidato migliore di quelli che lui si stava scegliendo. Era stato un fine settimana esilarante ma, a quanto sembrava, l'Uomo Perfetto in quel momento non era stato disponibile.

Suo padre sbuffò. «Quello può aspettare, adesso, dobbiamo concentrarci a costruire la società. Avrà un sacco di tempo per le relazioni quando ci saremo stabilizzati.» Guardò verso di lui. «E la tua vita amorosa ha la tendenza a distrarti. Ricordo com'eri al college. Eri…»

«Lo so, lo so…» lo interruppe Stephen, che non era dell'umore per rinfocolare le ceneri dei suoi fallimenti passati. Prese il telefono dalla tasca e si alzò in piedi. «Sai che c'è? Penso che richiamerò Marie adesso.» E senza aspettare che qualcuno dicesse qualcosa, uscì dalla porta sul retro in giardino.

Il sole del tardo pomeriggio era gradevole sul suo viso e si avvicinò alla panchina posizionata contro la staccionata più lontana. Marie rispose al terzo squillo.

«Okay, cos'è successo?»

Scoppiò a ridere. «Cosa ti fa pensare che sia successo qualcosa?»

«Da quando in qua mi richiami così in fretta? Immagino che tu abbia voglia di parlare.» Una pausa. «Ci stai ripensando? Intendo al lavorare con papà, so com'è.»

«No, non è quello. Sono rimasto incastrato nel bel mezzo di mamma che mi diceva che dovrei trovarmi qualcuno e papà che mi diceva che l'amore dovrà aspettare.»

«Ha usato davvero la parola ragazzo?»

Sbuffò. «Ritornare a Boston non ha portato così tanti cambiamenti.»

Sospirò drammaticamente. «È tutta colpa tua.»

«Come lo hai capito?»

«Non potevi mentire e dire di essere bisessuale, eh? Sai, per attutire il colpo.»

Stephen scoppiò a ridere. «No, perché sai cosa sarebbe successo. Avrebbero per sempre aspettato che cambiassi sponda.» Era il momento di cambiare argomento. «Sono stato a Horn Pond, oggi.»

«Oh, che bello.» Stephen non si perse la genuina nota di felicità nella voce di sua sorella. «È cambiato molto?»

«Non molto, ma quando ero lì ho incontrato Jamie.»

Un'altra pausa. «Non mi dire, cazzo. Tra tutti...» Le raccontò in fretta della situazione di

Jamie e lei trattenne il fiato. «Gesù.»

«Sai cosa mi ha colpito davvero? Che a parte la sedia a rotelle, suona come il vecchio, spensierato Jamie di cui mi ricordavo. Se lo sentissi, non diresti mai com'è la sua vita adesso.»

«Mmh.»

Si bloccò. «E questo cosa significa?»

«Significa che io non ci casco. Penso che fosse solo per il tuo bene. Pensaci: non ti racconterebbe una storia lacrimevole, giusto? Sta facendo il coraggioso per te.»

Quello lo fece fermare a riflettere. «Tu credi?» E gli fece male al cuore. Jamie stava attraversando l'inferno e non voleva parlarne con lui... Per un momento, gli si chiuse la gola e non riuscì a parlare.

«Tutto bene?» La voce di Marie era dolce.

Stephen si diede un contegno. «Perché no?»

«Perché quell'affare con Carl ti ha stressato. Tre settimane dopo che quel bastardo se n'era andato, ancora eri sconvolto.»

«Lascia perdere.» Carl era l'ultima persona a cui voleva pensare in quel momento.

«Sai dove sono se vuoi parlare.»

«Cosa c'è da parlare? A parte il fatto che ho un pessimo gusto in fatto di uomini.»

«Com'è che si dice? "Devi baciare un sacco di rane, prima di trovare il tuo principe".»

Sbuffò di nuovo. «Penso di essere passato dalle rane alla popolazione dei rospi.»

«Devi aver fiducia, ragazzino. È da qualche parte, là fuori. Chissà, magari ciò che avevi bisogno di fare era trasferirti a Boston per incontrarlo. Magari ti ha sempre aspettato lì.»

Dio, amava Marie. «Ti ho detto di recente quanto sei meravigliosa?»

«Mi piacerebbe sentirlo un altro paio di volte.» Un grido lamentoso eruppe in sottofondo e lei sospirò. «E questo è il mio segnale di andare a vedere cosa ha combinato adesso Natasha al suo fratellino.»

Scoppiò a ridere. «Ami essere madre, non cercare neppure di negarlo. Sono sorpreso che ti sia fermata a due.» Quando lei rimase in silenzio, gli venne la pelle d'oca. «Ehi, sorella?»

«Non te lo avrei detto ancora, perché sono i primi giorni e mi piace fare la prima ecografia prima di dare la buona notizia, ma… sono incinta. Di circa sette settimane, credo.»

Si accalorò. «Oh, ma è fantastico. Greg è felice?»

Scoppiò a ridere. «Fa le capriole per la felicità, vuole un altro maschio.»

«Lo avete cercato?»

«Non proprio. Chiamiamola sorpresa felice, però gli ho detto che dopo basta. Ho trentadue anni, per l'amor del cielo.»

«Non lo dirò alla mamma, lo farai tu quando sarai pronta.»

«Grazie, fratellino. Tra qualche settimana. E nel frattempo tu ti terrai impegnato.» Si fermò. «E mi dispiace molto di aver sentito di Jamie, era un ragazzino così brillante e solare, non se lo merita.»

Stephen non avrebbe ribadito l'insistenza di

Jamie nel dire che fosse felice. Non pensava che Marie gli avrebbe creduto. E adesso che lei gli aveva piantato il seme del dubbio nella mente, anche lui non era sicuro di credergli. Magari, si sarebbe sentito meglio quando avrebbero parlato di più.

Perché Stephen voleva credergli.

Capitolo 4

Jamie aveva a malapena aperto gli occhi quella domenica mattina, quando il suo telefono prese vita. Non ebbe nemmeno bisogno di guardare lo schermo per sapere chi fosse, dato che solo sua madre lo chiamava così presto. Prese il telefono dal comodino.

«Per fortuna ti voglio bene,» scherzò mentre rispondeva alla telefonata.

Sua madre ridacchiò. «Sapevo che eri sveglio.»

«Da poco.» Gli ci era voluto un po' per addormentarsi, cosa non da lui. E quando finalmente si era addormentato, aveva sognato Stephen. Beh, lui e Stephen da bambini, a giocare, a ridere...

«Volevo controllare se avevi ancora intenzione di venire a pranzo, oggi.»

«Certo che sì, come se potessi perdermi l'arrosto della domenica.» Il sugo di sua madre era una categoria alimentare tutta a sé. «Viene anche Liz?»

«Sì, e questo è il vero motivo per cui ti chiamo.» Si fermò. «Porta un ospite.»

«E vai, Liz.» Sua sorella aveva avuto una relazione violenta, dalla quale si era finalmente liberata solo l'anno prima, ma non c'era stato più nessuno all'orizzonte da allora. «Cosa sappiamo di lui?»

«Escono da circa quattro mesi, dice che lavora nel suo ufficio e che è molto dolce.»

A lui piacevano i ragazzi dolci. «E Mister Dolcezza ha un nome? Perché io posso chiamarlo così, se non ce l'ha.»

Un'altra pausa. «Jamie, non ci provare.»

«A fare cosa?» Fece il finto tonto, incapace di trattenersi dal ridere.

«So come sei quando sei in piena modalità… Jamie. Quel poveretto non si riprenderebbe mai. Anzi, ancora peggio, potrebbe non ritornare.»

«Intendi dire che non vuoi che lo confonda con il mio brillante umorismo e la mia personalità luminosa?» Adorava tirare la corda.

«Cerca solo di tenere un basso profilo per il primo incontro, okay? Liz ci ha messo tanto per portarlo a conoscerci. Non vorrai spaventarlo, vero?»

Sospirò. «Come se potessi farlo sul serio. Mi comporterò al meglio, te lo prometto.»

La voce di sua madre si addolcì. «Sii il solito raggio di sole che sei, e ti adorerà.» La sentì riprendere fiato e seppe con esattezza cosa le stesse passando per la testa.

«Ci deve essere qualcuno là fuori, mamma. Qualcuno fatto apposta per me. Devo essere paziente, tutto qui.» Poi si ricordò la notizia. «Ieri sono stato a Horn Pond.»

«Davvero, ma non mi dire.»

Ridacchiò. «Papà ha ragione, non ti viene bene essere sarcastica, ma te lo dico perché è arrivato qualcuno, là. Qualcuno che tu ricorderai molto bene.»

«Smettila di stuzzicarmi e dimmelo. Chi?»

«Stephen Taylor.»

Questa volta sua madre rispose con un sussulto. «Stai scherzando.»

«Affatto. È tornato a Boston e lavorerà nella società di suo padre ma, mamma... preparati a uno shock.»

«Cosa? Cosa gli è successo?»

Jamie fece fatica a contenere una risata. «È diventato un... contabile.»

Ci fu un secondo o due di silenzio prima che sua madre scoppiasse a ridere. «Sei uno stronzetto, lo sai, sì? Per un attimo ci sono quasi cascata. Quindi... come sta? È cambiato molto?»

«Oh mio Dio, è diventato alto, parliamo di due metri, minimo. Voglio dire, so che tutti sembrano alti dalla mia sedia a rotelle ma, Cristo, mamma.»

«Come l'ha presa?»

Sapeva cosa intendeva. «Come puoi aspettarti.» Solo che lui sperava che Stephen la superasse in fretta e pregava anche che quello shock non diventasse commiserazione. Non era sicuro di poterla accettare dal suo amico.

«Resterà in contatto con te?»

«Credo di sì, ci incontreremo di nuovo per un caffè, uno di questi giorni.»

«Hai ritrovato il tuo fratellino.» La voce di sua madre era calda.

Sì, Stephen era stato proprio quello, e lui

sperava che gli ultimi tredici anni non lo avessero cambiato troppo. Tra tutti, il ricordo che più spiccava era quello delle loro risate. Dio, Jamie si era pisciato addosso in più di un'occasione quando Stephen gli aveva raccontato le storie che capitavano in casa sua, dato che sua madre era uno spasso.

«Penso che prima si debba abituare a me.»

«Lo porti qui una domenica? Ci piacerebbe rivederlo.»

Jamie scoppiò a ridere. «Pensi che direbbe di no? Adorava la tua cucina.» Guardò l'orologio. «Okay, devo fare alcune cose prima di pranzo, quindi lasciami andare e sarò lì per mezzogiorno.»

«Okay, ci vediamo presto.» Sua madre chiuse la conversazione.

Jamie mise da parte il telefono, pronto a iniziare il proprio rituale. A quel punto era diventato un istinto naturale e ormai lo faceva quasi in automatico.

Si protese verso il cassetto del comodino per prendere lo specchio e la torcia. Non appena posizionò lo specchio dalla parte dell'ingranditore, scostò le lenzuola e rotolò, con il sedere rivolto verso lo specchio. Ogni mattina iniziava allo stesso modo, controllando lividi o rossori. Se li avesse trovati, avrebbe dovuto premere le dita su di essi per assicurarsi che la pelle sbiancasse, poi sarebbe rotolato sull'altro lato e avrebbe controllato di nuovo.

Dopo aver fatto quello, era il momento del bagno. Avrebbe sollevato le gambe dal letto, poi si sarebbe trasferito sulla sedia. La prima volta che lo aveva fatto aveva dimenticato di mettere i freni e aveva combinato un casino. Per fortuna era successo all'ospedale, durante la riabilitazione, ed era stata una lezione che non aveva mai più dimenticato.

Andò in bagno, bloccò la sedia accanto al gabinetto, abbassò la maniglia di fianco alla tazza sopraelevata e ci si sedette sopra. Quando aveva avuto l'incidente, le infermiere gli avevano insegnato la routine di svuotarsi l'intestino di sera, ma non appena era tornato a casa l'aveva cambiata. Preferiva farlo al mattino come prima cosa.

Poi veniva il momento di lavarsi. Mise la sedia accanto alla panchina imbottita, si spostò e si sistemò sul sedile. L'apparecchio dei massaggi era lì appeso, pronto ad attenderlo, e si lavò. Quando ebbe finito, si asciugò meglio che poteva, poi piegò l'asciugamano e lo appoggiò sulla sedia a rotelle. Un altro spostamento e poi si asciugò il resto del corpo, infine tornò in camera da letto a vestirsi.

Il suo armadio era organizzato con tutti i ripiani e le rastrelliere a portata di mano e scelse una maglietta e un paio di pantaloni di una tuta. I suoi genitori non battevano ciglio quando si presentava vestito così. Sapevano che quel tipo di pantaloni erano più facili per lui da mettere e togliere. Ovviamente, infilarli era una questione di rotolarsi da un fianco all'altro, sollevandoli sopra i fianchi e il sedere, sistemandoli fino a metterli a posto, ma lui si era abituato.

Non appena fu vestito, rifece il letto, girandoci

intorno fino a lisciare la coperta e a rendere soffici i cuscini. Si diresse quindi in cucina a preparare la colazione.

Mentre mangiava i cereali, ripensò a Stephen. Aveva così tante domande da fargli, ma sapeva che l'amico non era pronto a rispondere. Quando aveva detto che doveva andare, non ne era rimasto sorpreso, perché una parte di lui pensava che Stephen fosse fuggito perché non sapeva gestire quella situazione, ma poteva comunque sbagliarsi.

Sperava di sbagliarsi.

Comunque, non riusciva a dimenticare l'aspetto che aveva Stephen ora. Okay, era stato un ragazzino carino all'epoca ma, accidenti, adesso era qualcuno per cui svenire.

È troppo sperare che sia gay?

Lui era un fervido credente del pensiero positivo.

Jamie guidò la sedia lungo il leggero pendio che portava all'ingresso della casa dei suoi genitori. Suo padre aveva costruito la rampa non appena lui aveva ripreso a muoversi. Prima che potesse suonare il campanello, sua madre aprì la porta.

«Ehi, ciao, entra.» Si fece da parte per lasciarlo entrare e lui scivolò lungo il pavimento in legno fino al salotto. Suo padre era seduto sulla poltrona, tutto intento a parlare animatamente con un giovanotto. Fu solo allora che si rese conto che sua madre non gli aveva detto il nome di Mister Dolcezza.

Si morse un labbro. *Oh, la tentazione è forte…*

Suo padre alzò il viso e sorrise. «Ehi, ciao, che bello rivederti. Lui è Phil, lavora con Liz.»

Phil era stato ovviamente avvisato, perché non si concentrò sulla sedia a rotelle, ma si alzò in piedi prima che lui potesse fermarlo, porgendogli la mano. «È un piacere conoscerti, Liz mi ha detto così tante cose su di te.»

«Sono bugie, tutte quante,» sbottò lui, sorridendo. «Photoshoppate, te lo giuro. Non riusciranno mai a dimostrare niente e quel video è un fake.»

Phil sbatté le palpebre, poi scoppiò a ridere. «Sì, mi ha parlato anche del tuo senso dell'umorismo.»

Liz entrò nella stanza. «Oh, buon Dio, ha già iniziato?» Si avvicinò e lo baciò sulla guancia. «Comportati bene,» lo ammonì con occhi scintillanti.

Lui sgranò gli occhi. «Io?» Non rimase sorpreso quando Liz e suo padre scoppiarono a ridere e anche Phil sembrava divertito. Jamie annusò l'aria, poi gemette. «Ha un profumo delizioso.» Il suo stomaco brontolò, quasi in accordo.

Suo padre sghignazzò. «Attento, Phil, prenditi un po' di patate schiacciate quando ne hai la possibilità, perché qualcuno probabilmente le divorerà tutte.»

Phil si mise a sedere e lui manovrò la sedia nello spazio accanto al divano, per poi trafiggere il ragazzo con uno sguardo intenso. «Quindi, Phil... da quanto tempo esci con mia sorella?»

Phil si asciugò drammaticamente la fronte. «Wow, non mi aspettavo il terzo grado,» scherzò, ma quel veloce passarsi la mano tra i capelli diceva molto, insieme all'agitato muoversi dell'altra mano. Liz gli si sedette accanto, coprendogli la mano con la propria.

Jamie sorrise. «Aspetta che ricomincio. Sono davvero felice di conoscerti, Phil. Da quanto tu e mia sorella state insieme?»

Phil si rilassò visibilmente. «Circa quattro mesi. Ha deciso che era l'ora che vi conoscessi tutti.» Gli brillavano gli occhi. «Soprattutto tu.»

Jamie si pavoneggiò. «Sì, beh, che posso dire? Sono speciale.»

Liz ridacchiò. «Oh, lo sei proprio. Come va il lavoro? Arrivano ancora molti incarichi?»

Annuì. «Fino a quando ho tempo di disegnare, sono felice.» Lavorare per se stesso era perfetto e i suoi risultati portavano altri clienti. Gli venne da ridere all'affermazione di Stephen sulle sue abilità tecnologiche. Non si era sbagliato, aveva fatto schifo al corso di informatica e solo in seconda liceo aveva capito che fare. Appena terminata la riabilitazione e mentre cercava di ricostruire la propria vita, un corso di informatica gli era sembrata una scelta ovvia, soprattutto perché era in grado di completarlo online.

«La mamma ti ha detto in chi mi sono imbattuto ieri? Beh, ovviamente non alla lettera.»

Suo padre ridacchiò. «Non ne sono così sicuro, ti ho visto muoverti su quella cosa.» Era il tipo di commenti che non gli dispiacevano.

Liz annuì con occhi brillanti. «Quando lo rivedremo?»

«Intendi quando potrai di nuovo maltrattarlo? Ha sempre detto che eri peggio della sua stessa sorella.» Crescendo, lui e Stephen avevano passato un sacco di tempo a casa l'uno dell'altro e anche i loro genitori avevano socializzato, alle feste, ai compleanni e durante le vacanze. Jamie ridacchiò. «Aspetta, perché è cresciuto. Cresciuto sul serio.»

«Allora deve venire qui, così possiamo metterci in pari sulle chiacchiere,» commentò sua madre entrando in salotto. «Voglio sapere tutto sulla sua vita in California.»

«So già che è un pazzo,» disse Liz con un sorriso. «Chi lascerebbe tutto quel sole per tornare qui?»

«Magari sentiva la mancanza di Jamie,» suggerì Phil.

Jamie sbuffò. «Sono sicuro di non fare parte dei suoi piani.» Ma non poté negare che fosse un pensiero piacevole.

«Beh, se restate tutti qui sul viale dei ricordi, mi mangerò l'arrosto da sola,» dichiarò sua madre.

Jamie si spinse velocemente verso la porta, sterzando per evitare di scontrarsi con lei. «Patate schiacciate, sto arrivando.» Gli altri gli erano alle spalle, ridendo.

Jamie amava quelle domeniche, era bello stare

in un posto dove nessuno lo sottovalutava, gli diceva che non poteva fare qualcosa che aveva deciso o faceva commenti negativi sulla sedia a rotelle.

Sperava che anche Phil fosse così, perché fino a quel momento sembrava un bravo ragazzo. Dio sapeva che Liz aveva bisogno di un tipo del genere, dopo l'ultimo bastardo con cui era stata e non vedeva l'ora di avere anche lui qualcuno da portare a conoscere la sua famiglia.

Anche lui aveva bisogno di un bravo ragazzo.

«Stavo pensando di andare in vacanza,» disse Jamie mentre Liz sparecchiava e sua madre portava il dolce, una delle sue famose torte di mele con la panna montata.

Suo padre lo guardò senza capire. «La prossima estate?»

Scosse la testa. «Pensavo più a quest'inverno. Ho un'idea, qualcosa che voglio provare.»

«Beh, di certo non è sciare,» intervenne Phil, ma non si spinse oltre perché Liz gli lanciò un'occhiata ammonitrice. I loro genitori rimasero in silenzio, e spostarono lo sguardo verso di lui.

Sapeva cosa significava: *comportati bene*. Di certo a loro Phil piaceva e, beh, anche a lui, ma quello non significava che gli avrebbe fatto pensare che frasi come quella fossero accettabili.

Jamie sollevò un sopracciglio. «Perché no?» chiese a mezza voce.

Phil sbatté le palpebre. «Beh…»

Suo padre ridacchiò. «Se Jamie vuole andare a sciare, credimi, troverà il modo per farlo. Farai meglio a impararlo.»

Che Dio benedica mio padre. Non lo aveva mai sottovalutato.

Sua madre lo guardò. «Immagino che ci siano posti dove potresti farlo.»

Annuì. «C'è un posto nel Vermont dove fanno sci adattativo. Prima ti addestrano, poi puoi noleggiare un monosci, che può essere singolo o doppio. Ci penso da un po'.» Era sempre alla ricerca di nuove sfide e non aveva mai avuto la possibilità di sciare da piccolo, quindi quella sembrava la soluzione perfetta.

«Mi dispiace,» disse in fretta Phil. «Ho dato una cosa per scontata, vero?»

Lui gli fece un sorriso rassicurante. «Lo facciamo tutti, di tanto in tanto.»

«Sì, ma non lo farò di nuovo,» lo rassicurò Phil. «Almeno, non con te.» Piegò la testa di lato. «Hai mai pensato al parapendio?»

Jamie trattenne il fiato. «Adesso sì che ragioniamo. Sarebbe fantastico.» Non aveva idea se fosse uno sport adatto ai paraplegici, ma lo avrebbe scoperto.

«È sempre stato qualcosa che volevo provare,» ribatté Phil. «Se mai decidessi di farlo, sarò con te.»

Okay, a quel punto Phil lo aveva conquistato. Guardò Liz. «Questo te lo devi tenere stretto.»

Lei scoppiò a ridere. «Grazie per il voto, ma lo avevo già capito da sola.»

Phil si protese e le prese una mano tra le proprie.

Si sarebbe annotato quella giornata come una di quelle buone.

Ciò che l'avrebbe resa perfetta sarebbe stato se qualcun altro la stesse trascorrendo con lui, qualcuno che tenesse a lui, e che non avrebbe battuto ciglio all'idea di lui che scendeva il fianco di una montagna su un monosci.

Ecco un'altra cosa da aggiungere alla lista di tutte le cose che cercava in un ragazzo.

Capitolo 5

Jamie attese tre giorni che Stephen si mettesse in contatto con lui, ma quando arrivò mercoledì senza un messaggio o una chiamata, un po' di disagio iniziò a farsi strada nei suoi pensieri, solitamente positivi.

È la sedia, giusto? Non sarebbe la prima volta che quella dannata sedia si metteva in mezzo. O i ragazzi pensavano che starci seduto sopra gli abbassasse il quoziente intellettivo di diversi punti, o pensavano che perlomeno fosse abbastanza carino da garantirgli una scopata di commiserazione o perfino, Dio non volesse, iniziavano a indulgere in una sorta di "kink dello storpio". Sì, c'erano degli stronzi perversi là fuori. Magari ciò che li attirava era nient'altro che la curiosità, fino al momento in cui si doveva fare sul serio, e a quel punto scappavano a gambe levate.

Ogni cazzo di volta sperava di aver fatto abbastanza da dare a un potenziale compagno di letto la sicurezza di chiedergli qualsiasi cosa. Aveva tutta quella conversazione chiara in testa, la chiamava *Il Discorso,* ma fino a quel momento era ancora fermo lì, in attesa di venire pronunciato. Quel pezzo di metallo li allontanava molto prima che si avvicinassero anche solo lontanamente a togliersi i vestiti. Ciò che lo rattristava di più, quando si concedeva di pensarci, cosa che non succedeva spesso, era che nessun ragazzo lo avesse visto nudo da quando aveva diciassette anni e quella era stata la sua prima volta. Un frenetico armeggiare durante una gita scolastica all'ultimo anno era tutto ciò che aveva da ricordare, e non era esattamente stato magnifico.

Beh, almeno una volta ho scopato, giusto? Per come la vedeva lui, essere paraplegico e vergine era uno scenario infinitamente peggiore.

Caricò i piatti nella lavastoviglie e poi prese il telefono. *Sai come si dice…* Cercò il numero di Stephen e, dopo tre o quattro squilli, questi rispose.

«Ehi, Maometto, parla la montagna. Volevo sapere se hai in programma di venire a trovarmi.»

Stephen ridacchiò. «Molto sottile, ti manco già?»

«Come un buco in testa, spilungone.» Solo sentire la voce di Stephen lo faceva sentire bene. «Allora… pensi di poter venire a cena domani sera? A casa mia?»

«Dipende da cosa avevi intenzione di cucinare.»

Jamie sbuffò. «Pensavo a fegato, cavolfiore, cavoletti di Bruxelles, olive, acciughe. Sulla pizza.»

Violenti conati di vomito gli riempirono le orecchie. «Stronzetto. Penso tu abbia appena elencato ogni singolo alimento che mi fa vomitare. La tua memoria di sicuro non è cambiata.»

Jamie si passò i polpastrelli sulla camicia. «Ah, ce l'ho ancora. Ma sul serio… si può fare?»

«Certo, cosa bevi? Porto birra, vino… dello sherry?»

L'ultima lo fece ridere. «Oh, mio Dio, ti ricordi di quel Natale a casa di tua nonna.»

«Difficile dimenticare quando hai decorato il suo miglior tappeto con il tuo sbadiglio in Technicolor.»

Jamie sussultò. «Il mio cosa?»

Era sicuro che Stephen stesse roteando gli occhi. «Hai vomitato, ricordi? E questa è una frase che ho imparato da uno studente australiano che ho conosciuto al college.»

Anche lui ricordava la vergogna che aveva provato la volta successiva in cui era andato a trovare la nonna di Stephen. Quella donna era una signora incredibile e detestava l'idea di essersi coperto di ridicolo. E lei, da signora qual era, era invece stata molto dolce. Aveva anche nascosto la bottiglia di sherry.

«In risposta alla tua domanda, mi piacciono sia la birra che il vino bianco, ma non ti disturbare per me.»

«Fantastico. Vedo cosa riesco a trovare.» Una pausa. «Quindi non mi dai nessun indizio sul menu?»

«Ah, andiamo, lasciamo che ci sia un po' di mistero.»

Stephen ridacchiò. «Sai che quando dici così ti immagino vestito di veli fluttuanti e ne tieni uno sul viso, così che posso solo vederti gli occhi? E stai sbattendo le ciglia.»

«Dei veli, eh? Beh, è arrivato il momento, Stephen Taylor è diventato kinky.» Adorava quel battibecco.

«Kinky un cazzo.»

«Ehi, se lo dici tu. Quello che decidi di fare nella privacy della tua camera da letto è del tutto affare tuo. Okay… va bene per le sette?»

«Per le sette dovrei farcela.»

«Fantastico, ti mando l'indirizzo via messaggio. C'è un parcheggio di fronte al garage, ci vediamo, allora.» Terminò la chiamata col cuore leggero. *Verrà.* Poi si diresse verso il freezer per decidere cosa cucinare.

Rimuginò ancora sull'idea del fegato, tanto per farsi due risate.

Alle sette in punto, Jamie sentì il rumore di una macchina che si fermava fuori. Si portò alla porta d'ingresso e la aprì mentre Stephen chiudeva a chiave la macchina. Ridacchiò. «Non ho visto con quale auto sei salito quando siamo ritornati al lago, ma se avessi dovuto sceglierne una per te, avrei detto di sicuro una Toyota Camry. Decisamente da contabili.»

Stephen sollevò un sopracciglio. «Mi dovrò aspettare questo per tutta la serata? Altre frecciatine? Questa è a noleggio, testa vuota.» In mano reggeva una busta di carta marrone, cosa che lo fece ridere ancora.

«È tutto okay, non devi nascondere l'alcol. Quello del negozio di alcolici passa di qui tutti i giorni.» Si fece indietro per lasciarlo entrare in casa. «Benvenuto.»

Stephen sorrise. «Da fuori sembra bello.» Poi si bloccò. «Era una battuta, vero? Sul negozio di alcolici?»

Jamie roteò gli occhi. «Dio, ma cosa ti hanno fatto al cervello laggiù in California? Te lo hanno fritto con tutto quel sole?» Tese una mano per prendere la busta e Stephen gliela porse. Ci guardò dentro e gli si strinse il petto. «Oh, tu, dolcissimo uomo.» Accanto alla bottiglia di vino bianco c'erano quattro pacchetti di burro di arachidi. Sollevò la testa di scatto. «Ti sei ricordato?»

Stephen sorrise. «Quindi il sole della California non mi ha fritto del tutto il cervello. Ovviamente, posso sempre riportarmeli a casa.»

«Non ci provare, cazzo.»

Stephen scoppiò a ridere. «Mi stavo chiedendo quanto ci avresti messo prima di lasciar libera quella tua boccaccia.»

«La mia? Chi di noi ha usato la parola vaffanculo dieci secondi dopo esserci rincontrati per la prima volta dopo tredici anni? Eh?» Fece un cenno verso il corridoio. «Ti farò fare il giro della casa. Seguimi, ma non troppo vicino, perché queste ruote sono pericolose, quindi tieni sempre le mani lontane, per favore.»

«Mi piacciono i pavimenti.»

Jamie fece un sorriso. «Non c'è moquette qui, non va d'accordo con la manovrabilità della mia sedia a rotelle.» Indicò una porta sulla sinistra. «Il bagno. C'è un adattatore, ma lo puoi sollevare se ne hai bisogno, fai solo in modo di rimetterlo a posto quando hai fatto. E puoi appendere quello alla porta.» Attese mentre Stephen si toglieva il lungo cappotto nero. «Ti dona, a proposito, ma col nero è sempre stato così.» Sorrise ancora. «Ricordi? A dodici anni hai attraversato quella fase gotica. Beh, almeno ci hai provato, ma tua madre è andata fuori di testa. Qualcosa sul death rock che era la musica di Satana?»

«Ho ascoltato quella roba per una settimana in tutto!» ribatté Stephen. «Definirla *fase* è esagerato e anche tu hai avuto i tuoi momenti, o te li sei dimenticati in modo molto conveniente?»

«Non dimentico niente, è una maledizione.» Jamie entrò in cucina con Stephen alle spalle. Indicò gli armadietti accanto al frigo. «Lì ci sono i bicchieri, l'apribottiglie è nel cassetto accanto al fornello. Sempre che ne abbiamo bisogno, perché potresti aver fatto una pazzia e scelto un tappo a vite.»

«Vaffanculo.»

Jamie si sentì come se avesse di nuovo tredici anni. La prima volta che aveva detto quella parola era stato in presenza di Stephen e si era sentito così coraggioso, cazzo. Ovviamente, era diventata di uso comune, tranne quando c'erano i loro genitori nei paraggi. Se l'erano fatta sfuggire un paio di volte, ma i risultati erano stati sufficienti per renderli più cauti.

Stephen annusò l'aria. «Qualcosa profuma di buono,» disse mentre prendeva i bicchieri dall'armadietto. Indicò il lavandino. «Mi piace.»

Jamie sapeva che si stava riferendo allo spazio vuoto sotto al lavandino che rendeva più facile sistemarci sotto la sedia. «Una delle modifiche che ho fatto alla casa. Beh, non io personalmente. C'è una società di progettazione che adatta le case per renderle accessibili alle sedie a rotelle.» Fece un cenno agli armadietti. «Tutto è a portata di mano, in più ho una pinza per ciò che non uso così spesso.»

«Ti hanno anche allargato le porte?»

«Oh, lo hai notato? È bello vedere che essere un contabile non ti ha privato di tutte le tue capacità mentali. A proposito di questo...» Fece un sorrisetto divertito. «Come fa un contabile a non indebitarsi?»

«Non ne ho idea, ma sono sicuro che stai per dirmelo.»

«Se non può permetterselo, non se lo compra.» Stephen gemette, ma lui continuò. «E hai sentito di quella donna che è andata dal dottore e le è stato detto che aveva solo sei mesi di vita? *"Oh, mio Dio,"* ha detto. *"Che farò?"*. *"Sposi un contabile,"* le ha suggerito il dottore. *"Perché?"* ha chiesto lei, *"Mi farà vivere più a lungo?"*. *"No,"* ha risposto lui. *"Ma gliela farà sembrare più lunga."*»

Stephen gemette. «Penso che adesso me ne andrò, non so quanto posso reggere senza farti fuori.»

Jamie scoppiò a ridere. «Okay, mi comporterò bene. Basta battute fino a dopo cena.»

«Stavo pensando alla fine della mia visita, ma prendo quel che viene.» Aprì la bottiglia e versò due bicchieri, porgendogliene poi uno. «Brindiamo ai vecchi amici.»

«Ehi, meno ai vecchi,» ribatté lui. «Ma berrò all'amicizia.» Fecero tintinnare i bicchieri e lui bevve un sorso di vino. Era freddo e delizioso, e Jamie si lasciò sfuggire un sospiro felice. «Grazie a Dio hai buon gusto in qualcosa, ti fa quasi perdonare la tua scelta di macchine a noleggio.»

«Vaffanculo,» disse di nuovo Stephen, con un sorriso. «La cena è pronta? Sto morendo di fame.»

Jamie indicò il tavolo da pranzo. «Vai a sederti e preparerò i piatti.» Quando Stephen fece per aprire la bocca, lui gli lanciò un'occhiata di fuoco. «E prima che tu mi chieda se puoi aiutarmi, sono a posto, grazie. Se avrò bisogno di aiuto, te lo chiederò io.»

«Che è esattamente come ci siamo persi quell'estate, se ricordo bene. Perché uno di noi due non voleva chiedere indicazioni a un passante.»

Jamie sbuffò. «Fa parte dell'essere uomini, non lo sapevi? Gli uomini non chiedono indicazioni stradali, vanno solo avanti per miglia allontanandosi dal loro percorso.» Ed era proprio così che si erano persi in un bosco, con i loro genitori fuori di testa per la preoccupazione.

«Ne abbiamo passate un sacco, insieme, vero?» La voce di Stephen era carica di calore.

«Certo che sì. E ho il sospetto che prima che

questa serata finisca ricorderemo molto di quei tempi.» Jamie avrebbe potuto parlare della loro infanzia fino alle prime luci dell'alba. Sempre meglio che affrontare l'argomento dell'incidente. Ma non era stupido, sapeva che prima o poi ne avrebbero dovuto parlare.

In quel momento, sperava che fosse il più tardi possibile.

Stephen si lasciò sfuggire un sospiro soddisfatto. «Okay, lo ammetto. Sai cucinare.»

«Oh, certo, non mi credere quando te lo dico io. Aspetta di aver mangiato tre porzioni di lasagna per esserne davvero certo.» Lui ne aveva mangiato solo una, perché conosceva i propri limiti. «C'è del gelato, se ti rimane ancora dello spazio.»

Gli occhi di Stephen brillarono. «Dimmi che hai menta e gocce di cioccolato e ti amerò per sempre.»

Jamie scoppiò a ridere. «Oh, è così. E sì, ce l'ho.» Da ragazzini lo avevano amato entrambi ed era un gusto che non lo stancava mai. Era bello sapere che anche a Stephen piaceva ancora. Andò al freezer e lo aprì.

«Comunque non stavo scherzando, sei davvero un bravo cuoco.»

Gli sorrise. «Ehi, grazie. Ho solo un piccolo repertorio e di solito cucino e surgelo, perché di base sono pigro, ma me la cavo.»

Stephen lo guardò con ovvio affetto. «Tu, pigro? Come no. Ti sei sempre fatto il culo per tutto e dubito tu sia cambiato.» Fece un cenno alla sedia. «Mi basta guardarti muoverti per saperlo.» Si concentrò sulla sedia e Jamie seppe che non avrebbe potuto evitare quella conversazione.

Togliamoci il cerotto e facciamola finita, okay?

Non gli dava fastidio parlare dell'incidente. Aveva spinto tutto il dolore e il disagio in un posto lontano, tanto tempo prima, aveva chiuso la porta e gettato via la chiave. No, ciò che odiava era lo sguardo negli occhi delle persone quando lo ascoltavano, quello sguardo che parlava solo di pietà.

Lui non aveva bisogno della pietà di nessuno, non aveva bisogno che la gente lo vedesse per qualcos'altro che non fosse un uomo integro, perché se la stava cavando piuttosto alla grande, grazie tante.

E di certo non voleva vedere quello sguardo negli occhi di Stephen.

Bevve un bel sorso di vino, pregando internamente che Stephen non si dimostrasse come tutti gli altri. Aveva la terribile sensazione che quello avrebbe potuto distruggerlo, e non voleva andare in pezzi davanti al suo amico.

Stephen è troppo importante.

Capitolo 6

Poi cambiò idea. *Se dobbiamo farlo, lo faremo a modo mio.*

Jamie prese il barattolo di gelato dal freezer e chiuse lo sportello. «So che probabilmente hai un milione di domande, ma se dobbiamo parlarne... hai a disposizione stasera. Tutto qui. È tutto quello che avrai. Quindi inizia a pensare, perché quando andrai via da qui non ne parleremo mai più.»

Stephen sbatté le palpebre. «Dici sul serio?»

Annuì. «Hai bisogno di carta e penna per scriverle tutte?» Trattenne un sorriso mentre metteva il gelato in due ciotole. «Vuoi la salsa di cioccolato sul tuo?»

«Un orso caga nel bosco?»

Jamie ridacchiò. «Oh, mio Dio, la faccia di tua madre quando lo hai detto con lei vicino. Non penso di averti visto per una settimana, dopo.»

«Non penso di essere riuscito a sedermi per una settimana, dopo.» Stephen si avvicinò per prendere una ciotola e Jamie scoppiò a ridere.

«Non credere che non sappia cosa stai facendo. Vuoi solo vedere quanto cioccolato ci verso.»

«Ma non mi dire.» Stephen prese la bottiglia e la spremette, coprendo il brillante gelato verde con una ricca colata marrone scuro. Invece di tornare al tavolo, però, gli appoggiò una mano sulla spalla.

Jamie alzò lo sguardo e gli si chiuse la gola. *Non farlo. Non osare dirmi qualche trito luogo comune, cazzo, non tu.*

Stephen si schiarì la gola. «Pensi che potrei avere un altro cucchiaio di gelato?»

Per un momento gli venne da ridere, fino a quando si rese conto che Stephen aveva fatto un passo indietro dopo aver visto la sua espressione e quello gli diceva molto sull'uomo che Stephen era diventato. Fece una risatina. «Visto che sei tu… perché no?» Lasciò cadere un'altra pallina di gelato nella ciotola, poi rimise il barattolo nel freezer.

Ritornarono al tavolo e Stephen non attese prima di indagare. Jamie mangiò lentamente, con la testa fissa sulle possibili domande che sarebbero arrivate. *Ti prego, non mi chiedere delle mie storie*, perché sarebbe stata una conversazione molto breve.

«La persona che ha causato il tuo incidente… È stato condannato?»

Jamie si bloccò. «Perché? Intendi dargli una lezione?»

«Se devo.» Il volto di Stephen si scurì. «Non mi far parlare di chi beve e guida.»

«Beh, la legge si è presa cura di lui da parte tua.» Venne attraversato da un'ondata di calore e non poté trattenere un commento. «Ah, ti importa abbastanza da fare il culo a qualcuno per me, sono colpito.»

«Sciocco.»

Quando lo sguardo di Stephen si spostò sulla

sua sedia, Jamie lo guardò con sincerità. «Quindi? Da dove vuoi iniziare?»

Stephen finì di mandare giù il gelato. «Quanto è stato brutto? Voglio dire, cosa ti ha fatto?»

Jamie tenne in alto il cucchiaio, con la parte convessa verso il basso. «Okay, questa è la mia spina dorsale e diciamo che questa parte è il mio culo. La spina dorsale è fatta di vertebre.» Sorrise. «Te lo ricordi da biologia? Mi sembra di ricordare che fossi troppo impegnato a sfogliare il libro di testo per cercare di trovare le immagini degli organi riproduttivi.»

«Vaffanculo,» rispose Stephen con un sorriso. «E sì, testa vuota, ricordo cosa sono le vertebre.»

«Allora okay. La spina dorsale è composta da quattro sezioni, ma quella di cui stiamo parlando è la toracica, che è la parte sopra a dove inizia il sedere. Le vertebre sono numerate da T1 a T12.» Si morse un labbro. «La T sta per toracico, intelligentone.» Stephen si limitò a fargli il dito medio. «Mi sono ferito alla T10, in qualcosa che viene definito una ferita completa, ossia non provo alcuna sensazione nelle gambe.»

«Quindi non c'è proprio possibilità che tu possa camminare di nuovo?» Jamie scosse la testa e Stephen studiò la parte superiore del suo corpo. «Sembri piuttosto massiccio sopra la cintura, se non è un commento troppo personale.»

Era il tipo di commento che dava speranza a un uomo gay, solo che lui era certo che non fosse quello lo spirito con cui era stato pronunciato. Fece un mezzo sorriso. «Lo prendo come un complimento e il mio allenatore in palestra ne sarebbe molto gratificato. Mi ha fatto lavorare sodo.»

«Vai in palestra?» Poi si bloccò. «Scusami, non volevo…»

«È tutto okay, ci sono abituato.» Sapeva anche che Stephen si stava ancora abituando a quella situazione. «Ma che tu ci creda o no, lasciano entrare anche i ragazzi in sedia a rotelle in palestra e mi alleno tutti i giorni.»

«Immaginavo facessi qualcosa, perché vederti sollevare quella sedia a rotelle in macchina è stato piuttosto impressionante.»

«Si chiama pratica. Altre domande?» Sapeva che ce ne sarebbero state.

Stephen fece un cenno verso la cucina. «Tutte quelle modifiche… Non possono essere state economiche. Questa casa in pratica è stata costruita su misura per te.»

Jamie annuì. «Tutto è stato pagato con il risarcimento che ho ottenuto, in più ci sono dei contributi disponibili per le persone come me. Mi hanno anche pagato la macchina.»

Stephen si morse un labbro. «Se non senti niente nelle gambe, che mi dici delle… altre parti?»

Fece un mezzo sorriso. «Potresti essere un po' più specifico?» Aveva idea di dove volesse andare a parare. Prima o poi, le persone parlavano del suo uccello.

«Beh… per usare il gabinetto? Voglio dire, sai ancora quando… devi andare?»

Jamie sbatté le palpebre. «Oh, okay, qui sono stato fortunato che la mia ferita sia stata alla T10 e non sotto la T12. Il che significa che, senza tanti giri di parole, il mio culo resta chiuso fino a quando non sono io a volere che si apra.»

«A meno che non lo voglia tu?»

«Ho una routine, e ogni mattina mi svuoto l'intestino.» Quando Stephen lo fissò, sorrise. «Ehi, hai aperto tu l'argomento, solo non ti aspettare che ti dica come faccio, perché farebbe schifo.»

«E per fare la pipì?»

Sollevò un sopracciglio. «Mio Dio, vuoi i dettagli vero? Beh, la mia vescica funziona ancora, ma lo stimolo… beh, quello non ce l'ho. Il segnale non mi arriva, quindi ogni tre o quattro ore mi cateterizzo.»

«Ahia.» Stephen fece una smorfia.

Jamie agitò una mano. «Adesso ci sono abituato e se devo andare in un posto nuovo ho una comoda sacca che mi lego alla coscia.» Ridacchiò. «Scommetto che adesso ti dispiace di avermelo chiesto.»

Stephen scoppiò a ridere. «Beh, questa decisamente rientra nel campo delle eccessive informazioni.» Abbassò lo sguardo sul gelato, poi lo alzò per incontrare il suo. «Ma non abbastanza da farmi passare la voglia di gelato.» Riprese a mangiare.

Jamie attese, ma presto divenne chiaro che non sarebbero arrivate altre domande. *Non me lo ha chiesto.* Per un momento rimase senza parole. Era stato sicuro che a un certo punto l'argomento delle relazioni sarebbe saltato fuori. Sapeva di voler sapere della vita privata di Stephen. *E non mi ha chiesto del sesso.* Era una novità, perché di solito era la prima cosa che i ragazzi volevano sapere. "Riesci ancora a fare sesso? Ti viene ancora duro?"

Ma l'assenza di tali domande lo fece fermare. *Se riesce a farmi domande su pipì e cacca, ma non sulla mia vita privata…* Ci doveva essere un motivo e il più ovvio era che non voleva fare domande del genere.

Non esagerare, tieniti alla larga. Domande del genere avrebbero dovuto attendere un altro giorno.

Tuttavia, aveva un'altra teoria: *Stephen non fa domande sulla mia vita amorosa perché dà per scontato che non ne abbia una.* Non sarebbe stato il primo a pensarla così. *Perché la maggior parte delle persone crede che i diversamente abili non possano fare sesso, che non lo vogliano e che non ne siano interessati?*

Jamie era decisamente interessato al sesso, ma era stanco di fare tutto da solo. Voleva un compagno. Durante la riabilitazione, aveva chiesto a uno dei dottori cosa la sua disabilità gli avrebbe ancora concesso di fare a livello sessuale. Aveva ricevuto la sconcertante risposta di *"essere realistico"*.

Grazie a Dio, qualche anno dopo aveva incontrato Jack in palestra ed erano diventati buoni amici. Anche la moglie di Jack era paraplegica e, dato che Jamie era Jamie, avevano parlato di sesso. Per fortuna, a Jack non aveva dato fastidio parlarne e la conversazione che ne era seguita gli aveva dato una speranza. C'erano persone là fuori che avrebbero visto l'uomo e non solo la sedia a rotelle.

Doveva solo trovarne una.

Jamie si schiarì la gola. «Allora stai cercando un posto tutto per te?»

Stephen annuì. «Anche se non ho ancora trovato nulla. In più, ho un budget scarso, che migliorerà solo quando inizierò a lavorare.»

«Dove stai cercando?»

«Per tutta Boston.» Sorrise. «E prima è, meglio sarà. Ormai sono abituato a vivere da solo da quando studiavo.»

Non riuscì a trattenere una risata. «Oh, intendi dire che non adori essere tornato dai tuoi? Mah, mi chiedo il perché. Beh, faremo meglio a trovare un'alternativa e in fretta, prima che ti facciano impazzire.» Quando gli venne in mente quell'idea, il suo primo pensiero fu di rifiutarlo. *Non vorrà mai.* Poi ci ripensò. *Al diavolo, può sempre dire di no, giusto?* «Se vuoi davvero toglierti dai loro piedi il prima possibile, io ho una proposta.»

Stephen appoggiò il cucchiaio nella ciotola vuota. «Ti ascolto, sono aperto a qualsiasi idea.»

«Perché non ti trasferisci qui? Non ti farò pagare l'affitto, ma possiamo dividere i conti e la spesa.» Sorrise di nuovo. «Ovviamente, dovremmo dividere anche le pulizie di casa.»

Stephen lo guardò pensierosamente. «Trasferirmi qui?»

«Perché no? Pensa solo ai pro: ci conosciamo, puoi continuare a cercare un posto, ma senza i tuoi genitori con il fiato sul collo, e avresti la tua privacy.» Fece un gesto intorno alla stanza. «Guarda questo posto, ovviamente non sono un pigrone. Ho una stanza degli ospiti che non uso mai. Dovremo condividere il bagno, ma non c'è niente di male, giusto?» Fu in quel momento che si rese conto di quanto lo desiderasse. Amava la sua indipendenza, ma avere qualcuno con cui vivere?

Sarebbe stato fantastico.

Si può essere soli anche senza rendersene conto?

Ma Stephen non era semplicemente qualcuno: era *Stephen* e di colpo voleva davvero che dicesse di sì.

Stephen gli sorrise. «Di certo hai buone maniere e sai cucinare.»

Lui gli lanciò una finta occhiataccia. «Non sarò l'unico a farlo, spero.» Assottigliò lo sguardo. «Sai cucinare?»

«Certo… se si tratta di ramen.» Poi scoppiò a ridere. «Sì, so cucinare.»

«Mi sembra che sia un sì.» Incrociò mentalmente le dita delle mani e dei piedi.

Annuì. «È un sì, ma a una condizione: devi venire a trovare i miei, prima che dia loro la buona notizia. Ad ogni modo, muoiono dalla voglia di vederti.»

Jamie trattenne un sorriso. «Devo passare un test o qualcosa del genere prima che ti lascino trasferirti qui con me?»

«Scemo. Pensavo sarebbe stato bello… riallacciare i rapporti.»

Gli piaceva l'idea. «Immagino che lo

sappiano…» Non doveva spiegargli cosa.

«Sì.»

Stephen mormorò una risposta a mezza voce che gli disse molto, ma lui sarebbe stato in grado di sopportare lo sguardo comprensivo che lo avrebbe accolto.

«Posso vedere la mia stanza?»

Jamie scoppiò a ridere. «Non perdi tempo, vero? Certo, ti faccio fare il tour.» Si allontanò dal tavolo con una spinta e andò verso la porta. Stephen lo seguì, poi lui indicò un ripostiglio. «È dove tengo i prodotti per la pulizia e cose come lampadine. Gli scaffali in alto sono vuoti, nel caso in cui tu voglia usarli.» Poi passò alla porta successiva. «Questa è la mia stanza, vuoi darci un'occhiata?»

«Certo.»

Jamie aprì la porta ed entrò, con Stephen alle spalle. «Vedi? Riesco anche a farmi il letto da solo.»

«Beh, ecco una cosa che è migliorata con l'età.»

Jamie si voltò e lo guardò indignato. «E questo cosa significa?»

«Che non sei mai riuscito a farti il letto. Tua madre trovava qualsiasi cosa sotto alle tue lenzuola. Calzini sporchi, mutande sporche, pantaloncini da ginnastica, cracker…»

«Una volta. Ha trovato dei cracker una sola volta,» dichiarò lui. «E non usavo il mio letto come un cesto per i panni sporchi, okay?»

Stephen aprì l'armadio e sussultò rumorosamente. «Oh, mio Dio, Jamie ha imparato a essere ordinato.»

«Bastardo.» Uscì dalla stanza. «Vieni a vedere il bagno. Ti devo far vedere la doccia.»

Stephen lo seguì nella piccola stanza. Jamie indicò l'adattatore. «È della stessa altezza della mia sedia, solo che si abbassano le maniglie così ci posso salire sopra, quindi non toccare niente quando lo sposti, okay?»

«Ricevuto.»

Jamie tirò indietro la tenda della doccia. «Non so se preferisci la doccia o la vasca. Io faccio solo la doccia e mi siedo lì.» Indicò il sedile. «Se vuoi fare il bagno, poi rimetti tutto come era prima, incluso il doccino. È appeso a testa in giù per un motivo.»

«Ricevuto.» Stephen si guardò intorno.

Jamie non aveva bisogno di leggergli nel pensiero per capire cosa gli stesse passando per la testa. «Va tutto bene,» mormorò. «So che ci vorrà un po' ad abituarsi, ma adesso la mia vita è questa, e mi sta bene. Se senti che non puoi vivere con tutto questo, allora dimmelo adesso.» Era meglio saperlo prima che si spingessero oltre.

Stephen scosse la testa. «Non cambierò idea. È solo che…» Sospirò. «Penso tu sia incredibile.»

Jamie era perplesso. «Perché?»

«Perché hai fatto tutto questo senza battere ciglio, perché sei ancora Jamie, malgrado tutto ciò che è successo.»

Sorrise. «Credimi, non è sempre stato così, ma non mi sarei lasciato sconfiggere e quello significava trovare un modo per andare avanti.» Si raddrizzò sulla sedia. «Adesso… vuoi vedere la tua stanza? È la prossima porta.»

Mentre andava verso la stanza degli ospiti, si rilassò un po'.

Sembra che mi sia trovato un coinquilino.

Inizialmente ci sarebbero stati dei problemi, ne era certo, ma niente a cui non avrebbero potuto adattarsi. Ed entrambi avrebbero dovuto farlo. Quando Stephen testò la fermezza del letto, gli balenò un pensiero.

E se si portasse una ragazza a casa?

Non glielo avrebbe impedito. Avrebbe dovuto fare un investimento e trovarsi delle cuffiette e fare del suo meglio per non impazzire di gelosia.

Tra l'altro, pensa positivo. Potrei avere un ragazzo nella mia stanza, giusto? Potremmo fare bollente sesso appassionato per tutta la notte.

Sì, come no. Era quasi assordato dal rumore delle ali degli asini che volavano vicino a casa.

Solo dopo si rese conto che, se Stephen avesse portato una ragazza a casa lo avrebbe davvero ucciso, e quando quel pensiero lo colpì, gli si strinse il petto.

Voleva esserci lui nel letto di Stephen.

Capitolo 7

Stephen annusò l'aria, entrando in cucina. «Che profumino.»

Sua madre scoppiò a ridere. «Tutto quello che è cibo è buono per te. Anche se ricordo i tuoi conati quando ho comprato quel formaggio così forte.»

Gemette. «Puzzava di piedi sudati e volevi che lo mangiassi.» Osservò i piani di lavoro. «Wow, hai tirato fuori le armi pesanti per questo pranzo.» Non solo aveva fatto un delizioso polpettone, ma c'erano anche maccheroni al formaggio al forno, patate arrosto all'aglio che si scioglievano in bocca, broccoli, carote al parmigiano e pisellini e patate schiacciate. Senza menzionare la salsa. Ridacchiò. «Jamie farà meglio a indossare qualcosa con una vita elastica.»

Sua madre aggrottò la fronte. «È troppo?»

Stephen le accarezzò un braccio. «Sai che non verrà sprecato nulla, papà adora i panini con il polpettone, tanto per cominciare. E quando mai hai dovuto buttare i maccheroni al formaggio?»

Il broncio di sua madre sparì e lei sorrise. «Volevo che fosse speciale, dopo tutto questo tempo.»

Stephen ricordò quanto Jamie avesse amato la cucina di sua madre. «Non è cambiato così tanto. Adorerà qualsiasi cosa gli metterai davanti.»

Lei scoppiò a ridere. «Ho sempre detto che aveva il verme solitario, mangiava un sacco eppure era magro come un chiodo.»

«C'è una Corvette che sta parcheggiando sul vialetto,» gridò suo padre dal salotto.

«Deve essere Jamie,» disse Stephen, dirigendosi verso la porta d'ingresso.

«Ma non guida, giusto?»

Stephen ignorò la domanda e aprì la porta, proprio mentre Jamie spegneva il motore. Si diresse verso la macchina, parcheggiata dietro alla Toyota. «Spero tu abbia fame, perché sembra che mia madre stia aspettando cinquecento persone a pranzo.»

«A me basta che sia qualcosa di più che solo pani e pesci.» Jamie si protese verso il retro della macchina e iniziò ad assemblare la sedia a rotelle vicino a sé. Lui stava per offrirgli il suo aiuto quando ci ripensò. Jamie era ben più che in grado di farlo da solo, così attese che finisse e che si spostasse sulla sedia.

«Oh, buon Dio, riesco a sentirlo da qui.» Il viso di Jamie esplose in un sorriso estatico. «Dimmi che ha cucinato alcuni dei miei piatti preferiti.»

Stephen sbuffò. «Di certo ha ucciso il vitello più grasso.»

Jamie sollevò le sopracciglia. «Stai facendo un sacco di riferimenti biblici. Hai trovato Dio in California?»

«No, era sempre troppo impegnato a surfare.»

Jamie scoppiò a ridere. «Mi piace quest'immagine, Dio su una tavola da surf.» Indicò il sedile del passeggero. «C'è un mazzo di fiori per tua madre, puoi prenderlo?»

«Certo.» Prese il bouquet, inspirando il profumo delicato. «Li adorerà.»

«Quella era l'idea.» Jamie chiuse la macchina e si mosse verso la casa, poi si fermò di colpo con una smorfia. «Houston, abbiamo un problema.»

Stephen aggrottò le sopracciglia, mentre seguiva lo sguardo dell'amico. «Ah, cavolo.»

Jamie gli accarezzò un braccio. «Va tutto bene, non mi aspettavo che mi costruiste una rampa, okay? Ma avrò bisogno di un po' di aiuto per sollevare la sedia su quelle scale.»

«Certo.» Si avvicinò alla porta. «Papà? Puoi venire qui un attimo?» Qualche secondo dopo, suo padre era lì, con gli occhi sgranati quando vide Jamie. Lui indicò la sedia. «Se io la prendo da dietro, riesci a prenderla sul davanti? In due dovremmo farcela.»

«Ma certo.» Suo padre si affrettò a uscire, mentre Jamie si voltava, dando la schiena alla porta.

«Volete che tenga i fiori? Perché ho delle previsioni di voi che li schiacciate mentre cercate di manovrarmi,» disse Jamie con un mezzo sorriso.

«Ecco.» Stephen glieli mise in grembo, poi avvicinò di più la sedia agli scalini.

«Lo hai mai fatto, prima?» gli chiese Jamie.

«Ehm no.»

«Okay, allora, chi è più forte? Tu o tuo padre?»

«Lui,» rispose suo padre senza esitazione.

«Allora siete nei posti giusti,» Jamie diede le

indicazioni e lui e suo padre la sollevarono e la fecero scivolare lungo i primi gradini. Quando arrivarono in cima, Stephen la abbassò con gentilezza fino ad appoggiare tutte e quattro le ruote.

Jamie guardò per terra. «Oh, mio Dio, mi verranno le vertigini, siamo così in alto.»

Stephen lo colpì su un braccio. «Comportati bene.» Suo padre sollevò le sopracciglia a quello scambio di battute.

Jamie scoppiò a ridere. «È tutto okay, signor Taylor, sono abituato a queste violenze. Avrebbe dovuto vedere cosa mi faceva quando eravamo ragazzini. Mi torturava, glielo giuro!»

Suo padre aprì e chiuse la bocca, senza emettere un suono. Lui si fece da parte mentre Jamie si girava, poi indicò il salotto. «Entra, il pranzo è quasi pronto.»

Jamie si fermò sulla soglia, quasi prendendo le misure dello spazio, poi entrò con attenzione nella stanza. «Un po' più stretto e avrei dovuto mettere a dieta la sedia,» scherzò. Lui e suo padre lo seguirono e, una volta dentro, suo padre si mise accanto al camino, lanciando una strana occhiata a Jamie prima di distogliere lo sguardo e schiarirsi la gola.

Sua madre entrò nella stanza e si bloccò di colpo. «Oh, Jamie, sei qui.»

Jamie le sorrise. «Già, ehilà, signora T. Non è cambiata neanche un po'.»

Lei fece un mezzo sorriso. «Grazie, tu sembri… più grande.»

Le porse i fiori. «Grazie per l'invito.»

«Oh, che gentile.» Sua madre li prese, appoggiandoli subito su un tavolino a lato. «Beh, sono proprio belli.»

Stephen ne aveva avuto abbastanza di quella atmosfera impacciata, ma prima che potesse dire una sola parola, Jamie sorrise. «Oh, non merito nemmeno più un abbraccio?»

Quelle parole sembrarono risvegliarla e sua madre si lanciò in avanti, chinandosi per abbracciarlo. «Ciao, Jamie. È bello rivederti.» La voce di sua madre aveva il solito calore e Stephen sospirò di sollievo internamente. Suo padre si fece avanti con la mano tesa, e Jamie la strinse con vigore.

«È bello vedere anche lei, signore. Ha ancora una stretta ferma. Ho incontrato persone che sembrava che avessero un pezzo di lattuga moscia al posto della mano.»

Sua madre ridacchiò. «Non sei cambiato nemmeno tu, spero tu abbia fame.»

Gli si illuminarono gli occhi. «Un orso ca…» Tossicchiò. «Sì, molta, signora.» Lei si morse un labbro.

«Neanche qua grandi cambiamenti,» commentò suo padre con un sorriso.

Stephen non poté resistere. «Ehi, mamma, non ci crederai ma Jamie sa cucinare.»

Lei arcuò le sopracciglia. «Beh, qualsiasi cosa sarebbe un progresso rispetto alle sue torte di fango.»

«Ehi, le mie torte di fango erano fantastiche,»

protestò Jamie. «Ognuna conteneva la perfetta quantità di fango.»

«Sì, ma non si potevano mangiare,» ribatté lei.

«Avevo sei anni!» Jamie guardò verso di lui. «Tua madre ha la memoria come la mia, potrebbe essere un pranzo imbarazzante.»

«Farò in modo che ci vada piano con te, vero, mamma?» Stephen sorrise. Voleva che gli anni si dissolvessero come era successo quando avevano mangiato a casa di Jamie.

«Ehi, io posso sopportare qualsiasi cosa se posso mangiare di nuovo i piatti di tua madre,» rispose Jamie con occhi scintillanti.

Sua madre scoppiò a ridere. «Allora sarai molto felice, perché ho tre parole per te: maccheroni al formaggio.»

Jamie gemette. «Signora T., io la adoro.»

Sua madre stava ancora ridendo mentre faceva strada a Jamie fino in sala da pranzo.

Jamie spinse via il piatto. «Non penso che mangerò per una settimana. Era tutto ottimo.»

Suo padre sbirciò in una delle ciotole al centro del tavolo. «Ci sono ancora delle patate schiacciate e anche un po' di quelle arrosto.»

Quando vide l'espressione incerta sulla faccia del suo amico, Stephen ridacchiò. «Ma se le mangi, non avrai spazio per il dolce.»

Jamie si bloccò. «C'è il dolce?»

Sua madre annuì. «Crostata di pesche col gelato.»

Jamie sollevò le mani in aria. «Non è giusto, nessuno può resistere alla sua crostata alle pesche.»

«Allora ne vuoi un po'?» chiese lei.

«Solo un pochino.» Jamie tenne indice e pollice a una piccola distanza, ma poi li allargò di qualche centimetro.

Sua madre scoppiò a ridere di cuore. «Ecco il Jamie che ricordo.» Si alzò da tavola e andò in cucina.

«Allora, Jamie, te lo devo chiedere,» iniziò suo padre, servendosi altre patate arrosto. «Perché proprio una Corvette?»

Jamie aggrottò la fronte. «Perché no?»

«Sì, ma di certo… Voglio dire, ci devono essere altre auto più… pratiche per te.»

A Jamie brillarono gli occhi. «Ma che divertimento c'è nell'essere pratico? Io adoro guidarla. Quella bellezza si muove bene.» Lanciò un'occhiata di desiderio all'ultima patata. «La mangia?»

Suo padre scoppiò a ridere. «Accomodati pure.»

«Come sta Marie?» chiese poi Jamie, dopo aver ingoiato un boccone di patate con un rumore che parlava di pura felicità.

Il viso di suo padre si illuminò. «Se la cava alla grande, è sposata con un paio di bambini. Vive a Carmel-by-the-sea, un bel posto per allevare dei ragazzini.»

Jamie sospirò. «Ne sono contento. Le dica che la saluto, quando la sentirà. Quanti anni hanno i bambini?»

«Natasha ha sei anni, Declan tre.»

Stephen si limitò ad ascoltare, senza aggiungere nulla, dato che Marie non aveva ancora dato la notizia.

«È meraviglioso, mi piacerebbe avere dei bambini, un giorno,» disse Jamie con un sorriso.

Suo padre aggrottò la fronte. «Ma, di certo... voglio dire, sarebbe difficile, no?» Si schiarì la voce. Mentre si alzava in piedi dal tavolo con un paio di piatti in mano, Jamie guardò verso di lui e, senza farsi vedere da suo padre, roteò gli occhi.

Stephen lo guardò sorpreso e attese fino a quando suo padre non ebbe lasciato la stanza. «Dici sul serio? Vuoi davvero dei figli?»

Jamie rimase impassibile. «Certo, perché no? Penso che sarei un ottimo padre. Immagina quanto si divertirebbero i miei bambini, seduti sulle ginocchia del loro papà mentre vanno a fare una passeggiata.» Sorrise, poi si fece serio. «Persone messe molto peggio di me hanno avuto dei figli e ci riescono bene. Ho visto un programma in televisione dove una donna senza braccia, nel Regno Unito, ha avuto dei bambini ed è una madre fantastica. Dipende tutto da come guardi le cose.»

«Immagino di sì.» Era sempre stato sorpreso dalla positività di Jamie, quando erano ragazzini. Era come se ci fosse qualcosa in Jamie che gli faceva sempre vedere il lato positivo delle cose. Sua nonna lo chiamava il *"Gene di Jamie alla Pollyanna"*.

Lui non lo possedeva di certo.

Sua madre tornò nella stanza con un piatto di crostata e tutta la conversazione cessò, a parte i gemiti di delizia di Jamie, che lo fecero ridere.

Sua madre andò poi a preparare il caffè e suo padre si appoggiò allo schienale della sedia. «Stephen dice che hai una casa, penso che sia ammirevole.»

Jamie aggrottò la fronte. «Perché? Lei ha una casa. È quello che fa la gente, no? Si sistema?»

«Sì, ma… non può essere facile.»

Jamie fece spallucce. «Non vedo come vivere in una casa possa essere difficile. Ovviamente, la mia vita sta per cambiare e le premesse sono interessanti. Vero, Stephen?» Gli lanciò un'occhiata consapevole.

«Oh, perché mai?» chiese suo padre. «Stephen?»

Merda. Avrebbe voluto aspettare fino a dopo il caffè, ma vedendo che Jamie aveva lanciato la palla… Non sapeva perché non ne avesse parlato prima. Sua madre entrò con il vassoio con la caffettiera, le tazze e i piattini.

Non c'era momento migliore di quello.

«Mamma, papà? So che vi avevo detto che avrei cercato una casa, ma ho preso una decisione.» Si raddrizzò sulla sedia. «Aspetterò un po' di più, fino a quando potrò permettermi qualcosa che voglio davvero, invece di accontentarmi di ciò che posso affittare in questo momento con il mio budget.»

«Questo significa che finalmente disferai quelle

scatole?» chiese sua madre. «Non puoi continuare a vivere con scatole e valigie, non se resterai qui.»

«Beh, in realtà... mi trasferirò da Jamie. Mi ha chiesto di diventare il suo coinquilino, quindi non vi starò più tra i piedi,» le rispose.

Lei aggrottò la fronte. «Adesso non mi stai tra i piedi, ma...»

«È una buona idea?» intervenne suo padre. «A me sembra che Jamie abbia i suoi... rituali. Di certo, averti intorno potrebbe rendere le cose imbarazzanti per lui.»

«Ne può parlare con me, sa?» L'espressione di Jamie era neutrale. «Voglio dire, sono seduto proprio qui. E non gli avrei fatto questa proposta se avessi pensato che vivere con Stephen avrebbe potuto essere complicato.» Strinse le labbra. «Ovviamente, se iniziasse a lasciare asciugamani bagnati sul pavimento del bagno, non mettere il tappo al tubetto del dentifricio e usare tutta l'acqua calda, allora dovremmo riconsiderare la situazione.» Sorrise. «Gli darò un periodo di prova, che ve ne pare?»

Stephen scoppiò a ridere. «Okay, Mister Pulizia, ti prometto che non sarò disordinato, okay?»

«Ci hai davvero pensato su, Jamie?» chiese sua madre. «Sei abituato a vivere da solo, dopotutto.»

«Che è anche il motivo per cui sarà fantastico vivere con Stephen.» Jamie lo guardò con affetto. «Noi non siamo due sconosciuti, giusto? E sarà bello avere qualcuno là che mi aiuti a sistemare dopo le feste scatenate che faccio una volta a settimana.

Dovremo solo tenere a bada il rumore, perché l'ultima volta i vicini hanno chiamato la polizia.»

I suoi genitori lo fissarono ovviamente sconcertati, ma Stephen rise forte. «Vi sta provocando, non è così?»

Jamie fece un sorrisetto imbarazzato. «Sì, non ho una vita eccitante, giuro, ma sarà fantastico avere là Stephen.»

Di fronte al grande entusiasmo di Jamie per quel piano, Stephen sapeva che sua madre non avrebbe avuto il cuore di mettere altri ostacoli sul loro cammino, infatti lei sospirò. «Voi due, giuro che…»

Jamie finse di sussultare per l'orrore. «Ma no, a meno che vivere in California non lo abbia messo sulla brutta strada.»

Lei lo guardò male. «Jamie Lithgow, non sei cambiato nemmeno un po'.»

Jamie si pavoneggiò. «Lo so, non è fantastico?» Sbirciò la caffettiera. «Adesso posso avere il caffè?»

Sua madre scoppiò a ridere mentre versava il caffè nelle tazze. «I vostri poveri vicini, non hanno idea di cosa li attende.»

«Ehi.» Stephen la guardò indignato.

Lei roteò gli occhi. «Ti ricordo che vi mettevate sempre nei guai da ragazzini.»

«Ma ho ventisei anni,» protestò lui. «Sono maturo.»

Jamie ridacchiò. «Sì, come no?» I suoi genitori scoppiarono a ridere.

Stephen si versò il caffè, grato che avessero

superato quell'ostacolo. Tutto ciò che avrebbe dovuto fare adesso era portare tutte le sue cose a casa di Jamie e poi abituarsi a diventare il suo coinquilino.

Non vedeva l'ora.

Capitolo 8

«È l'ultimo?» gridò Jamie dalla porta.

Stephen chiuse il bagagliaio. «L'ultimo. Tutto ciò che ho al momento è nelle scatole nel tuo salotto.» Chiuse a chiave la macchina e si diresse verso la casa.

«Adesso è anche il tuo salotto,» gli rispose Jamie con un sorriso. «E scaricare la macchina è stata la parte facile. Ti ho potuto aiutare, un po'. Adesso inizia ad aprire quelle scatole.» Lo guardò con un sorriso malizioso. «È una cosa che ho già fatto e non lo farò di nuovo, nemmeno per te.»

Stephen lo seguì in casa, chiudendosi la porta alle spalle. «Immagino che farò meglio a vedere dove mettere tutto.» Anche se avrebbe potuto essere una buona idea averlo fatto prima. Era stato elettrizzato per tutta la settimana alla prospettiva di trasferirsi, così tanto che suo padre aveva fatto alcuni commenti sul tenersi concentrato sul lavoro. Il che era anche giusto, perché stava facendo dei colloqui a potenziali impiegati, dopotutto. Era come essere di nuovo ragazzino, con le vacanze che si stavano avvicinando. Non si era reso conto, fino a quella domenica a pranzo, di quanto volesse andarsene dalla casa dei genitori. E dalla loro vista.

A proposito di limitare le mie mosse. Non che

volesse avere una storia con qualcuno, aveva ancora delle cicatrici mentali dall'ultima, ma almeno ne aveva l'opportunità, se se ne fosse mai presentata una.

Entrò nella sua camera e si diresse verso l'armadio. Non era assolutamente grande e aveva la sensazione che non sarebbe riuscito a farci stare tutti i suoi vestiti. Uno sguardo più accurato confermò le sue paure.

«Non funzionerà mai,» borbottò.

«Cosa?» Jamie entrò nella stanza.

«Tutte le mie cose non entreranno mai qua dentro, non c'è abbastanza spazio.» Perché non ci aveva pensato?

«Allora andiamo a fare compere e compriamo altri spazi,» rispose Jamie con praticità. «Nessun problema.»

«Sì ma ci vuole tempo e impegno.»

Jamie ridacchiò. «E quindi? Lo facciamo una volta per tutte ed è fatta. Come ti ho detto, non è una questione di stato.» Guardò lo spazio. «Adesso, che ne dici di iniziare a portare qui le scatole?»

«Avrei dovuto portarle subito qui,» si lamentò. «Adesso devo fare il lavoro due volte.»

Jamie sbuffò. «Avevi fretta di venire qui. Comunque, farò in modo che ci sia un sacco di caffè, intanto che tu inizi. E poi potrai usarmi come una bestia da soma disponibile, se vorrai. Però, posso portare solo una scatola alla volta.» Si spinse fuori dalla stanza.

Stephen scosse la testa, era proprio come

quando erano ragazzini. Ogni volta che lui aveva un problema, Jamie trovava una soluzione.

Magari dovrei guardare questa situazione e pensare: «Cosa farebbe Jamie?» Il pensiero lo fece sorridere. Guardò i mobili, i pochi che c'erano, e cercò di visualizzare come sarebbe stato una volta sistemato tutto.

«Ehi, Jamie, posso spostare un po' di mobili?»

Lo sentì ridere. «È la tua camera, amico, fai quello che vuoi. Solo non andartene in giro a spostare altre cose per casa, perché mi piacciono come stanno, okay?»

Quello semplificò la questione. La scrivania sarebbe stata perfetta sotto la finestra, piuttosto che incastrata nell'angolo. Aveva senso spostare i mobili prima di portare dentro gli scatoloni. Stephen cercò di alzarla, ma la scrivania in legno era troppo pesante, per cui decise di trascinarla lungo il pavimento.

Abbassò lo sguardo e si fermò di colpo. *Ah, cazzo.*

«Ho preparato il caffè.» Jamie entrò nella camera, poi si bloccò. «Che succede?»

Lui sospirò. «Ho rovinato il tuo pavimento.» Guardò i graffi sul parquet, dove una delle gambe della scrivania avevano lasciato un segno.

Jamie seguì il suo sguardo e ridacchiò. «Non è la fine del mondo, okay? È un graffio. È un dato di fatto. I pavimenti si graffiano, a meno che tu non li copra con dei tappeti.»

«Ma sono qui da meno di cinque minuti e sto

già rovinando tutto.»

Jamie si avvicinò a lui e gli prese la mano. «Ehi,» disse con voce dolce. «Sono solo cose materiali, okay? E se vuoi davvero spostarlo, chiamerò Rob dalla porta accanto. È lui che di solito mi aiuta se non riesco a fare qualcosa.» Gli brillarono gli occhi. «Non che succeda molto spesso. E a essere onesti, lo invito solo perché rende questo posto più carino. Lo chiamo.»

Prima che lui potesse protestare, Jamie se n'era già andato. Fu solo allora che registrò quello che aveva detto. *Rob rende questo posto più carino?* Sembrava una cosa strana da dire. Ma comunque non era strano che Jamie se ne uscisse con cose strane. Non aveva dimenticato che lo aveva definito un bel bocconcino. Decisamente non ciò che si era aspettato. *Sa quanto lo fa suonare gay?* Poi sorrise tra sé, perché aveva l'impressione che a lui non importasse un cazzo di come qualcosa lo facesse apparire, ma diceva ciò che gli passava per la mente e le persone dovevano accettarlo.

Avrebbe desiderato essere così anche lui.

Jamie tornò nella stanza e lui si sedette sul letto, appoggiando la tazza di caffè sul comodino, mentre cercavano insieme un comò online. Jamie trovò in fretta quello perfetto e lui lo ordinò. Fissò poi il pavimento graffiato. «Mi dispiace.»

Jamie si lasciò sfuggire un ruggito. «Ti devo picchiare? È solo un graffio. Ed è il mio pavimento, per l'amor di Dio. Se non mi stresso io, non dovresti farlo nemmeno tu, quindi coprilo con un tappeto, con dei mobili o chiudi quella cazzo di bocca.» Sorrise. «Capito?»

«Sì,» rispose un po' riluttante. Jamie lo guardò divertito e lui ridacchiò. «Okay, okay, capito.»

«Meglio, e a proposito, ci sono dei kit per riparare i graffi sui parquet e ne ho appena ordinato uno.» Sembrava strafottente. «Quindi per oggi non ne parliamo più, okay? Rob ha detto che sarà qui tra un'ora, quindi cosa possiamo fare nel frattempo?»

«Noi?»

Jamie roteò gli occhi. «Beh, sì. Chiaramente hai bisogno di qualcuno che ti tenga d'occhio. E io posso appoggiare i vestiti sulle grucce o sugli scaffali. Quelli bassi, ovviamente.» Sorrise di nuovo. «Andiamo, amico. Quegli scatoloni non si muoveranno da soli, giusto? E ti prometto di non prenderti in giro per il tuo gusto in fatto di abbigliamento.»

Lui sbuffò. «L'ho già sentito in passato.»

Jamie sgranò gli occhi. «Ehi, da quando in qua ho mai infranto una promessa?»

Stephen si massaggiò il mento. «Beh, vediamo. *"Ti prometto che non dirò a tua madre chi ha mangiato tutte le fragole"*.»

«Una sola volta, bastardo.»

«No, è solo la prima che mi viene in mente. Ci sono state altre volte.» Poi Stephen cedette. «Ma immagino che avermi fatto venire qui, in un certo modo rappresenti una sorta di tabula rasa.»

«Oh, molte grazie.» La voce di Jamie era carica di sarcasmo, poi lo guardò storto. «Tabula rasa, eh?

Dovrò trovare altre cose, allora.»

Stephen lo fulminò con lo sguardo. «Che ne dici di evitare? Magari comportandoti da adulto?»

Jamie gemette forte. «Ma quale sarebbe il divertimento? Adesso, se mi vuoi scusare, troverò una scatola che A, riesco a prendere e B, posso portare. Altrimenti, stanotte saremo ancora qua. Non c'è tempo da perdere, come diceva tua nonna.» E con quello uscì dalla stanza.

Stephen sorrise tra sé. Vivere con Jamie di certo non sarebbe stato noioso.

«Pensavo che mangiassi salutare,» commentò Stephen mentre chiudeva la porta con un cartone di pizza in mano. «Da quando in qua la pizza è salutare?»

Jamie lo fissò. «Volevi cucinare tu stasera, dopo aver avuto a che fare con tutte queste scatole, borse e valigie? No? Beh, notizia flash, nemmeno io. Ce la siamo guadagnata. E ci sono alcune bottiglie di birra in frigo con i nostri nomi sopra. Penso che ci siamo guadagnati anche quelle.»

«Avremmo dovuto chiedere a Rob se voleva fermarsi per cena,» disse Stephen mentre inspirava il meraviglioso profumo che usciva dal cartone della pizza. Rob si era rivelato essere un ragazzone con un sacco di muscoli, che aveva spostato la scrivania come se fosse stata fatta di cartone. Poteva capire perché Jamie avesse notato l'aspetto del ragazzo, visto che era molto gradevole da guardare.

Jamie scoppiò a ridere. «Anche no, ho visto quanto mangia. Una volta sono stato a casa sua per un barbecue. Penso che si sia mangiato metà maiale. Deve bruciare tutto in palestra, dove passa la maggior parte del tempo.»

«E come fai a saperlo?»

Jamie sorrise. «C'è una panetteria fantastica accanto alla palestra. Fanno i migliori rotoli alla cannella e Rob me ne porta sempre uno quando ci va.» Si massaggiò la pancia. «Poi devo smaltirlo, ma credimi, ne vale la pena.»

Seguì Jamie in cucina, che prese le birre mentre lui prendeva i tovaglioli di carta per la pizza. Si sedettero a tavola e, quando aprì il cartone, gemette. «Ci sono i funghi sopra. Avrei dovuto dirlo, niente funghi.» Aveva lasciato che ordinasse Jamie, senza pensare alle farciture.

Jamie ridacchiò. «Quindi ci sono funghi sopra. Che cazzo di disastro.» Roteò gli occhi. «Il mondo non finirà per un paio di funghi. Li prendo io e li tengo dalla mia parte della pizza.» Gli brillarono gli occhi. «Almeno così me ne assicuro la metà.» Prese uno spicchio, schioccando le labbra.

Stephen lo fissò. «Come ci riesci?»

«A fare cosa?» chiese Jamie con la bocca piena, poi deglutì. «Scusa.»

«Come fai a vedere sempre il lato positivo delle cose? Anche quando eravamo ragazzini, eri uguale.

Eppure avrei pensato che…» Si fermò di colpo, non volendo continuare per paura di essersi allargato troppo.

Jamie lo guardò pensieroso. «Termina la frase. Cosa avresti pensato?»

Adesso non poteva più tirarsi indietro. «Non capisco. Se quello che è successo a te fosse capitato a me, non riuscirei mai a conviverci come fai tu. Ti vedo muoverti su quella sedia, ridere, scherzare, trovare divertimento nella vita…»

Jamie piegò la testa di lato. «Quindi pensi che ci conviva bene?»

«Perché, no?» Stephen lo fissò. «Guardati, potresti essere l'immagine della felicità.» Era difficile vederlo senza che stesse ridendo o sghignazzando.

Jamie mise giù la fetta di pizza e si pulì le dita sul tovagliolo prima di guardarlo negli occhi. «Continui a dimenticare una cosa. Tu mi vedi adesso, otto anni dopo l'incidente. Non mi hai visto nei mesi subito dopo l'incidente, o l'anno dopo, se dobbiamo dirlo.»

«Allora dimmi com'eri.» Perché lui voleva saperlo. Le parole di Marie erano marcate a fuoco nella sua memoria. *E se Jamie stesse in realtà fingendo di essere coraggioso per il mondo, per me?*

Jamie non disse nulla per un momento, ma studiò il suo viso, come se stesse internamente dibattendo su cosa dire, poi sospirò pesantemente.

«Cosa vuoi sapere? Come mentre ero sdraiato in quel letto di ospedale pensavo che la mia vita fosse finita a diciotto anni? Come pensavo che non sarei mai più stato felice? Vuoi sentire quanto ho sofferto?» Gli tremò la voce. «Come mi rifiutavo di accettare quello che mi dicevano i dottori? Come me la prendevo con le infermiere, con i miei genitori? Perché io ho pensato a tutte queste cose e anche di più.»

«Non ti ho mai visto arrabbiato,» mormorò lui, con il cuore a pezzi per il suo amico.

«Fidati di me, non è stato bello. E quando ripenso al viso di mia madre mi si spezza il cuore. Non se lo meritava. Nessuno di loro, visto che mi avevano aiutato così tanto. All'inizio non credevo ai dottori quando dicevano che la paralisi era permanente. Non volevo mangiare. Mi sentivo abbattuto, depresso, arrabbiato.»

«Ti davi la colpa per l'incidente?»

Scosse la testa. «Non c'era nulla che avrei potuto fare, ma credimi che ho maledetto il bastardo sbronzo che mi ha fatto finire in quel letto d'ospedale.» L'espressione di Jamie divenne tesa. «Ricordi quando ti ho chiesto se avevi trovato Dio in California? Beh, per settimane dopo la diagnosi ho cercato di scendere a patti con Lui. *"Se mi fai camminare di nuovo, farò questo e quello"*, hai capito, no? Solo che Lui non mi stava ascoltando. O quello, o Lui non era lì ad ascoltarmi, tanto per cominciare. E con il passare delle settimane e dei mesi mi sono comportato come se avessi accettato la situazione, ma sai cosa? Era una cazzo di bugia. Quelle parole potevano aver lasciato la mia bocca, ma nella mia testa c'era la convinzione che il duro lavoro in terapia avrebbe portato alla mia completa ripresa. Ho provato a prendermi in giro.» Deglutì, poi inspirò a fondo. «Non hai idea di quanto lavoro, di quanto sforzo consapevole ci voglia per mantenere un atteggiamento positivo, perché sarebbe stato troppo semplice lasciare che il mio subconscio prendesse il controllo.» Si raddrizzò sulla sedia. «Ho voltato pagina, okay? Non nego, né rinnego i sentimenti che ho provato, perché in quel momento erano validi, ma sono giunto a una decisione molto tempo fa. Mi sono reso conto che il mio futuro non sarebbe mai stato sano, se avessi continuato a pensare in quel modo, quindi…»

«Quindi hai allontanato quei pensieri,» concluse Stephen. «Perché non è nella tua natura essere giù per troppo tempo.» Sorrise. «Mangia la pizza, prima che si raffreddi.»

Jamie scoppiò a ridere. «La pizza fredda non è male.» Ma rabbrividì.

Stephen gli prese la mano nella sua. «Grazie per aver condiviso tutto questo con me e non parlo della casa.»

Jamie abbassò lo sguardo per fissare le loro mani. «Sapevo che prima o poi te lo avrei detto. Solo che non avevo capito quanto presto.»

Stephen gli strinse la mano. «L'altro giorno ti ho detto che sei incredibile. E per la cronaca adesso penso che faccia mangiare la polvere all'essere incredibile.»

Jamie arrossì alzando il mento per guardarlo

negli occhi. «Dato che siamo sinceri l'uno con l'altro,» sorrise, «anche io sono felice di averlo condiviso con te. Adesso mangiamo.»

Mangiarono fino all'ultima briciola e Stephen aveva una bella vibrazione per la seconda bottiglia di birra. Jamie declinò la propria, dicendo che non era abituato a bere.

«Penso che guarderò un film in camera mia, ti va di unirti a me?»

Stephen sorrise. «Cosa pensi di guardare?»

«Oh, qualcosa con incidenti d'auto che fanno venire l'adrenalina.» Gli lanciò un'occhiataccia. «Però niente cibo, okay? Non voglio trovarmi con briciole di biscotti o pezzi di patatine infilati nel culo, domani mattina.»

Stephen scoppiò a ridere. «Okay, ma ti avviso, sono a pezzi e potrei non arrivare alla fine del film.»

Il sorriso di Jamie era più ampio che mai. «Va bene, ma tu russi e probabilmente ti sveglierai sul pavimento.» Indicò il cartone della pizza e le bottiglie. «Tu ti occupi della spazzatura, io vado a preparare la televisione.» Si allontanò dal tavolo.

Stephen raccolse la spazzatura e la portò al bidone del riciclo che Jamie teneva accanto alla porta. Era stata una lunga giornata, ma aveva portato a termine molte cose. Aveva una nuova casa e Jamie sarebbe stato un fantastico coinquilino. Dopo averlo sentito parlare di tutto il dolore che aveva passato si era reso conto di quanto fosse davvero forte il suo amico.

E di quanto grato fosse lui per aver deciso di

andare al lago quel giorno.

Perché uno dei ragazzi che ho incontrato non poteva essere come te? Perché in quel caso la sua vita sarebbe stata molto diversa. *Se avessi incontrato qualcuno come Jamie, mi sarei innamorato di lui in un baleno.*

Solo che era proprio quello il problema. Si era innamorato così in fretta di diversi ragazzi e la storia era sempre stata la stessa. Sesso fantastico all'inizio, l'euforia di aver trovato qualcuno con cui creare un legame e poi, poco a poco, emergeva la loro vera natura, che sommergeva le sue speranze e i suoi sogni nel profondo casino puzzolente di una relazione violenta dopo l'altra.

Dovrei avere imparato la lezione, giusto? Ma continuo a ripetere sempre lo stesso stupido errore.

Beh, adesso quella vita era finita, se l'era lasciata alle spalle in California.

E poi un pensiero lo colpì con tutta la forza di un ariete.

Vita nuova, certo, ma una cosa non è cambiata: io. E se fossi sempre stato io il problema? E se fossi il tipo di ragazzo che lancia una qualche specie di segnale che attrae solo dei bastardi?

Se quello era il caso, allora forse era il momento di prendere in considerazione di restare single. A meno che non incontrasse un clone di Jamie, ovviamente.

Sì, come no?

Capitolo 9

«Jamie? Jamie?»

Girò la testa verso la porta del salotto. «Eh?» Si era perso in un codice del nuovo sito web a cui aveva iniziato a lavorare la settimana precedente.

Stephen ridacchiò. «Terra chiama Jamie, benvenuto Jamie. È da due minuti che ti sto chiedendo se c'è qualcosa di cui abbiamo bisogno. Posso fermarmi al supermercato tornando dal lavoro.»

Scosse la testa. «Siamo a posto, a meno che...» Gli sorrise.

Stephen roteò gli occhi. «Cosa? Altro gelato? Rotoli alla cannella? Il tuo amico Rob a un certo punto del giorno asseconderà quella tua particolare abitudine?»

«Stavo per dire che abbiamo bisogno di detergente per il gabinetto.» Si fermò. «Poi ti avrei detto di comprare altro gelato.»

«Certo, menta e cioccolato o cioccolato, castagne e marshmellow?»

Jamie roteò gli occhi. «Entrambi, ovviamente.»

Stephen assottigliò lo sguardo. «Hai fatto colazione?»

«No, mamma.» Si era messo al PC per guardare qualcosa e aveva perso la cognizione del tempo.

«Adesso vado a mangiare, okay? Ora vai a fare il bravo piccolo contabile e passa una giornata eccitante.» Sghignazzò. «Solo che sono entrambe affermazioni sbagliate, perché non sei affatto piccolo e sappiamo che la contabilità è noiosa come…»

«Trattieniti. Me ne vado prima che tu possa tirare fuori un'altra battuta sui contabili dal tuo vasto repertorio.»

Jamie lo guardò con gli occhi sgranati. «Ma sono solo alla numero cinquantasei. Ne ho molte di più da condividere.»

Stephen finse una risata e gli fece un cenno di saluto. «Ci vediamo stasera.» E uscì.

Jamie sorrise tra sé e sé. Stephen si era trasferito solo il sabato precedente e sembrava già far parte del mobilio. Era un buon inizio, tranne che per una cosa. Non era ancora riuscito a beccarlo mentre usciva dalla doccia, perché che senso aveva vivere con un uomo bellissimo se non poteva vederlo nudo? Non che fosse un desiderio serio.

Okay, magari lo era. Era abbastanza onesto da ammetterlo.

Il telefono vibrò mentre stava andando in cucina. Sbirciò lo schermo e rispose: «Ehi, buongiorno.»

«Non vi siete ancora ammazzati, allora?» Poteva sentire la risata nella voce di sua madre.

«Dacci tempo, siamo solo al terzo giorno. È appena uscito per andare in ufficio.»

«Pensi che funzionerà?»

Lui pensava che avrebbe funzionato. «Sì. Ora

dimmi, che cosa posso fare per te?» Sua madre non era una che telefonava senza un motivo.

«Ti chiamo perché qualcuno non mi ha ancora detto se verrà alla festa sabato.»

«Ah, porca miseria, questo sabato?»

«Sì, caro, questo sabato, che guarda caso è lo stesso giorno delle nostre nozze d'argento. Pensa un po'.»

Sospirò. «Mi dispiace. Mi è passato di mente, con Stephen di nuovo nella mia vita.»

«A proposito di Stephen, lo porterai con te, vero? Dato che dobbiamo ancora vederlo.»

«Ma è una crudeltà. Perché dovrei sottoporlo a tutta la mia famiglia, la maggior parte della quale non vede da quando era piccolo? E non dirmi che mi sbaglio, perché Liz mi ha fatto vedere la lista degli invitati mesi fa.» Sapeva che aveva opportunamente posticipato la conferma della sua presenza alla festa. Perché mai avrebbe voluto incontrare un mucchio di parenti che avrebbero fissato la sua sedia e se ne sarebbero stati in un goffo silenzio, mormorando banalità comprensive o, ancora peggio, commentando?

Poi ci ripensò, avere Stephen con sé avrebbe migliorato la situazione. Almeno avrebbe avuto un alleato, perché i suoi sarebbero stati troppo occupati per gestire ogni interferenza.

«Non devi venire.»

Non perse la nota di dolore nella voce di sua madre. Come se avesse potuto deluderla.

«Ci sarò,» la rassicurò. «E quando stasera

Stephen tornerà a casa glielo chiederò, okay?»

«Sarebbe bello rivederlo.»

Jamie ridacchiò. «Ti è mancato il tuo secondo figlio, vero?» Quando erano piccoli, Liz lo stuzzicava sempre dicendogli che i loro genitori amavano più Stephen di lui.

«Certo che sì, voglio sapere tutto sulla sua vita in California.» Anche lui voleva sapere, dato che Stephen non aveva raccontato molto. Aveva iniziato ad avere la sensazione che il suo amico gli stesse nascondendo qualcosa. «È cambiato molto? A parte tutta quella storia del diventare alto.»

Jamie non era sicuro di poter dar voce ai suoi sentimenti. «Ricordi quanto ridevamo quando eravamo insieme?»

Sua madre ridacchiò. «Ricordo che ogni volta che si fermava a dormire dovevo dirvi spesso di smetterla di ridere e di andare a letto.»

«Beh, mi fa ancora ridere, ma…» Jamie ripensò alla conversazione che avevano avuto il giorno in cui Stephen si era trasferito. «Diresti che all'epoca eravamo simili?»

Sua madre scoppiò a ridere. «No, no affatto. Okay, vi piacevano un sacco di cose, ma eravate due bambini molto diversi.»

«Penso che lo siamo ancora, solo che adesso le differenze sono più… pronunciate.»

«Doveva succedere, siete adulti. Avete avuto diverse esperienze.» Una pausa. «Sai qual è una cosa che non è cambiata di te, dolcezza? Sei sempre il mio raggio di sole. Il mio meraviglioso figlio che vede il positivo di ogni situazione.»

E in un attimo, sua madre aveva centrato il punto.

«Stephen non è così, è come se vedesse in automatico il peggio. Okay, forse sto esagerando, ma alla minima cosa che succede fa di un granello di sabbia una montagna.» Non era così da ragazzino.

«Tesoro, è il tuo opposto. Magari è il tipo di uomo da bicchiere mezzo vuoto. Non possono essere tutti come te.»

Non voleva dirle quanto avesse lavorato per essere così positivo. Il suo era uno stato mentale e di tanto in tanto aveva dei cedimenti, ma ritornava sempre alle origini.

«Magari se passasse più tempo con te la tua attitudine potrebbe cambiare,» suggerì lei.

A quel pensiero, gli sfuggì un sorriso. «Tu credi?»

Sua madre scoppiò a ridere di cuore. «Sfido chiunque a starti intorno per un po' senza essere influenzato dal tuo…»

«Raggio di sole?» Era quello che amava dire sua madre per riferirsi alla sua natura positiva.

«Sì, dolcezza, il tuo raggio di sole. Adesso ti lascio andare avanti con la tua giornata e non vedo l'ora di vederti sabato. Con Stephen.»

Jamie ricevette il messaggio. «Farò in modo che ci sia.» Non pensava che Stephen avrebbe obiettato a vedere i suoi genitori. *Potrebbe però tirarsi indietro all'idea di una casa piena di parenti.* Si salutarono e chiusero la conversazione. Mentre si versava i cereali in una tazza, si interrogò su Stephen.

Cosa lo ha reso così? Credeva fermamente che la vita della maggior parte delle persone fosse forgiata attorno alle circostanze. *Tutti possiamo scegliere se accettare o meno quelle circostanze.* Lui aveva deciso di combattere la depressione, la rabbia, la tendenza a ricadere nell'auto-commiserazione.

Aveva scelto di vivere la propria vita appieno. Era sbagliato volere che Stephen facesse lo stesso?

Jamie era sdraiato sul letto a pancia in giù, sostenendosi sulle braccia. Era nel bel mezzo di una serie di allungamenti che faceva ogni giorno. I flessori delle anche avevano la tendenza a irrigidirsi e lui ci lavorava su per impedirlo. Quando ebbe finito quella serie, rotolò sulla schiena e sollevò un ginocchio, portandoselo al petto e tenendolo lì.

«Sei impegnato?» lo chiamò Stephen oltre la porta chiusa.

«Più o meno, ma puoi entrare.»

Stephen entrò nella stanza e si bloccò alla vista. «Oh, sei davvero impegnato.»

Ridacchiò. «Siediti su quella sedia e parla. Posso parlare e fare flessioni allo stesso tempo, sai.» Lasciò andare la gamba e fece lo stesso con l'altra. Aveva altri quattordici piegamenti da fare.

Indossava un paio di pantaloncini ed era a petto

nudo, e dopo un momento sentì addosso il peso dello sguardo di Stephen. *Ti piace quello che vedi, Stephen?* Poi si diede internamente un calcio. *Dio, devo smetterla con questi pensieri.* E ciò includeva anche le sue fantasie notturne, anche se erano solo da bollino giallo. Se ne stava a letto a pensare a Stephen che lo teneva stretto, che lo baciava.

Cosa non avrebbe dato per ricevere da Stephen un lungo, bellissimo bacio da fargli arricciare le dita dei piedi.

Solo che io non riesco più ad arricciarle, ricordi? Ma il pensiero restava comunque.

«Quanto spesso li fai?» chiese Stephen mettendosi a sedere.

«Ogni giorno.» Lo guardò. «Beh, che c'è? Hai già cambiato idea sulla festa?»

Stephen scoppiò a ridere. «Scemo, certo che no. Sarà bello rivedere la tua famiglia. Non vedo l'ora di vedere com'è diventata Liz.»

«Liz è innamorata,» rispose con un sorriso mentre si metteva a sedere. «Phil è un bravo ragazzo e sono molto felice per lei. L'ultimo con cui è uscita era uno stronzo.» Si portò il ginocchio al petto, tenendo stretta la caviglia mentre spingeva il ginocchio verso di sé per trenta secondi. Poi notò che Stephen si era ammutolito e lo stava fissando, chiaramente perso nei propri pensieri. «Okay, dove sei finito?» lo prese in giro.

«Stavo pensando che... Le tue gambe sembrano a posto.»

Sorrise. «Grazie. Lavoro sodo per far in modo

che sia così. Questi piegamenti agiscono dentro e fuori la gamba.» Continuò, consapevole ancora una volta dell'intenso scrutinio di Stephen. A lui non importava. La parte difficile era resistere al desiderio di flettere i muscoli per lui.

«Perché era uno stronzo?»

Gli ci volle un secondo o due per unire i puntini. «Oh, Liz. Sì, beh, era un violento. Lo abbiamo scoperto solo quando finalmente lo ha lasciato.» Fece una smorfia. «Vorrei mettergli le mani addosso.» Scosse la testa. «Perché la gente sta con stronzi del genere? Voglio dire, lei è intelligente, perché è rimasta con lui così tanto a lungo?»

«Magari pensava che nessun altro si sarebbe interessato a lei, che avere una relazione, per quanto tossica, era meglio che stare da soli. Magari ha pensato che le violenze fossero colpa sua. Lui le avrà promesso che sarebbe cambiato e lei gli ha creduto. Magari pensava che le cose sarebbero migliorate.» Si bloccò. «Ci sono persone che pensano che tenersi stretti a qualcosa li renda forti, quando a volte ci vuole più forza a lasciare andare.»

Jamie si bloccò e lo fissò. «È un pensiero piuttosto profondo.» Ma era anche tenero. Dietro a quell'apparenza a volte pessimista si nascondeva un dolce uomo gentile.

Stephen fece spallucce. «Devo averlo letto da qualche parte. Comunque, sono venuto a chiederti se volevi un po' di cioccolata calda prima di andare a dormire. A me ne va un po'.»

«Fantastico, ancora meglio se la bevi qui mentre

finisco.» Quando Stephen lo guardò confuso, sorrise. «Ho voglia di compagnia.»

«Certo.» Stephen si alzò in piedi e lasciò la stanza.

Jamie si sedette contro i cuscini e sollevò una gamba sull'altra per mettersi all'opera sulle dita dei piedi e sulle caviglie, ripensando alle parole di Stephen. Era come se fosse stato presente quando lui e Liz avevano finalmente parlato e lei gli aveva elencato ragioni simili per essere rimasta così a lungo con lui.

È ovviamente un uomo saggio. E gentile. E premuroso. E dolce.

Stephen tornò qualche minuto dopo con due tazze in mano. Ne appoggiò una sul comodino e si rimise a sedere. «Ti ricordi quando sei venuto in vacanza in Florida con noi, per stare da mia nonna quando si è trasferita là?»

Sorrise. «È stata un'estate fantastica.» Avevano passato ogni giorno in spiaggia e lui era tornato a casa con un'abbronzatura fantastica. Era stata la loro ultima estate insieme, prima del trasferimento in California.

«Stavo pensando alle meduse che continuavi a trovare sulla spiaggia.» Gli si illuminarono gli occhi. «E a te in piscina. Non riuscivo mai a stare al tuo passo.»

«Scommetto che potrei ancora darti del filo da torcere.»

Stephen sbatté le palpebre. «Nuoti?» Poi fece una smorfia. «Scusa, continuo a farlo, vero?»

Jamie lo fulminò con lo sguardo. «Hai mai sentito parlare di qualcosa chiamato Paralimpiadi? Sai, atleti che competono negli sport, tutti con disabilità?» Alla fine, desistette. «Va bene, hai avuto cinque minuti per abituartici, lo capisco. E probabilmente ti prenderebbe un colpo se sapessi cosa pensavo di fare questo inverno.»

«Cosa? Dimmi.»

«Sci nel Vermont. Ti vuoi unire a me?» Lanciò l'ultima frase come battuta, ma, con sua grande sorpresa, il viso di Stephen si illuminò.

«Dici sul serio? Mi piacerebbe provarci. Ho sempre voluto imparare a sciare.»

Jamie lo fissò. «Potremmo farlo. Il programma degli sport invernali inizia dopo Natale. Vuoi che ci dia un'occhiata?»

«Sì, mi sembra un'ottima idea.» Lo guardò pensierosamente. «Immagino che dovrò smetterla di sottostimarti, eh?»

«Adesso sì che ragioniamo,» sorrise lui. «Questo significa che farai anche parapendio?» Quando Stephen sgranò gli occhi e aprì la bocca, Jamie scoppiò a ridere. «Magari questo è un passo oltre la tua zona di comfort.»

Stephen strinse la mascella. «Ehi, qualsiasi cosa che puoi fare tu…»

Scoppiò a ridere. «Ecco lo Stephen che ricordo. Buon Dio, le cose che ti ho sfidato a fare…»

«Sì, come mangiare un verme,» disse Stephen con una smorfia.

Annuì. «Sono ancora sorpreso che tu lo abbia

fatto davvero.»

«Beh, se potevi farlo tu, potevo farlo anche io,» ribatté il suo amico.

«Sì, al riguardo…» Arrossì. «Io non l'ho fatto.»

«Non hai fatto… cosa?»

«Mangiare un verme, ho fatto finta. In realtà me lo sono infilato in tasca.»

Stephen lo guardò male. «Ho vomitato a causa tua.»

«Come facevo a sapere che lo avresti fatto davvero?»

«Beh, forse perché tu mi hai sfidato?» Si fissarono per un momento, poi scoppiarono a ridere.

Jamie si lasciò ricadere sui cuscini, felice.

«Quindi… stai pensando di prendere parte alle prossime Paralimpiadi?» gli chiese Stephen, dopo aver sorseggiato un po' di cioccolata calda.

Lui ridacchiò e fletté le braccia. «Ci sono quelli bravi e poi ci sono i primi del mondo e penso di ricadere nella prima categoria, ma grazie del complimento.»

Stephen sorrise. «Cerco solo di non sottovalutarti.»

Jamie avvolse le mani intorno alla tazza. «Impari in fretta, chiaramente.» Mentre beveva, studiò Stephen, con i pensieri che gli si accavallavano in testa. Gli venne in mente che ci poteva essere un'altra spiegazione per la saggezza che aveva dimostrato prima, ossia che aveva conosciuto qualcuno nella stessa situazione.

C'è così tanto che non so di te. Poi fece

internamente spallucce. Avevano un sacco di tempo per imparare tutto l'uno dell'altro. C'era comunque uno svantaggio, ovviamente. Jamie non era sicuro di quanta parte della sua vita privata era pronto a condividere con Stephen.

Erano cose "da sapere" e Stephen non aveva decisamente bisogno di saperle.

Poi si rese conto che Stephen gli stava fissando il petto. «A proposito,» disse con noncuranza. «Ogni volta che vuoi venire qui a vedermi fare flessioni, sei il benvenuto.» Sorrise. «Non devi pagare il biglietto e ti riserverò posti in prima fila.»

Stephen sbuffò. «Sei sempre stato un esibizionista. Ricordi quella volta che mi hai sfidato a correre fuori nel tuo giardino tutto nudo?»

«Sì, e all'ultimo minuto te la sei fatta sotto.»

Stephen roteò gli occhi. «Era pieno giorno e c'era tua madre a casa.»

Jamie lo fissò. «Faceva tutto parte dell'eccitazione, amico. L'emozione di essere colti sul fatto. E poi non mi ha visto, giusto?»

«No, ma la tua vicina dall'altro lato gli ha dato un'occhiata,» ridacchiò Stephen. «Beh, non una grande occhiata, con quella misera pistola giocattolo di uccello che avevi.»

Jamie non poté trattenersi. «Beh, da allora è cresciuto.» Con il cuore in gola aggiunse: «Lo vuoi vedere?»

Stephen sbatté le palpebre, poi sorrise. «Passo, credo.»

Jamie agitò una mano. «Okay, farò in modo di

includerlo nella mia prossima sessione di stretching. Devo mantenere felici gli spettatori, giusto?» L'immagine era proprio lì, nella sua testa: lui nudo, il corpo teso mentre tendeva i flessori delle anche, il culo in bella vista.

Smettila.

Ma un pensiero non voleva saperne di uscire dalla sua mente.

Com'è adesso il tuo uccello, Stephen?

Capitolo 10

Jamie stese sul letto i propri vestiti. Non poteva certo andare alla festa dei suoi genitori in tuta. Aveva scelto un paio di jeans larghi, che fortunatamente non avevano tagli alla moda sulle gambe e una camicia blu scuro con una cravatta abbinata. Le scarpe nere erano lucide e in attesa sul comò.

Poi sentì il suono dell'acqua che scorreva.

Si spostò velocemente verso la porta del bagno e ci bussò sopra. «Ehi, non mi avevi detto che facevi una doccia.»

«Dovevo?» gridò Stephen di rimando. «Non ci metterò molto.»

«Okay, nuova regola della casa: quando entrambi dobbiamo fare la doccia, il diversamente abile ha la precedenza sull'abile.» Questo perché ci metteva di più di Stephen a farla.

«Beh, vuoi che esca dalla doccia così ci puoi entrare tu, o posso finire, prima?»

Fu sul punto di dire: "Beh, potremmo sempre risparmiare sull'acqua e farla insieme," solo che sarebbe stato un buco... nell'acqua. *Smettila di pensare a come potrebbe essere quando è nudo.*

«Scemo.» Jamie ritornò in camera da letto, ben conscio che Stephen stava cantando *Love on top* a squarciagola per farlo incazzare. Poi sorrise. *Chi lo avrebbe detto? Dietro alla tenda della doccia, siamo tutti segretamente Beyoncé.* Salì sul letto per spogliarsi, usando il suo solito contorcimento per togliersi i pantaloni della tuta, poi salì sulla sedia a rotelle, prese un asciugamano dall'armadio e se lo mise in grembo.

Giusto per sicurezza, non voglio dare spettacolo. Ma poi, chi avrebbe voluto vedere il suo uccello allo stato attuale?

L'acqua si fermò e Jamie si diresse verso il bagno, in tempo per vedere Stephen emergere con un asciugamano avvolto intorno ai fianchi, che metteva in mostra la striscia di peli sullo stomaco che spariva poi sotto all'asciugamano. La pelle scintillava per l'acqua che ancora la imperlava. *Oh, mio Dio…*

La realtà superava la sua immaginazione, Stephen era una visione di sensualità.

Stephen gli sorrise. «Contento, adesso? Non mi sono nemmeno asciugato, è tutto tuo.» Poi andò in camera propria e si chiuse la porta alle spalle.

Jamie andò in bagno e anche lui si chiuse la porta alle spalle. Entrò nella doccia in automatico, con i pensieri ancora fissi su Stephen in tutta la sua gloria semi-nuda. Sia il petto che la pancia erano pelosi e a lui piacevano i peli. Il suo sito porno preferito era di ragazzi pelosi e fantasticava spesso di passare le dita tra i peli del petto di un uomo, tirandoli leggermente, o sfregandoci contro il viso. Desiderava da morire sapere cosa avrebbe potuto provare.

Abbassò lo sguardo sul suo uccello mentre faceva la doccia. «Beh,» sussurrò, «se certe terminazioni nervose fossero ancora attaccate, adesso saresti sull'attenti.» Chi sapeva che aveva un esemplare così magnifico che dormiva nella stanza accanto?

C'erano volte in cui gli veniva in mente che pensare al suo migliore amico in un modo così carnale era sbagliato, ma poi cambiava idea, perché non faceva male a nessuno e ciò che Stephen non sapeva non lo avrebbe ferito.

Perché tutti i migliori sono etero? Stephen aveva tutto, era intelligente, affascinante, profondo… e sexy da morire.

Smettila. Fatti la doccia. È ora di far festa, ricordi?

Con un sospiro, proseguì con l'obiettivo di pulirsi.

Jamie chiuse la macchina e si spinse lungo il vialetto. Dalla casa proveniva la musica, insieme al suono di voci alte. Si voltò verso Stephen con un sorriso. «Fai ancora in tempo a tirarti indietro. Potremmo tornare a casa e ordinare del cibo da asporto.»

Stephen ridacchiò. «Ancora? Sai che non lo farei mai ai tuoi.»

«Sì, hai ragione, ma fammi un favore. Se dovessi

dirti che ho mal di testa, sarà il segnale per portarmi via da qui, okay?» Non era sicuro che avrebbe voluto andarsene, ma la prospettiva di una casa piena di parenti e amici di famiglia ben intenzionati lo riempiva di paura. C'era un limite alla commiserazione che poteva sopportare.

Stephen gli strizzò una spalla. «Ce la puoi fare.» Si diressero insieme alla porta d'ingresso, che si aprì mentre si avvicinavano. Sua madre sorrise quando vide Stephen.

«Oh, ma guardati.» Aprì le braccia e Stephen venne inglobato in un abbraccio che non poté evitare, tenendo con cura i fiori. Quando lo lasciò andare, sua madre stava ancora ridendo. «Mi verrà male al collo per guardarti. Oh, ma che bei fiori, grazie.»

«È bellissimo rivederla, signora Lithgow.»

Lei agitò una mano. «Maureen. Adesso sei abbastanza grande da chiamarmi per nome. Entra pure.»

«Posso entrare anche io?» la prese in giro Jamie.

Sua madre roteò gli occhi. «Idiota, entra.»

Ridendo, li seguì in casa. Sua madre andò a mettere a bagno i fiori. Il chiacchiericcio e la musica si fecero più forti mentre si avvicinavano al salotto. Jamie si fermò sulla soglia, fece un profondo respiro, poi si spinse dentro.

Suo padre era accanto alla porta, e lo salutò prima di stringere con vigore la mano di Stephen. «È bello rivederti, ragazzo mio.»

«Anche per me, signore.» Poi Stephen venne

inghiottito dall'esuberante abbraccio di Liz. «Ehi, ma guardati. La fatina della bellezza è ovviamente venuta a trovarti,» scherzò.

Liz lo colpì sul braccio. «Porco.»

«Quando hai finito di attaccare il nostro ospite, perché non gli porti da bere?» suggerì il padre. «Oh, uno anche per Jamie.»

Jamie sussultò. «Adesso ho capito tutto. Era Stephen che volevate che venisse stasera. Io sono solo l'autista.»

Suo padre roteò gli occhi. «Avrai il tuo drink quando avrai salutato alcune delle persone che muoiono dalla voglia di incontrarti.»

Jamie gli lanciò una scherzosa occhiataccia. «Oh, capisco, un ricatto, eh?» Guardò velocemente la stanza colma di gente. «Non funzionerà, papà.» Non era possibile che potesse muoversi in quella stanza, non senza schiacciare gli alluci di qualcuno.

A quanto pareva, suo padre era giunto alla medesima conclusione. «Ci sono meno persone in sala da pranzo. Che ne dici se ti mettiamo lì e gli ospiti possono venire a trovarti?»

Jamie si pavoneggiò. «Quindi io sono il nobile e loro vengono in udienza? Che figata.»

Suo padre scoppiò a ridere. «Immaginavo che l'avresti vista così. Beh, da questa parte, Vostra Maestà.» Uscì dal salotto e aprì la porta della sala da pranzo. Le porte comunicanti tra le due stanze erano già aperte, ma suo padre aveva ragione, c'erano meno persone lì. Jamie si spinse nell'angolo e si sistemò indietro con la sedia.

«Qui va bene,» commentò con un sorriso. In realtà, stare così nascosto in un angolo era meglio di "bene". Poi sua madre gli andò incontro, con zia Deborah alle spalle e Jamie si esibì in un sorriso. «Ehilà, non ti vedo da anni.»

Lo sguardo di sua zia si abbassò sulla sua sedia a rotelle, poi risalì in fretta. «Come stai?» La voce grondava commiserazione.

«Alla grande!» dichiarò con entusiasmo. «Ho terminato i miei allenamenti per la squadra paralimpica di nuoto. Di certo mi tiene in forma.» Cercò di mantenere un viso impassibile.

Zia Deborah sbatté le palpebre diverse volte in rapida successione. «È una delle battutine di Jamie,» spiegò sua madre con un sorriso luminoso, prima di lanciargli un'occhiata ammonitrice.

«Beh, ma infatti pensavo che mi avresti detto qualcosa se lo avesse fatto. Però ha un bell'aspetto.»

Jamie aveva sulla punta della lingua un "*Lui* è seduto proprio qui di fronte, sai?", ma si trattenne.

«Jamie ha un aspetto fantastico,» disse Stephen unendosi a loro, poi gli lanciò un veloce sorriso. «Scommetto che fai vergognare un mucchio di ragazzi, in palestra.»

Lui lo guardò riconoscente, mentre Stephen gli porgeva un bicchiere. «Ci provo.»

Stephen salutò sua zia con un sorriso gentile. «Salve, sono Stephen, il coinquilino di Jamie e, ai bei tempi, il suo migliore amico.»

Sua zia annuì. «Mi sembra di ricordarti, non ti eri trasferito sulla West Coast?»

«Già, ma adesso sono tornato.»

«Sì, a darmi il tormento,» aggiunse Jamie. Zia Deborah blaterò qualcosa sul socializzare e se ne andò.

Sua madre lo guardò male di nuovo. «Se porterò altre persone a salutarti, farai il bravo?»

«Sarò me stesso,» rispose lui semplicemente.

Lei sospirò. «È ciò che temo.» Accarezzò il braccio di Stephen, poi li lasciò soli.

Jamie inspirò a fondo. «Grazie per il tuo intervento. Ti piacerebbe farmi da guardia del corpo per il resto della serata?»

«Certo, ma in questo caso avremo bisogno di rifornimenti. E ho visto dei bastoncini di mozzarella con la salsa ai mirtilli che portavano sopra il tuo nome. In più, ci sono i nachos.»

Jamie si appoggiò una mano sul cuore. «Mio eroe.» Stephen si limitò a ridere e ad andarsene verso la cucina. Dopo qualche secondo, Liz e Phil si unirono a lui.

Strinse la mano di Phil. «È bello rivederti.» Sorrise. «Come sopravvivi al primo raduno di famiglia?»

Phil gemette. «Mi hanno già chiesto sei volte quando annunceremo il nostro fidanzamento.»

Liz ridacchiò. «Ho detto loro che vivremo nel peccato.»

Le sorrise raggiante. «Ecco mia sorella.»

Liz si inginocchiò accanto alla sua sedia e si chinò su di lui. «Oh, mio Dio, ma che fico è diventato Stephen?» Si fece aria con la mano.

Phil la guardò male. «Ehi, non sono sicuro che mi piaccia che la mia ragazza sbavi per un altro ragazzo.»

Liz scoppiò a ridere. «Non è un altro ragazzo, è Stephen. Lui e Jamie sono cresciuti insieme.» Poi gli diede una pacca sulla gamba. «E comunque posso guardare, okay? Se tu puoi sbavare su Megan Fox ogni volta che appare in televisione, io posso apprezzare il fatto che Stephen sia un ragazzo davvero carino.» Poi si girò verso di lui e si chinò in avanti. «È occupato?»

Jamie sbuffò. «Non ne ho idea, non mi ha parlato di nessuno in California.» Bevve un sorso del suo drink. «Non parliamo molto delle nostre vite private.»

«Beh, posso capire come mai non vuoi parlare della tua vita amorosa,» commentò lei.

«Ah, quale vita amorosa?»

«Ma sono sorpresa che tu non abbia chiesto nulla a Stephen.» Le brillarono gli occhi. «Vuoi che lo faccia io? Posso essere discreta, non come te.»

«Ehi,» sbottò indignato. «Io so essere discreto.»

Liz sbuffò. «Davvero? Come quella volta che hai chiesto alla signora Bercowitz della porta accanto se aveva bisogno di un rasoio.»

«Avevo dodici anni,» protestò lui. «Avevo appena chiesto a papà informazioni su come farmi la barba. E lei aveva davvero i baffi.»

Phil scoppiò a ridere mentre Stephen si avvicinava a loro.

«Cosa mi sono perso?»

«Jamie che si comporta come al solito, ovviamente,» rispose Liz con una risata. Fece per prendere uno dei bastoncini di mozzarella che aveva portato, ma Stephen li sollevò, allontanandoglieli dalle mani.

«Oh, no, non ci provare. Prenditi i tuoi. Questi sono miei e di Jamie.»

Jamie lanciò a sua sorella un'occhiata arrogante. «Vedi? Lui è leale.»

Stephen ridacchiò. «No, è che *lui* condivide una casa con te. Non sono stupido, ti sto solo tenendo buono.» Indicò gli ospiti. «Adesso vai a socializzare, come una vera padrona di casa.»

Liz assottigliò lo sguardo. «Dio, mi sembra di essere di nuovo ragazzina. L'altro mio fratello maggiore è ritornato.»

«La vita non è meravigliosa?» chiese Jamie con un sorriso, scoppiando a ridere quando Liz trascinò via Phil. Stephen gli porse il piatto di stuzzichini, poi portò una sedia accanto alla sua sedia a rotelle. «A proposito, grazie.»

«Per averti nutrito?»

«No, per essere intervenuto quando c'era zia Deborah.»

«Non è stato niente. Ho immaginato avessi bisogno di un po' di sostegno. Un po' di sostegno gentile.»

Jamie sussultò in modo esagerato. «Intendi che non so essere gentile?»

«Intendo?» Sbuffò. «Accidenti, io te lo dico chiaro e tondo. Se ti lascio ruota libera, ti svuoti in un secondo. Verbalmente, ovviamente.» Guardò il salotto gremito. «Liz non è molto cambiata.»

Sorrise. «La vuoi ancora come sorella?»

Stephen scoppiò a ridere di cuore. «Oh, wow, l'ho detto, vero? Lei e Marie sono sempre andate così d'accordo.»

Jamie vide una figura vagamente familiare che stava venendo loro incontro. «Oh, oh, eccolo che arriva.» Si raddrizzò sulla sedia mentre un uomo di mezza età gli andava incontro con un sorriso.

«Probabilmente non ti ricordi di me,» iniziò l'uomo, parlando lentamente e con attenzione. «Io sono Wayne Ericsson. Lavoro con tuo padre. L'ultima volta che ti ho visto era a una festa, oh, circa tredici o quattordici anni fa. Ovviamente, è stato prima.» Si schiarì la voce.

Jamie non dovette chiedergli cosa volesse dire. «Mi ricordo di lei, signor Ericsson. Si toglieva la dentiera e provava a spaventare mia sorella.» Cosa che, già all'epoca, pensava fosse schifoso da fare.

Il signor Ericsson sbatté le palpebre. «Wow, non pensavo che te lo ricordassi.» Lanciò uno sguardo a Stephen. «Mi ricordo anche di te. David mi ha detto che ti sei trasferito da Jamie. Beh, penso sia ammirevole.»

Stephen si bloccò. «Non capisco.»

Ma lui aveva capito molto bene, e si aggrappò ai braccioli della sedia a rotelle.

«Beh, hai fatto una cosa molto altruista. Sono sicuro che Jamie apprezzi il fatto che tu sia lì ad aiutarlo. Devi essere un tale conforto per lui.»

Adesso non era più così lento e misurato a parlare. A quanto sembrava, Stephen poteva tollerare un discorso alla velocità normale.

Prima che lui potesse dire una parola, Stephen si alzò in piedi, sovrastando Ericsson. «Penso che abbia male interpretato la faccenda,» disse con calma. «Jamie è stato molto gentile a darmi una mano quando ne avevo bisogno. Ed è ben più che in grado di prendersi cura di se stesso. Lo ha fatto senza l'aiuto di nessuno per diversi anni.»

Il signor Ericsson arrossì. «Ma naturalmente.»

Stephen aggrottò la fronte. «Sa, gli può parlare direttamente. Voglio dire, è seduto proprio qui.»

L'uomo deglutì. «È stato bello rivedervi dopo tutti questi anni.» E con quelle parole, si allontanò.

«Mi dispiace,» mormorò Stephen. «Dico a te di essere gentile e poi me ne esco io con una cosa del genere.»

Jamie lasciò andare i braccioli della sedia, gli prese la mano e la strinse tra le sue. «Va tutto bene,» disse a mezza voce.

Stephen lo guardò con ovvia perplessità. «Come può andare bene? Prima di tutto, ti ha parlato come se fossi un imbecille. Poi si è comportato come se nemmeno fossi qui.»

«Sono abituato alle persone che mi trattano come se facessi parte della tappezzeria,» confessò. Accarezzò un bracciolo della sedia. «Questa è l'unica cosa che vedono, e con lei arrivano tutti i tipi di preconcetti.»

«In questo caso, non mi allontanerò da te

stasera.» Aveva gli occhi in fiamme. «E se qualcun altro prova a dirti qualcosa di altrettanto schifoso, dovrà vedersela con me.»

Jamie sorrise. «Sembra proprio che mi sia scelto la perfetta guardia del corpo.» Sollevò il piatto dal grembo. «Prendi un bastoncino di mozzarella?»

Stephen guardò il piatto, poi scoppiò a ridere. «Non rimani triste per molto, vero?»

«No, l'autocommiserazione è una perdita di energia. Preferisco stupire la gente con il mio intelletto e umorismo. Lasciar loro vedere che qui c'è un cervello e non solo il corpo di uno storpio.» Stephen sussultò e lui scosse la testa. «E non è così che mi vedo, okay?»

Alla fine, Stephen sorrise. «Preferisco il tuo intelletto e il tuo umorismo.» Si chinò su di lui. «Dov'è il bagno? Devo andare.»

Jamie ridacchiò. «Lungo il corridoio, accanto alla cucina. Ovviamente, alcuni di noi hanno dei vantaggi.»

«Sarebbero?»

Si indicò la coscia. «Io ho una sacca attaccata alla coscia. Piscio quando mi pare.»

Stephen scoppiò a ridere. «Bastardo arrogante.» Poi si raddrizzò. «Torno subito.»

Jamie lo guardò allontanarsi, consapevole del bellissimo corpo nascosto sotto a quei jeans attillati e a quella camicia nera. Perché deve essere così… perfetto?

Dall'altra parte della stanza, Liz gli fece un sorriso consapevole, prima di avvicinarsi a lui. Si chinò, portandogli le labbra all'orecchio. «Ammettilo, è sexy.»

Accidenti a lei. «Okay, non sono cieco, è sexy.» Poi la guardò male. «E tu non dovresti pensare a cose del genere, signorina Ho Un Ragazzo.»

Lei si raddrizzò e sorrise. «Come hai detto, non sono cieca.» Si sedette sulla sedia lasciata libera da Stephen. «Puoi sempre usarlo come esca.»

La fissò. «Scusa?»

«Sai, se lo portassi con te in un gay bar, nel giro di poco avreste un mucchio di ragazzi al vostro tavolo.»

«Ehm, sì, per flirtare con lui. Tra le altre cose, cosa ti fa pensare che sarebbe disposto a farsi importunare da un mucchio di ragazzi gay?»

«È solo un suggerimento.» Gli occhi di sua sorella scintillarono. «E ricordi cosa diceva papà? Chi non chiede, non ottiene.» Gli baciò una guancia. «Pensaci.» Poi si alzò in piedi. «E adesso vado a salvare Phil. Sono sicura che adesso saprà tutto sui trenini modello di zio Desmond.» Con un sorriso, lo lasciò.

Jamie sospirò. Certo, poteva sempre chiederlo a Stephen, ma aveva la sensazione che sarebbe stato chiedergli troppo.

Capitolo 11

Stephen prese le verdure arrosto dal forno e le aggiunse alla carne di maiale rosolata in padella con l'aglio, la paprika e la salsa di soia. Sperava che andasse bene, dato che era una nuova ricetta e Jamie stava già facendo battute sull'antiacido.

Che bastardo.

Saltò gli ingredienti insieme, poi li mise in due piatti caldi. «Vieni a prendertelo,» gridò, sapendo che avrebbe dovuto andare a bussare alla porta della camera, se fosse stato troppo coinvolto nel lavoro.

Nessuna risposta.

Sospirò e rimise i piatti in forno, poi andò alla porta di Jamie e bussò. «Jamie? La cena.»

Nessuna risposta.

Quando la aprì, sorrise. Jamie era addormentato, con il computer accanto a sé sulla coperta. Stephen si avvicinò e, in piedi vicino al letto, lo guardò.

Sembra così giovane quando dorme. Non che sembrasse vecchio da sveglio, ma aveva più rughe sul viso, rughe che era sicuro fossero state messe lì dall'esperienza. Lottò contro il bisogno di accarezzargli una guancia, insicuro sul perché lo volesse. Era come se quel viso lo invitasse al tocco. Gli toccò invece una mano. «Ehi, dormiglione.»

Jamie aprì gli occhi. «Ehi.» Sbatté le palpebre,

poi le sbatté di nuovo. «Stavo dormendo?»

«Come un ghiro.» Indicò il computer. «Penso che tu abbia fatto abbastanza per oggi. La cena è pronta.»

Jamie sorrise. «Fantastico, lascia che mi lavi la faccia prima. Forse così riesco a svegliarmi.»

«Certo.» Stephen lo lasciò e andò in cucina per sistemare la tavola. Quando ebbe portato i piatti, Jamie era lì, a sistemare la sedia sotto al tavolo e a prendere la forchetta.

«Ha un profumo delizioso.»

Stephen ridacchiò. «Beh, è un miglioramento dal chiedermi dove puoi trovare l'antiacido.» Si sedette a tavola e provò un pezzo di maiale. «Ehi, non è male.»

«Non sembrare così sorpreso. Sei un bravo cuoco.»

Lui lo guardò sorpreso. «Wow.»

«Cosa significa, wow?»

«Vivo qui da un mese ed è la prima volta che non fai battute sulla mia cucina.»

Jamie rimase immobile. «Questo fa di me uno stronzo.»

«Non mi dispiacciono le battute,» protestò lui. «Ho dato per scontato che se non ti fosse piaciuto qualcosa me lo avresti detto.»

«Non lamentarsi e non dire niente non è come fare un complimento. Avrei dovuto dire qualcosa prima di adesso.» Abbassò la forchetta. «Stephen, adoro la tua cucina. Ecco, l'ho detto.»

Stephen ridacchiò. «Scemo, adesso mangia.»

Mangiarono in silenzio per un po', ma fu un silenzio gradevole. Quando ebbero fatto, Jamie si lasciò sfuggire un sospiro soddisfatto. «Era tutto delizioso. Lo puoi rifare, se vuoi.» Osservò il frigorifero. «C'è rimasto un po' di quel vino bianco?»

«Mezza bottiglia. Perché, ne vuoi un bicchiere?»

Jamie annuì e lui si alzò in piedi per prendere i calici e la bottiglia.

«C'è qualcosa che voglio chiederti da un po', solo che non sapevo come iniziare.»

Stephen si fermò, con lo sportello del frigorifero aperto. «Oh, oh, è questo il motivo per cui hai bisogno dell'alcol?» lo stuzzicò. «Per darti un po' di coraggio liquido?» Non lo aveva mai sentito così insicuro. «Mi puoi chiedere qualsiasi cosa. Ovviamente, potrei non rispondere ad alcune domande.»

«Quando hai lasciato la California...» iniziò Jamie, ma poi si fermò.

Stephen ritornò al tavolo con il vino. «Beh, non ti fermare adesso che hai iniziato,» gli disse, versando il vino.

«Ti sei lasciato alle spalle una fila di donne con il cuore a pezzi?»

Ed eccoli lì, all'unico argomento che lui aveva evitato da quando si era trasferito. «Perché lo vuoi sapere?»

«Perché non abbiamo mai parlato di queste cose e te lo volevo chiedere da un secolo, solo che non ne ho mai trovato il coraggio.»

«Tu non hai trovato il coraggio? Adesso potrei sul serio svenire.» Stephen bevve un lungo sorso di vino, con il cuore che batteva un po' più forte.

«E non hai risposto alla domanda.»

A quanto pareva, Jamie non perdeva tempo.

Si schiarì la gola. «Posso in tutta onestà dire che non ho mai spezzato il cuore di una donna.»

Jamie sgranò gli occhi. «Allora una di loro ha spezzato il tuo.»

Col cuore in gola, si rese conto che era arrivato il momento della verità: «Okay... ho un'equazione per te.»

Jamie si morse un labbro. «Fai sul serio? Mi fai un'equazione?»

Lui lo fissò. «Lascia che te lo dica a modo mio, o non te lo dirò affatto.» Jamie mimò il gesto di chiudersi le labbra e lui ricominciò. «Non ho mai spezzato il cuore di una donna. Una donna non ha mai spezzato il mio. Il mio cuore è stato spezzato, in più di un'occasione. Quindi...» Guardò di nuovo Jamie, con i palmi sudati. *Andiamo, Jamie. Fai due conti...*

Jamie aggrottò la fronte. «Okay, questo non ha sen...» Sgranò gli occhi. «Oh. *Oh.*» Stephen bevve un altro lungo sorso. «Mi stai dicendo... quello che penso che tu stia dicendo??»

Inspirò a fondo. «Se pensi che ti stia dicendo che sono gay, allora sì.»

Attese una reazione da parte di Jamie, ma di sicuro non si aspettava una risata.

Iniziò come una risatina che poi crebbe,

gonfiandosi in uno scampanio di risa deliziate che continuò fino a quando il viso di Jamie divenne rosso, gli occhi che luccicavano per le lacrime.

«Non pensavo che fosse così divertente,» commentò lui qualche minuto dopo, offeso.

«Perché non hai ancora sentito la mia battuta,» rispose Jamie, asciugandosi gli occhi.

«Oh, quale sarebbe la tua battuta?»

Jamie sorseggiò il proprio drink, poi lo guardò negli occhi. «Anche io.»

Gli ci volle un secondo o due per comprendere le parole, poi spalancò la bocca. «Stai scherzando.» Non era possibile. Jamie scosse la testa. «Ma… perché non mi hai detto qualcosa prima?»

Jamie sollevò le sopracciglia. «Potrei chiederti la stessa cosa.»

Era arrivato fino a quel punto…

«Dirti che sono gay significava doverti dire altre cose che non ero pronto a farti sapere. Io… io non sono stato molto fortunato con l'amore.» E non era forse quello l'eufemismo del decennio?

Jamie quasi soffocò e iniziò a tossire. Abbassò il bicchiere e si coprì la bocca con un tovagliolo. Stephen lo osservò con ansia per un momento, sollevato quando la tosse si placò. Jamie sospirò a fondo. «È di nuovo la stessa battuta. Altre cose che abbiamo in comune, anche se riesci a sorprendermi.»

«Perché?»

Jamie fece un cenno verso di lui. «Beh, guardati! Anche mia sorella pensa che tu sia sexy.»

«Sexy? Sì, come no.» Poi si rese conto di quello che Jamie aveva detto. «Liz lo pensa davvero?»

«A-ha. Ha anche suggerito di portarti con me in un club gay, come una specie di magnete per ragazzi.» Si morse il labbro. «Non ero sicuro che saresti stato a tuo agio con l'attenzione di molti ragazzi gay. Per citare mia madre "Figurati…".»

Che ironia…

«Penso che abbiamo molto di cui parlare.» E lui era finalmente pronto a parlare, anche se il suo stomaco si contorceva alla prospettiva. Le sue esperienze lo facevano sembrare uno sfigato.

Jamie annuì. «Allora che ne dici di prendere il vino e andare da qualche parte dove posso levarmi da questa sedia, così possiamo parlare?»

Questo significava la camera di Jamie. Okay, poteva farcela.

Cinque minuti dopo, Jamie era seduto sul proprio letto, sostenuto da una montagna di cuscini, con un calice di vino in mano. «Chi inizia?»

«Io.» Stephen voleva superare l'umiliazione. Si mise comodo anche lui.

«Posso farti una domanda?» disse Jamie.

Gli sorrise. «Certo.»

«Quando lo hai capito? Di essere gay, intendo.»

Stephen bevve prima di rispondere. «A sedici anni. Ma ovviamente mi ci sono voluti due anni per fare coming out con i miei.»

«Come l'hanno presa?» Le labbra di Jamie ebbero un fremito. «Immagino che tua madre sia andata un po' fuori di testa.»

Doveva ammettere che Jamie conosceva bene i suoi genitori. «Non sono usciti a comprare un mucchio di bandiere del Pride da appendere alle finestre, certo. Mia madre non se ne è uscita con la parola "fase", ma sono sicuro che abbia pensato proprio a quello. Devo dire che con il tempo sono migliorati.»

«E Marie?»

«Lei mi è sempre stata vicina.»

Jamie annuì, sorridendo. «Ecco perché amo tua sorella, era fantastica all'epoca e sembra che lo sia ancora.»

«E i tuoi?» Aveva la sensazione che i genitori di Jamie fossero stati di maggiore sostegno.

«Ehi, mi conosci. Non me ne sarei mai uscito dicendo "Ehi, sono gay", quindi ho pensato di essere più… creativo.»

Stephen gemette. «Cosa hai combinato?»

«A diciassette anni ho decorato la mia camera. Ho appeso poster di Orlando Bloom, Wentworth Miller, Jesse Metcalfe, Jensen Ackles, Ashton Kutcher…»

«Aspetta, frena.» Stephen lo fissò. «Pensi davvero che Ashton Kutcher sia sexy?»

«Ehi!» Jamie lo guardò male. «Non è allo stesso livello di Chris Evans o Jason Momoa, ma è piuttosto carino, okay? E comunque questa è la mia storia, quindi chiudi il becco.» Bevve prima di continuare. «Ho coperto le pareti con tutti gli attori che mi piacevano. Poi ho comprato un giornale gay, niente di troppo volgare, ho tagliato tutti i ragazzi più sexy, li ho appiccicati su un grande pezzo di carta e l'ho appeso al muro. Il tocco finale? Ho disegnato un sacco di cuori rossi, li ho tagliati e poi li ho attaccati ai miei ragazzi preferiti. Poi sono andato al centro commerciale. Non volevo essere nei paraggi quando mia madre se ne sarebbe accorta. Ho pensato che le sarebbero bastati per capire il concetto.»

«Cos'è successo?» Gli sarebbe piaciuto essere stato una mosca sul muro.

«Quando sono tornato a casa mia madre era in cucina. Mi ha guardato, poi mi ha chiesto come avevo fatto ad attaccare tutti quei poster sulle pareti e che sperava che non avrebbero lasciato segni.»

«Tutto qui?»

Jamie annuì. «È stata decisamente una delusione. Poi quel fine settimana mio padre mi ha dato un pacchetto. Dentro c'era una copia di *Le gioie del sesso gay* e una scatola di preservativi.» Ridacchiò. «Non me lo aspettavo. Ha detto che sapendo quanto mi piace imparare le cose da solo, ha pensato che avessi bisogno di un manuale di istruzioni e quello era il migliore che gli era venuto in mente. E per quanto riguarda i preservativi, ha detto che la sicurezza deve venire sempre per prima.»

«Adoro tuo padre, cazzo.»

«Sì.» Gli occhi di Jamie erano pieni di calore. «Ho avuto molta fortuna con loro due. Ovviamente, per Liz è stata una giornata di festa. Dopo, ogni volta che uscivamo mi indicava sempre un ragazzo e mi chiedeva se mi piacesse, se sarei uscito con lui e poi via col ragazzo successivo.»

Stephen scoppiò a ridere. «Suona come qualcosa che farebbe Liz. Ti ha davvero suggerito di portarmi in un gay bar?»

«Certo, ha detto che avresti attirato i ragazzi al mio tavolo.» Sorrise. «Come api col miele.»

Quello lo riportò alla realtà. «Fidati, non vorresti mai i ragazzi che attraggo io.»

Jamie piegò la testa di lato. «Vuoi spiegarti meglio?»

Stephen terminò il suo vino, tossendo un po' quando deglutì. Appoggiò il bicchiere con un sospiro. «Ogni ragazzo con cui sono uscito si è rivelato uno stronzo.»

Jamie sgranò gli occhi. «Non possono essere state tutte mele marce.»

«Fino all'ultimo. Parliamo di umiliazioni, abusi, maniaci del controllo…»

«Qualcuno ti ha mai… fatto del male?» Jamie si fece serio.

Lui annuì. «Non ne voglio parlare, okay? Ti basti sapere che è successo e la cosa peggiore è stata quanto sia stato difficile liberarmene.»

Jamie inspirò a fondo. «Oh mio Dio, adesso tutto ha un senso.»

«Cosa?»

«Tutte le cose che hai detto quando ti ho raccontato dell'ex violento di Liz. All'epoca ho pensato a quanto fossero profondi quei commenti. Non avevo idea che parlassi per esperienza.»

Stephen si versò quello che restava del vino nel calice e ne bevve un lungo sorso. «Quindi ecco qua.

Adesso sai che sono un triste perdente.»

Jamie gli diede una pacca sul braccio. «Ehi, non è il modo di parlare di te stesso.»

«Perché no? È la verità, giusto?»

«Non è nemmeno lontanamente il modo di parlare con te stesso.»

Stephen aggrottò la fronte. «Scusa?»

Jamie sospirò. «Ascoltami, tutti parliamo con noi stessi e non sto parlando di fare una conversazione ad alta voce. Ci diciamo sempre delle cose e quelle cose hanno importanza. Accidenti, pensi che sarei dove sono ora se avessi continuato a dirmi che non valeva la pena vivere? Perché dopo l'incidente mi sentivo così. Il primo anno è stato brutale. Non volevo vivere, ma al tempo stesso non volevo morire. Ero solo… anestetizzato. Svegliarmi in quel letto d'ospedale ogni mattina e dirmi che, mio Dio, non era stato un sogno, ma la realtà. E che schifo sentirsi così, ma non potevo fare a meno di sentirmi *così*, quindi ho cambiato il modo che avevo di parlarmi. Ho iniziato a dirmi che ero un sopravvissuto. Che ero più di un paio di gambe. Che se il mio futuro doveva includere quella sedia a rotelle del cazzo, allora lo avrei accettato e sarei stato il miglior Jamie Lithgow possibile.»

«Ma io non sono te,» gridò lui.

Jamie lo guardò negli occhi. «No, non lo sei. Tu sei Stephen Taylor, il mio migliore amico, un incredibile contabile, perché, ehi, qualcuno lo deve essere, giusto? E un bellissimo essere umano,» allargò le braccia. «Vieni qui.»

Stephen sbatté le palpebre. «Ci dobbiamo abbracciare?»

Gli occhi di Jamie erano in fiamme. «Certo che ci abbracciamo, perché se non posso abbracciare il mio migliore amico quando ne ha bisogno, allora che razza di amico sono? Adesso porta qui il tuo culo e lascia che ti abbracci.»

Si spostò sul letto e Jamie lo abbracciò. Stephen gli appoggiò la testa sul petto, ascoltando il rassicurante battito del cuore del suo migliore amico.

«Andrà tutto bene,» mormorò Jamie. «Devi guardare più spesso al lato positivo.»

«C'è un lato positivo?»

La risata di Jamie gli risuonò attraverso il corpo. «Certo che c'è. Il tuo migliore amico si è rivelato gay, la vita non è grandiosa?»

Stephen sorrise. «Sai, c'erano dei segni, solo che non ci avevo fatto caso.»

«Quali segni?»

«Oh, cose che hai detto. Come il tuo vicino che rende carina casa tua. Avrei dovuto fare due più due.» Allungò il collo per guardare Jamie. «Ma non hai finito la tua storia. Come mai neanche tu hai avuto fortuna in amore?» Jamie non disse nulla, ma indicò la sedia. Il suo cuore si strinse dolorosamente. «Allora sono ciechi e stupidi a non vedere quanto tu sia fantastico.» Abbassò la testa, adorando la sensazione delle forti braccia di Jamie intorno a sé. Era passato molto tempo da quando qualcuno lo aveva tenuto stretto e la cosa migliore era che sapeva di essere al sicuro, perché Jamie non lo avrebbe mai ferito.

«Ti va di guardare un film?»

Stephen sorrise. «Meglio che sia una commedia, adesso penso di aver bisogno di ridere.» Con sua grande sorpresa, Jamie gli baciò la fronte. Stephen si mise a sedere e lo fissò. «Questo perché?»

Gli occhi di Jamie brillavano con calore. «Ho immaginato che ne avessi bisogno.» Piegò la testa di lato. «Ho sbagliato?»

«No, non hai sbagliato,» ammise.

Era stato il modo migliore per terminare la loro conversazione.

Capitolo 12

Jamie spense la televisione intorno alle undici, quando un sommesso russare provenne dall'altro lato del letto. Si girò su un fianco e guardò Stephen che dormiva.

Stephen, gay.

Beh, che ne sai? Magari Dio esiste davvero.

Non poteva negare quanto lo avesse addolorato aver sentito delle precedenti relazioni di Stephen. L'idea che qualcuno lo avesse ferito… Poi si rese conto che stava avendo la stessa reazione di Stephen nei confronti del bastardo ubriaco che lo aveva investito. Anche lui voleva mettere le mani addosso agli stronzi che avevano abusato di qualcuno che avevano detto di amare. Solo che non aveva idea se Stephen fosse stato innamorato di quei ragazzi, o viceversa.

Stavo cercando l'amore quando andavo nei gay bar, o solo un'avventura? Se doveva essere brutalmente onesto, se fosse tornato indietro di qualche anno una notte di caldo sesso sporco sarebbe stata sufficiente. Non che si fosse mai avvicinato a qualcosa del genere.

E adesso?

Adesso avrebbe preso quello che poteva. Anche se nel frattempo l'uomo giusto si fosse presentato alla sua porta. Solo che la parte del prendere quello che poteva era una bugia. Si stava trattenendo per l'uomo giusto, punto e basta, perché dopo tutte quelle prime uscite che non si erano mai trasformate in nulla, meritava davvero qualcosa di speciale.

Stephen si stiracchiò nel sonno e Jamie venne strappato da quei pensieri per fissare quel viso affascinante. Sarebbe bastata solo una leggera scossa per svegliarlo e mandarlo a dormire nel proprio letto. Sorrise tra sé e sé. *Ovviamente, potrei svegliarlo con un bacio…* Perché quelle labbra che sembravano così morbide gridavano di essere baciate.

E chi dice che vuole che io lo baci?

Con un sospiro, gli diede una leggera spintarella. Stephen aprì lentamente gli occhi verde acqua e se li strofinò. «Il film è finito?»

Jamie rise piano. «No, è diventato solo un po' difficile sentirlo con gli effetti sonori aggiunti, tutto qui.»

«Ah, accidenti, mi dispiace.»

«È comunque tardi e tu domani devi lavorare. Vai a metterti comodo sul tuo letto.»

Stephen sorrise. «Non lo so, il tuo è piuttosto comodo.» Si alzò in piedi. «Dormi bene.»

«Anche tu.» Come un secondo pensiero, aggiunse: «Dolci sogni.»

Stephen lasciò la stanza, chiudendosi la porta alle spalle.

Jamie rotolò sulla schiena, fissando il soffitto. *Che differenza fa se è gay? Non cambia niente, giusto? Solo che mi fa sentire meno in colpa su tutta quella faccenda di volerlo vedere nudo.*

Il telefono vibrò sul comodino e lui lo prese.

Sei sveglio? Possiamo parlare?

Jamie sorrise e chiamò sua sorella. «Da quando in qua mi mandi messaggi così tardi?»

Liz scoppiò a ridere. «Sono stata a un appuntamento, sono appena tornata.»

«E hai pensato di svegliarmi? Ma che carina. A proposito, se stai chiamando per raccontarmi qualche dettaglio intimo della tua vita amorosa, la prossima volta che ti vedo ti investo con la mia sedia a rotelle.»

«Ti chiamo per sapere se glielo hai già chiesto.»

Jamie aggrottò la fronte. «Mi sento come se stessi guardando un film dove hanno saltato diverse pagine del copione. Chi ha chiesto cosa?»

«Idiota. Hai chiesto a Stephen se verrà con te come esca per appuntamenti?»

Jamie sbuffò. «Te la sei appena inventata?»

«Sì, adesso rispondi alla mia domanda.»

Sospirò. «No, non gliel'ho chiesto, perché è successo qualcosa di importante prima che potessi farlo.»

«Tipo?»

«Beh, tanto per cominciare ho scoperto che è gay.» Quando lei rimase in silenzio, Jamie controllò il telefono, ma erano ancora connessi. «Liz? Ci sei ancora?»

«Oh mio Dio, ma è una notizia straordinaria!»

«Come mai sei così agitata?» Non si perse quell'esaltazione.

«Tu e Stephen! Sareste perfetti l'uno per l'altro.»

Beata lei e il suo cuoricino ingenuo.

«Aspetta, pensi che dovremmo uscire insieme solo perché siamo entrambi gay? Non funziona così.» Anche se Dio solo sapeva che avrebbe adorato se fosse successo.

«Ma potrebbe,» disse sua sorella con decisione. «Mi stai dicendo che non sei attratto da lui? Perché se dirai di no ti risponderò che è una stronzata. Ho visto come lo guardavi alla festa.»

«Come, esattamente?»

Liz sbuffò. «Sono sorpresa che nessuno sia inciampato sulla tua lingua srotolata sul pavimento, da come sbavavi per lui.»

«Questo perché lui è bellissimo, e sì, ho pensato che fosse bellissimo anche quando credevo che fosse etero.»

«Vedi?» Dio, Liz sembrava sul punto di iperventilare.

«Liz, calmati un secondo e ascoltami.» Detestava infrangere i sogni di sua sorella, ma era il momento di una dose di realtà. «Stephen è il mio migliore amico, okay? E questo è proprio come lui vede me.»

«Lo sai per certo?»

Okay, su quello aveva ragione. «No, ovviamente no. Per quanto abbia talento, leggere il pensiero non è uno dei miei doni.»

«Allora come sai cosa prova per te? Per quanto ne sai, adesso potrebbe essere a letto a masturbarsi pensando a te.»

Jamie finse di sussultare. «E io che pensavo che

tu fossi una signora.»

Liz sghignazzò. «Scemo, adesso dimmi cosa farai.»

Oltre la porta della camera da letto, colse il suono dello sciacquone del water. «Adesso? Vado in bagno, dato che Stephen ha finito per stasera.»

«Ma sai che ho ragione,» protestò.

Lui sospirò di nuovo. «Okay, sarò sincero. Mi piacerebbe davvero tanto se nascesse qualcosa tra di noi, va bene? Ma non forzerò le cose. Conosci il detto: ci vogliono due persone per ballare il tango.»

«Quindi non farai la tua mossa finché non la farà lui? E se non la farà? E se lui stesse aspettando che tu faccia proprio la stessa cosa?»

«E se tu mi lasciassi alle mie abluzioni e al mio bel sonno di bellezza? Perché di certo non mi guarderà due volte se avrò le occhiaie e gli occhi rossi.»

Ci fu una pausa. «Di cosa hai paura?»

Accidenti a lei che riusciva sempre a leggergli dentro.

Jamie deglutì. «E se… e se fosse come tutti gli altri?» Non pensava che avrebbe potuto sopportarlo, se Stephen si fosse dimostrato ottuso come tutti gli altri a cui lui era stato interessato.

«Non può essere.»

Dio, amava l'ottimismo di sua sorella, che a volte rivaleggiava col suo.

«Perché no? È umano, come tutti gli altri a cui ero interessato.»

«Sì, ma lui ti conosce meglio di chiunque altro.»

«Mi conosceva prima dell'incidente. Sono cambiato. Per ciò che conta, anche lui.» Avrebbero potuto parlarne fino alle prime luci dell'alba e non ne avrebbe comunque ricavato nulla. «Vai a dormire.»

«Okay, ti voglio bene.»

Quello lo fece sorridere. «Anche io, parleremo di più questo fine settimana, okay?»

«Okay.» Un'altra pausa. «Dolci sogni su Stephen.»

Ridacchiò. «Non potevi resistere, vero?» E con quello, chiuse la conversazione.

Si trasferì sulla sedia e si diresse verso il bagno, con la mente confusa.

Non importa quello che voglio. Lo deve volere anche lui. E a meno che Stephen non fosse un uomo eccezionale, la sua sedia a rotelle sarebbe stata un ostacolo insormontabile.

Ancora una volta.

Stephen entrò nella piccola cucina dell'ufficio e si versò una tazza di caffè. La sua pausa pranzo era quasi finita. Salutò i tre contabili che erano lì intorno a chiacchierare.

Gli piaceva l'atmosfera in ufficio. Non erano ancora una grande realtà, ma c'era già un'atmosfera familiare nell'impresa. I nuovi clienti continuavano ad arrivare, e se le cose fossero andate avanti con quel ritmo, avrebbero dovuto assumere nuovo personale.

Così si fa, papà.

Sapeva quanto fosse stato nervoso suo padre per l'intera impresa, ma quello non lo aveva trattenuto. Per quanto riguardava le sue perplessità sul lavorare con suo padre, la realtà non era come se l'era aspettata. Lavoravano bene insieme, quando si vedevano. Lui supervisionava la gestione quotidiana dell'azienda e suo padre glielo lasciava fare. Le loro strade di solito si incrociavano due volte al giorno, anche se a volte non si vedevano affatto.

Funzionerà.

Ritornò in ufficio e chiuse la porta. Attraverso la finestra si vedeva il panorama di Boston, con i grattacieli scintillanti che riflettevano il cielo come specchi. Magari non c'era lo stesso sole di San Diego, ma a lui non importava molto. Era felice di essere ritornato.

Quando qualcuno bussò forte alla porta, girò la testa. «Avanti.» Sorrise quando suo padre entrò. «Da quando in qua hai bisogno di bussare? È la tua società.»

Suo padre fece spallucce. «Ma è il tuo ufficio.» Piegò la testa di lato. «Hai un minuto?» Si chiuse la porta alle spalle.

«Per te? Ne ho diversi.» Fece un cenno verso la sedia di fronte alla scrivania. «Ti prego, siediti.» Attese fino a quando suo padre non si fu seduto. «Va tutto bene?» Una simile visita era abbastanza fuori dall'ordinario da farlo preoccupare.

«Volevo parlare con te, se ti va bene.»

Gli pizzicò la nuca. «Certo.» Rimase seduto con le mani intorno alla tazza.

Suo padre lo studiò per un momento e lui sentì qualcosa rimescolargli lo stomaco. Alla fine suo padre parlò. «Sei felice?»

Lui sbatté le palpebre. «Prego?»

«Potrei sbagliarmi, ma ho la sensazione che non fossi così felice in California. Non che tu me lo abbia mai detto…»

Stephen ridacchiò. «Non parliamo di cose personali, ricordi? Il massimo è: "So cosa c'è, ma non voglio saperlo", se capisci cosa voglio dire.»

«Sì, non vincerò nessun premio come miglior padre del mondo, giusto? Ci hai gettato in un circolo vizioso,» rise. «Sai, tua madre dava la colpa al trasferimento in California.»

Stephen lo fissò sbalordito. «Pensava che la California mi avesse reso gay?»

«Sì, so come sembra.» Si fermò, prima di guardarlo negli occhi. «Ma di tanto in tanto ho la sensazione che ci siano state cose che avrei dovuto sapere.»

Stephen soppresse un brivido. «Credimi, non ne avevi bisogno.»

Suo padre assottigliò lo sguardo. «Ma sei felice del trasferimento? Di lavorare con me?»

«Certo.» Se suo padre aveva dovuto chiederlo, allora stava facendo qualcosa di sbagliato.

Suo padre annuì, apparentemente soddisfatto

dalla sua risposta. «Bene, ne sono felice.» Fece un cenno, distendendo un braccio. «Perché tutto questo è per te.»

«Prego?» chiese lui, aggrottando la fronte.

Suo padre si appoggiò allo schienale della sedia. «Figliolo, ho cinquantacinque anni. Pensi davvero che gestirò una società per i prossimi vent'anni? Ho iniziato questa attività perché ero stufo marcio di lavorare per qualcun altro. Di fare avverare i sogni di un altro. Lavoreremo sodo e renderemo grande questa società, e poi ti darò le redini in mano e mi farò da parte, andando in pensione. Non appena me ne sarò andato, sarà tutto tuo. Quindi mi importa che tu sia felice sul lavoro.»

Stephen sorrise. «Lo sono, ma possiamo non parlare di qualcosa che succederà tra molto, molto tempo?»

Suo padre scoppiò a ridere. «Prima o poi tutti moriremo, figliolo. Per me era importante fare in modo di assicurarti un futuro. Adesso immagino che tutto ciò che dobbiamo fare è organizzare il resto della tua vita. Una casa. Un compagno.»

Stephen sollevò un sopracciglio. «Mi vuoi trovare anche un compagno?»

Suo padre sbuffò. «Pensavo di lasciare a te quella parte.» Si bloccò. «So che io e tua madre non parliamo di queste cose, ma ci pensiamo. Molto. E vogliamo che tu sia felice.»

Fu pervaso da un'ondata di calore. «Lo voglio anche io.»

Suo padre lo guardò di nuovo con affetto. «Ce

lo diresti, vero? Se ci fosse qualcosa che non va?»

«Papà, non c'è niente che non vada,» lo rassicurò. «Mi piace condividere casa con Jamie. Mi piace il mio lavoro. E mi piace che abbiamo parlato. Ci abbiamo messo solo… quanti anni per farlo?»

«Lo so.» Suo padre arrossì. «E sono grato anche io che abbiamo parlato. Solo…»

Stephen sollevò una mano. «Lo capisco, ci sono ancora cose che non vuoi sapere. E va bene, perché ci sono cose di cui non voglio parlare con te.»

Suo padre sospirò forte, evidentemente sollevato. «Allora sta davvero funzionando? Tu e Jamie insieme?»

Sorrise. «Sì, ho di nuovo il mio migliore amico.»

«Solo che non è più lo stesso.»

Incontrò lo sguardo di suo padre. «In tutto ciò che conta, lo è ancora.» Il suo telefono vibrò. «E questa è la mia sveglia che mi dice che ho finito la pausa pranzo, quindi farò meglio a tornare a gestire la tua società.» Sorrise. «Vai ad assicurarti di avere abbastanza denaro da rendere gradevole la tua pensione, e fare felice la mamma, ovviamente.»

«Non sono ancora pronto a farmi da parte.»

Stephen scoppiò a ridere. «Felice di sentirlo.» Suo padre si alzò in piedi e lasciò l'ufficio e lui rimase a finire la tazza di caffè.

Non me lo aspettavo.

L'unica cosa che lo addolorava di quella conversazione era il riferimento alla situazione di Jamie, perché a lui sembrava stare bene. Alcune persone avevano un mucchio di preconcetti sui disabili.

Solo, non si era aspettato che suo padre fosse uno di loro.

Capitolo 13

Ottobre

Jamie finì di caricare la lavastoviglie. Era toccato a lui preparare la cena e la pasta con un sugo di pomodoro speziato era stata semplice, ma a quanto sembrava molto apprezzata. Stephen ne aveva mangiati due piatti, cosa che aveva dato a lui tutte le cartucce di cui aveva bisogno.

«Amico, dovresti starci attento, sai.» Abbassò lo sguardo sul torso di Stephen. «Da come mangi, metterai su chili in fretta.»

Stephen si massaggiò la pancia. «Vedi della ciccia? No, non la vedi e sai perché? Perché faccio addominali ogni singola sera.»

Lui annuì in approvazione. «Pensi mai di venire in palestra con me? Sarebbe divertente allenarci insieme.»

Stephen lo guardò pensieroso. «Sì, ma quando? Io non torno a casa prima delle sei, poi mangiamo, vegetiamo e, prima di accorgercene, è ora di andare a dormire.»

«Allora andiamoci quando torni a casa. Non dico che dobbiamo starci delle ore. E poi la palestra è proprio dietro l'angolo. Non prendo neanche la macchina.» Sbatté le ciglia. «Che ne dici?»

Stephen scoppiò a ridere. «Mio Dio, lo fai ancora.»

Rise anche lui. «Ah-ah, sento che ti stai indebolendo.»

«Certo, andiamo domani.» Sorrise. «Che importa che sia venerdì sera? Nessuno di noi due ha un appuntamento sexy, giusto? Di solito c'è molta gente?»

«Non ho idea di come sia a quell'ora, perché di solito vado prima, ma penso che in parecchi abbiamo di meglio da fare il venerdì sera.» Ricambiò il sorriso. «Se c'è, ti presento un mio amico, Jack. Il suo corpo fa vergognare i nostri. Anche i suoi muscoli hanno muscoli.»

Gli occhi di Stephen brillarono. «Ah, adesso capisco perché ti piace andarci.»

«Vacci piano con le illazioni, Jack è etero e sposato. E che tu ci creda o no, non ci vado per andare a caccia di uomini.»

«Così dici.» Quel luccichio era ancora presente.

Non avrebbe parlato dei suoi incontri in palestra. A volte era come se avesse due teste, a giudicare dalle occhiate che riceveva. «Non faccio la doccia lì, però. Torno a casa a farla.» La palestra forniva l'accesso a una doccia per disabili, ma era in condivisione con uno spazio dove c'erano prodotti detergenti, spazzoloni e secchi. Si sentiva più a suo agio nel suo bagno.

Stephen fece un cenno verso la bottiglia di vino. «Ne vuoi altro?»

Jamie scosse la testa. «Sono a posto.» Aspettò che Stephen riponesse la bottiglia in frigorifero. «Ma del caffè, sì, però.»

«Ne faccio di fresco.» Stephen si mise all'opera e non appena il caffè fu pronto, iniziò a mettere via le stoviglie che lui aveva tolto dalla lavastoviglie, asciugandole prima di riporle. Gli piaceva che Stephen fosse un vero casalingo.

«Come mai sorridi?» gli chiese Stephen, quando si accorse che lui lo stava fissando.

«Stavo pensando... Il mio primo coinquilino e non ti devo dare lezioni di economia domestica.»

Stephen roteò gli occhi. «Per fortuna tutti quegli anni al college sono serviti a qualcosa.»

Jamie scoppiò a ridere. «Ehi, questa è buona, stai imparando.»

«Beh, guarda chi è il mio insegnante,» ribatté.

«Parlando di insegnanti... ti ricordi il signor Wilson, il nostro insegnante di storia in seconda media?»

Stephen si bloccò. «Alto, magro, con sempre addosso jeans e maglioni.»

«Proprio lui. Beh, poco dopo la tua partenza, si è sposato.»

Stephen aggrottò la fronte. «Quindi non era così male.» Sorrise. «Anzi, se mi ricordo bene era carino.»

Jamie sorrise allo stesso modo. «Evidentemente suo marito pensava la stessa cosa.»

«Non ci credo,» disse Stephen, la faccia sbalordita.

Lui annuì felice. «È stato il pettegolezzo del distretto scolastico, a quanto pare.»

«Ehi, non hanno provato a licenziarlo, vero?»

Jamie sbuffò. «Come se avessero potuto. Suo zio

era il sovraintendente della scuola.»

«Come fai a sapere tutte queste cose?»

Si lucidò le unghie sulla camicia. «Ho le mie fonti. Beh, una fonte, a essere preciso. Un tizio chiamato Reece, la cui madre è nel consiglio scolastico.» Quando Stephen aggrottò la fronte, lui agitò una mano. «È successo dopo di te.» E c'era molto altro che avrebbe potuto dire su Reece, se ne avesse avuto voglia.

«Quindi com'è il marito del signor Wilson? Lo hai mai visto?»

«Un paio di volte, sì. Un sabato li ho visti al centro commerciale, stavano comprando dei vestiti.» Sospirò. «Si tenevano la mano quando pensavano che nessuno li vedesse. L'ho adorato.» Piegò la testa di lato. «Com'erano le superiori sulla West Coast? Continuo a immaginarmi adolescenti bellissimi con denti perfetti, abbronzatura e cadenza californiana.»

Stephen ridacchiò. «Hai centrato il punto. Diciamo che il novanta percento era carino da morire. Quasi tutte le ragazze andavano a scuola con capelli e trucco perfetti tutti i giorni, tanto che potevano essere scambiate per modelle, piuttosto che per studentesse.»

«E i ragazzi?»

«Anche la maggior parte di loro. Belli da morire, intendo.»

«E nessuno di loro era gay?» Era il modo che aveva di scoprire se Stephen avesse avuto qualche cotta di cui non gli dispiaceva parlare.

Stephen si unì a lui al tavolo con due tazze di caffè e si mise a sedere. «Dato che uno di loro è stato il mio primo ragazzo, lo spero proprio.»

Sorrise. «Racconta.»

«Non vuoi sentirlo davvero,» disse Stephen, agitando una mano.

«Oh, invece sì e facciamo un patto: tu mi dici il tuo, io ti dico il mio.»

«Va bene.» Stephen si appoggiò allo schienale della sedia. «Si chiamava Corbin.»

«Dammi i dettagli: biondo, rosso o scuro di capelli? Altezza, peso, misura delle scarpe, preferenze sessuali?»

Stephen scoppiò a ridere di cuore. «Che ne dici di lasciarmi parlare senza interrompermi?» Jamie fece il gesto di chiudersi la bocca e lo lasciò continuare. «Un metro e novanta, capelli biondi, occhi blu, abbronzatura dorata e sì, il perfetto sorriso bianco.»

«Sembra il perfetto rubacuori, come disse una volta tua madre.»

Stephen gemette. «Oh, Dio. Stava parlando di Patrick Stewart di *X-Men*, non è così?»

«Non ha detto la stessa cosa di Yul Brynner ne *I magnifici sette*?» Jamie sollevò le sopracciglia in modo allusivo. «Gli piacciono i calvi, eh? Tuo padre lo sa? Si rende conto che uno di questi giorni si sveglierà con la testa completamente rasata? Nascondi rasoi e forbici.» Stephen gli diede una pacca sul braccio che poi lui massaggiò bruscamente. «Ahia, vacci piano. Vuoi sapere chi è il mio preferito in quel film? Hugh Jackman.»

«Il tuo e quello di circa un altro milione di uomini gay,» rispose Stephen con un sorriso.

«Torniamo a Corbin.» Sgranò gli occhi. «Era più alto di te? Meglio così, perché non riesco a immaginarti con un ragazzo di un metro e qualcosa. Anche se suppongo che anche con un basso potrebbe funzionare. Potrebbe stare in piedi e succhiartelo al tempo stesso.» Stephen assottigliò lo sguardo e lui chiuse il becco.

«Era ormai estate, fine della scuola. I suoi genitori erano via per il fine settimana e aveva dato una festa. Penso che ci siano andati quasi tutti quelli dell'ultimo anno. Comunque, quando si è avvicinata la mezzanotte e tutti hanno iniziato ad andarsene, mi ha chiesto di restare.»

Jamie sperava che la prima volta di Stephen fosse stata bella. «È andata bene?»

Stephen ridacchiò. «È stata breve, siamo durati circa cinque minuti, poi sono arrivati i suoi nonni e abbiamo scoperto che i suoi genitori avevano chiesto loro di dare un'occhiata alla casa. Erano stati al cinema ed erano passati a controllare.»

«Oh, no, vi hanno beccati?»

«No, ma solo perché mi ha fatto scendere giù dalla finestra della sua camera da letto e lungo l'albero,» sbuffò Stephen. «Quando sono caduto, mi sono quasi rotto una caviglia. Ho dovuto dire ai miei che ero inciampato tornando a casa e per fortuna loro mi hanno creduto.»

«Almeno avete avuto una ripetizione?»

«Assolutamente no, essercela cavata per un pelo è stato sufficiente per raffreddare i suoi bollori. Dopo il diploma, non l'ho più visto. A essere sinceri, sono rimasto sorpreso che mi abbia chiesto di restare, quella sera. Mi aveva fissato per tutta la festa, ma non mi sarei mai aspettato che ne uscisse qualcosa, perché frequentavamo circoli diversi, per dire.» Sospirò. «Probabilmente, pensava di andare sul sicuro con me. Che era poi la verità. Non vedevo l'ora di scopare.» Gli lanciò un'occhiata di sottecchi. «Tu?»

Jamie sbuffò. «Non ci crederai. La mia prima volta non è durata molto di più della tua. Eravamo in gita, all'ultimo anno. Ci hanno portato in un parco nazionale. Comunque, sono uscito di nascosto con Reece quando abbiamo pensato che nessuno ci stesse guardando e ci siamo nascosti nei boschi.»

«Reece? Quello che aveva la madre nel consiglio scolastico?» Stephen scoppiò a ridere. «Mammina sapeva cosa faceva il suo piccolo bimbo?»

Jamie grugnì forte. «Di sicuro non era piccolo.»

«Allora com'era?»

«Non come il dio greco Corbin, posso dirtelo. Reece era un po' nerd ma, amico, sapeva baciare. Immagino di aver scoperto che anche io sapevo baciare, perché gli ho annebbiato gli occhiali.»

Stephen rise di nuovo. «Sembra che sia stata un'esperienza memorabile.»

Jamie annuì. «E mi ha anche insegnato qualcosa.»

«Ho paura di chiedertelo.»

Fece un sorriso luminoso. «Mai scopare contro un albero, perché la corteccia è ruvida. Avevo il culo tutto graffiato. Grazie a Dio, non è durato molto.» Sospirò. «In realtà, è finito tutto troppo in fretta, perché non volevamo che nessuno si accorgesse che eravamo spariti. Anche io sono stato la sua prima volta. Abbiamo avuto il tempo per un pompino e un paio di minuti di scopata inesperta. Le sue mani erano ovunque. Quindi abbiamo entrambi perso la verginità l'uno con l'altro. Beh, Reece ha almeno avuto il suo primo pompino. E poi siamo tornati con il gruppo.» Ridacchiò. «E io ho fatto del mio meglio per camminare come se non avessi avuto i venti centimetri di Reece su per il culo.»

Stephen fece una smorfia. «Ahi. Sì, suona decisamente memorabile.» Poi Stephen lo fissò con occhi sgranati. «Buon Dio, dimmi che avevate il lubrificante.»

Lui sbuffò. «Stai scherzando? Pensi davvero che uno di noi due potesse entrare in una farmacia e comprare del lubrificante?»

«Allora lo ripeto, ahia.»

«Non è stato male come sembra. Ce la siamo cavata con… qualcos'altro.» Tossicchiò.

Stephen si morse un labbro. «Oh, Dio. Cosa avete usato?»

Jamie era sicuro di avere le guance in fiamme. «Avevamo i sacchetti del pranzo e la madre di Reece aveva preparato un panino con tacchino e…» Si chiuse a riccio, perché aveva già detto troppo.

Stephen piegò la testa; un momento dopo,

sgranò gli occhi più che mai. «Avete… avete usato la maionese come lubrificante?»

«Era tutto ciò che avevamo! E se pensi che tua madre è una maniaca del pulito… Immagina cercare di spiegarle delle macchie di maionese nelle mutande.»

Stephen scoppiò a ridere, con lacrime che gli rigavano le guance e Jamie non poté trattenersi. Un secondo dopo, scoppiò a ridere anche lui. Stephen poi riprese il controllo. «Quindi cosa le hai detto?»

Jamie lo guardò incredulo. «Amico, fai sul serio? Le ho nascoste così in fondo alla spazzatura che non le avrebbe mai ritrovate. Quanto pensi sia stupido?»

Stephen scosse la testa, ridacchiando. «Beh, a parte la maionese, sembra che abbiamo avuto delle esperienze simili. Grazie a Dio, il sesso è migliorato.»

Jamie rimase in silenzio a quell'affermazione. Anzi, avrebbe voluto cambiare argomento nel caso in cui Stephen gli avesse fatto qualche domanda imbarazzante alla quale non voleva rispondere.

«Sai, c'è qualcos'altro che le nostre esperienze hanno in comune,» annunciò Stephen all'improvviso, con un'espressione più seria.

«Sarebbe?»

«Beh, non so tu e Reece, ma io non amavo Corbin. Il che è un po' triste. Mi sono sempre detto che la mia prima volta sarebbe stata con qualcuno che amavo, ma quando è arrivato il momento…»

«Volevi sapere se il sesso era come te lo

immaginavi e lui era proprio lì, a offrirti di aiutarti a scoprirlo.» Quando Stephen iniziò ad annuire lentamente, lui sospirò. «Sì, volevo la stessa cosa.»

E se fossi stato tu, penso che avrei esaudito il mio desiderio.

Non poteva più parlarne, perché stavano navigando in acque troppo pericolose, e lui non voleva lasciarsi scappare qualcosa di cui poi si sarebbe pentito.

«Ehi, manca poco al compleanno di tua madre.»

Stephen annuì. «Sabato, è bello che te lo ricordi.»

«Te l'ho detto, io non mi dimentico niente. Quindi cos'hai in programma per lei?»

«Sai, le solite cose. Un biglietto, dei fiori…»

Jamie sospirò pesantemente. «Lo sai, vero, che non c'è nulla che dica *non mi importa* come un mazzo di fiori preso al volo sulla strada per andare a trovarla. Perché non fare uno sforzo? Sorprenderla?»

«Oh, hai un'idea di come potrei farlo?»

«Certo,» sorrise soddisfatto. «Preparale una torta.»

Stephen lo fissò. «Posso cucinare, sì, ma non sono un pasticciere.»

«Ma sai seguire una ricetta, vero?»

Sbatté le palpebre. «Beh, sì.»

«Quindi cosa c'è di diverso in una ricetta dolce? Seguila e basta.»

Stephen lo guardò con attenzione. «Tu sai fare ricette dolci?»

Lui fece spallucce. «Non ne ho idea. Non ci ho mai provato. Ma quanto può essere difficile?»

A quelle parole, Stephen sorrise. «In questo caso, mi aiuterai.»

Fu in quel momento che Jamie rimpianse di aver detto qualcosa, perché aveva davvero una brutta sensazione al riguardo.

«Pensi ancora che le dovrei preparare una torta?» chiese Stephen con occhi che brillavano di umorismo. «Perché, di secondo in secondo, sembri sempre meno entusiasta.»

Jamie ripensò a tutte le volte che aveva guardato sua madre in cucina, a pesare farina, rompere uova, a sbattere, mescolare, fare pieghe… «No, ce la possiamo fare.»

In fondo, quanto poteva essere difficile?

Capitolo 14

Jamie aveva avuto ragione su una cosa. La sera successiva non c'erano molte persone in palestra.

«Questo sembra un posto davvero carino,» commentò Stephen mentre si fermavano sul piano principale.

«Questo perché *è* carino.» Aveva trovato quel posto non molto dopo aver comprato la casa. Non aveva molta esperienza con le palestre, ma da quello che gli aveva detto Jack, quella era la migliore della zona. Prima di tutto, c'era un ascensore, per non parlare della rampa d'accesso all'ingresso principale. C'era un mucchio di spazio tra le macchine e lui riusciva a muoversi con la sedia. Lui e Jack erano amici già da un po', quando erano iniziate le confidenze. A quanto sembrava, quando Jack si era iscritto, tutti i macchinari per gli esercizi erano molto più ravvicinati tra loro. Jack stava cercando una palestra per la moglie ed era riuscito a parlare col proprietario. Insieme, avevano ridisegnato la sistemazione, permettendo l'accesso alle sedie a rotelle.

Non che avesse mai visto qualcun altro su una sedia a rotelle usare la palestra, ed era per quello che probabilmente c'erano così tanti occhi puntati su di lui.

«Hai una scheda degli esercizi?» gli chiese

Stephen.

Jamie annuì. «Ho una serie di macchine che mi piace usare per il petto, la schiena e le braccia.» Fece un cenno alla fila di macchine sulla sinistra. «Queste sono per allenare la parte superiore del corpo. Dall'altra parte, c'è tutta la parte inferiore.» Sorrise. «Adesso, su cosa ti va di lavorare oggi?»

Stephen osservò le macchine. «La parte inferiore, penso.» Abbassò gli occhi sul proprio corpo. «Pensi che debba lavorare sulle mie gambe?»

Merda. Immaginava che dirgli che quelle gambe gli sembravano decisamente perfette non sarebbe stata la risposta giusta. «È un buon punto di partenza,» rispose.

«Sì, ma da quale macchina comincio?»

«Beh, io non sono di grande aiuto con quelle, ma laggiù c'è qualcuno che potrebbe fare al caso tuo.» Fece un cenno a Carlos che stava pulendo la macchina per gli adduttori. Jamie gli fece cenno di avvicinarsi. «Ehi, Carlos.»

Carlos gli strinse brevemente la mano. «Che ci fai qui? Questo non è il tuo solito orario.»

«Beh, sai cosa dicono, un cambiamento vale come un riposo.» Indicò Stephen. «Lui è il mio migliore amico, Stephen. Sto cercando di farlo diventare membro. Gli potresti spiegare gli attrezzi per la parte inferiore, così può provarli?» Gli fece l'occhiolino. «Sai, no? Affascinarlo.»

Carlos sorrise. «Farò del mio meglio per lasciare il segno, quindi non starci intorno. Vai a fare le tue cose. Il vogatore verticale è vuoto e so che ti piace iniziare con quello.» Diede qualche colpetto al braccio di Stephen. «Mi prenderò cura io di lui.»

«Bene.» Jamie guardò Stephen brevemente. «Ora, te lo dirò una volta sola. Non strafare. Mi hai sentito? Solo un paio di serie per uno, okay?»

Stephen roteò gli occhi. «Sì, papà.» Carlos fece una risata, prima di condurlo verso la pressa per le gambe.

Jamie si diresse verso il vogatore verticale, il suo preferito. Posizionò la sedia il più vicino possibile alla seduta imbottita, poi ci si mise sopra, sollevando una gamba per sedercisi a cavallo. Il cuscinetto imbottito gli premette contro lo sterno, lui si protese in avanti per afferrare le maniglie e si mosse per tirarle lentamente a sé. Dall'altra parte della stanza, Stephen era posizionato sulla seduta scorrevole della macchina, con i piedi all'altezza del petto. Jamie si prese un momento per ammirargli la curva dei polpacci e l'aspetto tonico dei quadricipiti mentre spingeva i piedi e, a ogni movimento, la seduta scorreva su e giù.

I pantaloncini corti erano decisamente un punto in più.

Mi potrei abituare a venire con lui in palestra. Soprattutto se si metteva quei pantaloncini.

Si diede un calcio mentale. *È venuto qui ad allenarsi, quindi non posso sbavare su di lui,* ma comunque era uno spettacolo per gli occhi. *E quelle gambe lunghe…* continuava a immaginarle flettersi mentre Stephen si chinava su di lui, accovacciandosi mentre gli prendeva il…

No, no e no, smettila.

Abbassò lo sguardo e fece del proprio meglio per non guardare, ma non servì a nulla. Doveva vedere. Lanciò uno sguardo e …

Porca miseria, guarda quel culo.

Come in trance, osservò Stephen che piagava le gambe, portandosele al petto, i cuscinetti imbottiti sulle spalle, il culo stretto in quei pantaloncini peccaminosi.

E che culo. Non ci voleva molta fantasia per immaginarselo nudo, le sue mani su quelle natiche sode, a strizzarle, ad allargarle, esponendolo alla sua vista.

Okay, chi ha alzato il riscaldamento, qui?

Fu allora che venne percorso da un pensiero.

Che stronzo. Lo sta facendo di proposito. Solo che, come avrebbe potuto? Stephen stava guardando nella direzione opposta e forse avrebbe dovuto farlo anche lui, perché quel corpo era davvero una distrazione.

Finì la sua sessione al vogatore, poi ritornò sulla sedia a rotelle e si diresse verso la pressa per le braccia. La scelta era deliberata. Lontano da Stephen. Appoggiò le braccia sulla superficie imbottita e le piegò verso il viso, concentrandosi sul respiro.

Tutto tornò alla normalità.

Carlos gli apparve accanto. «Il tuo amico si sta guadagnando un sacco di occhiate,» commentò con un sorriso.

«Oh?» rispose lui con tono casuale,

concentrandosi sui tricipiti.

«Pensi di riuscire a farlo iscrivere? Perché di certo rende questo posto carino.»

Jamie lo fissò. «Farò in modo di spargere la notizia.» Non poté resistere a una piccola frecciatina. «Soprattutto a Ray.»

L'amico sgranò gli occhi. «Non lo faresti.»

No, non avrebbe mai potuto mettere in difficoltà Carlos con il fidanzato, ma era divertente stuzzicarlo. «Non dirò una parola,» gli promise. «Ma farai meglio ad andare a pulire.»

«Cosa dovrei pulire?»

«Il pavimento. È coperto dalla tua bava,» ridacchiò. «E sembra che tu non sia l'unico.»

«Sì, ma lui non si è accorto di niente.»

Jamie si fermò di colpo. «Dici sul serio?» Si voltò per vedere Stephen concentrato sul proprio esercizio, apparentemente inconsapevole degli sguardi di apprezzamento che stava ricevendo da uno o due dei membri della palestra.

Un pensiero malizioso gli attraversò la mente. *Scommetto che riuscirò a farmi notare.*

Quella volta, quando quella vocina nella sua testa gli disse che non avrebbe dovuto farlo, lui la mandò a fanculo.

Stephen aveva il vago sospetto che se ne sarebbe

pentito alla fine della giornata. Aveva ignorato il consiglio di Jamie di fare solo un paio di serie e si era spinto al limite, godendosi lo sforzo fisico. Stava davvero sentendo alcuni di quei piegamenti, soprattutto nella parte alta delle cosce, dopo la macchina per gli adduttori.

Si fermò per un minuto, con l'intenzione di raggiungere Carlos per potersi spostare a un'altra macchina, ma questi era occupato a parlare con un paio di ragazzi dall'altra parte della sala. Si guardò intorno per cercare Jamie e presto vide la sedia. Il suo amico gli stava dando le spalle, impegnato a lavorare sulle braccia, i muscoli della schiena in tensione.

Dio, era bellissimo e il corpo si muoveva in modo sinuoso.

Come ho fatto a non notarlo mai prima?

Poi pensò che non aveva mai visto Jamie senza vestiti, a parte un breve momento quella volta mentre lui usciva dal bagno e Jamie stava entrando. A giudicare da ciò che stava vedendo, si era decisamente perso qualcosa. La parte superiore del corpo era tonica, non eccessivamente muscolosa, ma abbastanza definita da fargli venir voglia di percorrere quella pelle con la lingua.

Quell'impulso lo sconvolse al punto da paralizzarlo. Aveva sempre pensato a Jamie come, beh, *Jamie*, il suo migliore amico, gentile, generoso e divertente. Il tipo di uomo che aveva sempre desiderato incontrare e di cui innamorarsi. Qualcuno che fosse solido e affidabile. Quindi rimase stupefatto nel rendersi conto di desiderarlo così tanto.

Ma non posso averlo, giusto? Almeno, non in quel modo.

Dio, che spreco. Jamie meritava di essere toccato, accarezzato, baciato... Fissò la sedia a rotelle. *E, per via di quell'aggeggio, si perderà così tante cose.*

Non era giusto.

«Stephen?» Si voltò di scatto, ritornando alla realtà del momento, dove Jamie lo stava fissando con un mezzo sorriso da sbruffone. «Stai contemplando la tua prossima mossa?»

Scoppiò a ridere. «Suppongo che non ti capiti mai di estraniarti.»

Anche Jamie rise. «No, nel bel mezzo della palestra, no.» Gli brillarono gli occhi. «Non è che stiamo esagerando con gli esercizi, vero?»

«No, non stiamo esagerando,» mentì Stephen. Se in quel momento Jamie avesse proposto di andare a casa, si sarebbe accodato volentieri, ma non glielo avrebbe chiesto. «Sto aspettando che Carlos mi spieghi la prossima macchina.»

«Okay, ma ricordati quello che ti ho detto.» Jamie andò alla macchina successiva, proprio mentre Carlos si avvicinava, indicando un altro diabolico strumento di tortura.

Sì, aveva già esagerato.

Jamie era seduto sul sedile nella doccia, lasciando che l'acqua lavasse via sudore e dolori. Non appena si era concentrato, si era allenato bene. Anzi, aveva fatto più del solito, ma quello era merito di Stephen. L'ultima mezz'ora in palestra era diventata una specie di gara; se lui faceva due serie su una macchina, Stephen ne faceva tre. Quello lo aveva fatto ridere, perché era come se fossero tornati ragazzini.

Solo che, dopo un'ora di esercizi, due ragazzini non sentivano così male.

Era ancora convinto che fosse stato un miracolo essere riuscito ad allenarsi, date le… distrazioni. *Non è sbagliato sbavare sul mio coinquilino, vero?* Non sarebbe di certo saltato addosso a Stephen, ma il pensiero di farlo lo faceva avvampare.

Chiuse il rubinetto e prese un asciugamano. Almeno, Stephen non stava aspettando fuori, dato che aveva fatto la doccia in palestra. Si sfregò con vigore i capelli, poi si asciugò il più possibile prima di spostarsi sulla sedia a rotelle. Mentre apriva la porta, sentì l'inconfondibile suono di un gemito basso.

«Tutto bene?»

Ne seguì un sospiro. «Sì, questo è il prezzo che sto pagando per non aver seguito il tuo consiglio. Sono il mio peggior nemico.»

«Dammi un secondo, mi devo vestire.» Andò in camera, si mise sul letto e compì la sua solita routine di giravolte per vestirsi. Quando fu presentabile, andò in salotto dove Stephen era steso sul divano.

«Sto morendo,» annunciò l'amico.

Dio, è così carino.

Jamie sbuffò. «Va così male, eh?» Si avvicinò al divano. «Dove?»

«Le gambe, il sedere.»

«Beh, posso aiutarti con le gambe. Per il sedere, te la dovrai cavare da solo.» Non che gli spiacesse l'idea di scavare con i pollici in quel culo sodo per massaggiarlo.

Calmati, ragazzo.

«Come puoi aiutarmi?»

Jamie si avvicinò all'estremità del divano, poi scivolò fino a sistemarsi contro i cuscini della seduta. «Beh, avvicinati così posso raggiungerle,» commentò con una risata. Stephen si spostò fino a quando non arrivò con la parte inferiore delle gambe sul suo grembo. Gli prese la gamba sinistra e procedette a massaggiargli il piede nudo, manipolandolo e premendo i pollici sulla pianta.

«Oh, mio Dio, è una sensazione bellissima.» Il gemito di Stephen adesso aveva un suono del tutto differente. «Non ti fermare.»

«Devo, c'è il resto della tua gamba da vedere.» Passò al polpaccio, prendendosi del tempo, massaggiando e tastando la pelle, poi passando all'altra gamba. «Meglio?»

«Sì,» rispose Stephen con un sospiro. «Ho

esagerato, vero?»

«Già.»

«Beh, non c'era bisogno che fossi d'accordo così in fretta,» brontolò lui. «Ho dei dolori dove non ne ho mai avuti prima.» Si passò le mani sull'interno cosce. «Ho decisamente esagerato con quell'affare per gli adduttori.»

Avrebbe voluto chiedergli se poteva fargli un massaggio per farlo sentire meglio, ma quello era un territorio pericoloso, soprattutto con Stephen che indossava pantaloni della tuta larghi che rendevano chiaro che non si fosse preoccupato di infilarsi la biancheria intima.

Oh, mamma mia, guarda un po'. A quanto pareva, gli piaceva essere massaggiato.

Jamie non poté resistere e fece scivolare le mani un po' più in alto sopra le ginocchia e gli massaggiò lentamente la parte bassa delle cosce. Stephen chiuse gli occhi e il respiro divenne affannoso. Lui si concentrò sugli sforzi su una coscia, massaggiandola, senza smettere di cercare di non guardare cosa stava succedendo al grembo di Stephen.

«È bello,» mormorò l'amico. «Hai delle buone mani.»

Ciò che Jamie moriva dalla voglia di fare con quelle mani, *in quel preciso momento,* sarebbe probabilmente stato un passo eccessivo.

Probabilmente.

Ehi, un ragazzo può pur sempre sognare, giusto?

«Anche tu sei fantastico. Ti ho osservato e hai

fatto tutto con così tanta facilità.»

Non avrebbe mai ammesso che anche lui aveva esagerato con gli esercizi, perché Stephen ci sarebbe andato a nozze. «Beh, è da un po' che ci vado, ma anche io ho sentito dolori dappertutto le prime volte.»

Stephen sollevò la testa dal cuscino e fece un mezzo sorriso. «Già, avere venti centimetri su per il culo avrebbe fatto male anche a me.»

Scoppiò a ridere di cuore. «Oh, stai decisamente facendo in fretta a diventare inappropriato. È ovvio che il mio allenamento stia funzionando.» Si fermò con le mani sulle cosce di Stephen. «Magari un bagno caldo potrebbe aiutarti,» suggerì. «La mia sedia ti potrebbe portare fino alla vasca, se vuoi.» Poi sorrise. «Naturalmente, dovresti piegarti a metà per starci seduto.»

«Ti stai divertendo troppo.»

«Potrei sempre farti un massaggio completo,» disse con la massima noncuranza possibile. Sollevò le mani. «Sono piuttosto abile, come penso di averti già dimostrato.»

Stephen si morse un labbro. «Sai che c'è? Passo. Devo comunque iniziare a preparare la cena.» Lo stomaco del su amico scelse quel momento per protestare e Stephen guardò verso di lui imbarazzato. «Il prima possibile.» Divincolò le gambe dalla sua presa e si alzò in piedi. «Stavo pensando a qualcosa di veloce e semplice.»

«C'è un contenitore di maccheroni al formaggio avanzati che tua madre ci ha dato dal pranzo dell'altra settimana. È nel freezer.»

«Perfetto.» Stephen lo lasciò e andò in cucina.

Jamie si lasciò cadere sui cuscini. Da come aveva sospirato Stephen, quando lui gli aveva massaggiato i polpacci e i piedi… e poi la vista dei pantaloni rigonfi…

Fu sopraffatto dalla vergogna. *Questa sera ho sbavato su di lui. Puro e semplice.* Solo che non c'era niente di remotamente puro sui suoi pensieri. *Sono una persona terribile.* Rimaneva tuttavia quel seme di dubbio, che Stephen avesse messo in scena quello spettacolo per lui. Per esempio sulla macchina per gli addominali. Avrebbe comunque potuto farli girato nell'altra direzione, ma Stephen aveva scelto di farli dandogli la schiena.

Lo aveva fatto di proposito?

Poi si diede uno scossone mentale. Se si fosse trattato di un tentativo di flirtare con lui, allora perché non continuare quando erano arrivati a casa? Dio sapeva che ne avevano avuto l'opportunità, ma non c'era stato nessun segno al riguardo, quindi forse si era immaginato tutto.

Accidenti.

Capitolo 15

Preparare una torta si stava rivelando molto più divertente di quanto Jamie si fosse aspettato.

«Ehi, non è facile!» Stephen si fermò nel bel mezzo della mantecatura di burro e zucchero. «Come diavolo si fa a farlo diventare soffice? È come mescolare del cemento. Avremmo dovuto usare un mixer.»

«Sono d'accordo, solo che vedo un piccolissimo problema con quell'idea.» Gli fece un sorriso dolce. «Io non ho un mixer, quindi continua a mescolare.»

Stephen lo guardò male. «Okay, allora, Mister Muscolo, fallo tu.»

«Passamelo, pappamolla.»

Stephen sollevò la ciotola e gliela lasciò cadere in grembo. «Ecco, adesso vedrai. Non è così facile, vero?»

Jamie sbatté la solida massa di burro e zucchero che poco a poco impallidì, raggiungendo una consistenza soffice. «Sì, hai ragione. Non era per nulla facile, quasi impossibile.»

«Sbruffone.» Stephen gli strappò la ciotola di mano, la appoggiò sul bancone e ci versò dentro le uova sbattute, poi iniziò a sbattere, sporcando dappertutto.

«Ehi, non dovresti aggiungerle un po' alla…»

Stephen lo guardò male. «È la mia torta, ricordi?

Hai detto che tutti sono bravi a seguire una ricetta, giusto? Beh, dice di sbattere le uova ed è quello che sto facendo.» Osservò la ciotola e si bloccò. «Ehm, non ha un bell'aspetto.»

«E tu come fai a saperlo? Nemmeno tu hai mai fatto una torta.»

«Okay, no, ma...» Spinse la ciotola verso di lui. «Allora guardalo tu e dimmi se ti sembra okay.» Jamie sbirciò la ciotola e prese subito il telefono. «Puoi guardare, per favore?» protestò Stephen. «Che diavolo stai facendo?»

Jamie gli mostrò lo schermo. «Fallimenti con le torte e come rimediare.» Guardò il sito. «Okay, aggiungi la farina, in fretta, ma non sbattere, la devi mescolare.»

«E che cazzo vuol dire?»

Jamie cercò di ricordare sua madre al lavoro in cucina. «Aggiungi la farina, ma mescola il composto con un movimento che formi una specie di otto.» Tese la mano. «Dai, ti faccio vedere.» Prese la ciotola e fece del proprio meglio per replicare ciò che aveva visto fare da sua madre. «Così.» Continuò con movimenti lenti e fermi. «Aveva un aspetto strano perché stava... cagliando.» Almeno gli pareva di ricordare che fosse quella la parola usata da sua madre quando faceva vedere a Liz come cucinare una torta. *Avrà avuto sette anni circa.*

Stephen incrociò le braccia, coprendosi di farina nel processo. «Oh, davvero? Beh, non siamo degli esperti, quindi. Adesso me ne rendo conto. Farai parte della prossima serie di *British Bake Off*.»

Jamie scoppiò a ridere. «Questo sì che è un obiettivo.» Guardò la ciotola e sorrise. «Adesso sì, va meglio. Cosa si fa ora?»

Stephen prese la ciotola. «Ora tu prepari un po' di caffè mentre io finisco l'impasto e lo verso nella tortiera, poi ci beviamo i nostri caffè e aspettiamo.» Sorrise entusiasta. «Non è andata così male.»

Jamie aveva la sensazione che non fosse ancora finita.

Stephen fissò la teglia della torta con sgomento. «Cos'è successo?» Non aveva bisogno di guardare Jamie per sapere che stava controllando il telefono. «Dimmi che possiamo sistemarlo.» La torta era cotta, ma era crollata al centro. «Non posso dare questa cosa a mia madre.» Di certo non assomigliava affatto alla foto della ricetta.

Jamie sospirò. «Beh, non possiamo rimetterla in forno con la speranza che cresca ancora un po', perché il resto sembra cotto. Secondo quanto dice qui, ci sono un paio di spiegazioni. La prossima volta dobbiamo controllare la temperatura del forno e forse cucinarla in due tortiere diverse, poi metterle insieme e…» Si zittì.

Stephen lo guardò. «E…?»

Jamie si morse un labbro. «Dice di non aprire il forno mentre cuoce, soprattutto all'inizio.»

Beh, cazzo. «Ah.» Stephen assottigliò lo sguardo. «Non dirmi *te lo avevo detto.*»

Jamie lo guardò con occhi sgranati. «Stavo per suggerire di coprire il sopra con la glassa per nascondere il buco.» Strinse le labbra. «Poi ti avrei detto *te lo avevo detto.*»

«Volevo vedere come stava andando!» esclamò lui.

«Beh, ti sia d'insegnamento per la prossima volta, okay?» ribatté Jamie.

«E che stronzata è questa di usare due tortiere? Non me lo hai detto quando mi hai mandato a comprarne una.»

«Non lo sapevo, okay? Non avevo mai preparato una torta prima.»

Si fissarono l'un l'altro per un momento e poi le risa presero il sopravvento. Stephen scosse la testa. «Per un secondo ho pensato di gettarti a terra come facevo quando eravamo ragazzini.»

Jamie sbuffò. «Sì, questo era il tuo classico modo di cercare di vincere una discussione.»

«Cercare di vincere?» Lo guardò male. «Dimmi una discussione che non ho vinto io.»

Jamie sorrise raggiante. «Qual è il più buono: frappé o gelato?»

Stephen era sbalordito. «E avevo ragione io, il frappé è molto più rinfrescante.»

«Chi vuole essere rinfrescato, quando può mangiare un gelato?»

«Ma adesso posso farmi un frappé con vodka o tequila.»

Jamie sbuffò. «Ma a me non piace né la vodka né la tequila.» Scoppiò a ridere. «E ci risiamo. Perché non ci dimentichiamo di frappé e gelati e decidiamo quale glassa comprare per coprire questo disastro di torta?»

Si guardarono entrambi per un momento, poi dissero all'unisono: «Cioccolata.»

Stephen sorrise. «Almeno siamo d'accordo su qualcosa.» Si guardò i vestiti. «Io vado a cambiarmi, poi vado a comprare la glassa al cioccolato.»

«Sì, mi sembra una buona idea.» Jamie aveva l'aspetto di qualcuno sul punto di morire dal ridere.

«Cosa c'è di così divertente? A parte l'aspetto della torta, ovviamente.»

«Voltati.» Stephen fece come gli aveva detto e Jamie rise di nuovo. «Hai due impronte bianche sul sedere.»

Stephen si contorse per cercare di vedere. «Come sono finite lì?»

«Beh, non guardare me, sono sicuro che mi ricorderei se ti avessi toccato il culo.» Fece un'espressione sorniona. «Non è qualcosa che potrei dimenticare.»

Stephen lo fissò confuso, poi agitò una mano. «Vado a cambiarmi.» Uscì di corsa dalla cucina per andare in camera sua. Solo quando si chiuse la porta alle spalle, registrò il significato delle parole di Jamie.

Sembrava che Jamie volesse toccargli il culo, magari tanto quanto voleva toccarglielo lui.

Solo che non poteva essere così.

Giusto?

Sua madre aprì la scatola della torta e sorrise quando ne vide il contenuto. «Oh, guarda cosa mi hai comprato, grazie.»

«Ti correggo,» intervenne Jamie con occhi brillanti. «Guarda cosa ti abbiamo fatto.»

Stephen sollevò un sopracciglio. «Noi?»

«Ehi, io ti ho aiutato, ho salvato…» Si bloccò di colpo.

Sua madre guardò Jamie, interessata. «Cosa stavi per dire?»

Stephen lanciò al suo amico un'occhiata ammonitrice.

«Oh, niente. Spero che ti piaccia la glassa al cioccolato,» disse Jamie con un sorriso.

«Adoro la glassa al cioccolato. Suo padre dice che non si sorprenderebbe se mi beccasse a mangiarne una ciotola intera.»

«Oh, bene, perché ce n'è un mucchio sulla torta.» Lo sguardo di Jamie balzò su di lui. «In alcuni punti più che in altri.»

Quando arriviamo a casa gli faccio il culo. In senso figurato, ovvio.

«Allora, perché non la tagliamo e ci beviamo un po' di caffè?» suggerì sua madre. «Vi fermate per la torta, vero?»

Stephen le fece un grande sorriso. «Ma certo. È il tuo compleanno.»

A quel punto, suo padre era già andato in cucina. «Ehi, ha un bell'aspetto. Sono sempre pronto per una fetta di torta.»

Fu il turno di sua madre di alzare le sopracciglia. «Ma non mi dire.» Stephen fece del proprio meglio per non scoppiare a ridere. «Sono davvero colpita, Stephen. Non avevo idea che sapessi preparare una torta.» La sollevò con attenzione, utilizzando la carta forno che Jamie aveva attentamente posto sotto di essa. «Mossa intelligente,» mormorò appoggiando la torta su un piatto. Jamie aprì la bocca e lui lo guardò male di nuovo, così l'amico mimò il gesto di chiudersi le labbra. Sua madre appoggiò il coltello sulla superficie glassata e Stephen trattenne il fiato. Affondò il coltello e prese la prima fetta. «A-ha.» Sua madre lo guardò oltre il bordo degli occhiali, chiaramente trattenendo un sorriso, e lui tossì.

«Abbiamo avuto qualche difficoltà,» iniziò.

«Abbiamo?» Jamie lo fissò.

Sua madre scoppiò a ridere. «Oh, voi due. Questo mi riporta indietro a quando eravate ragazzini e continuavate a stuzzicarvi per ogni cosa.» Sorrise. «Sono sicura che sarà buonissima. Ci sono dei piattini sulla credenza in sala da pranzo, se vuoi andare a prenderli.» Jamie fece girare la sedia per dirigersi in quella direzione e sua madre lo fermò. «Oh, non intendevo te, ovviamente, dolcezza. Può andare Stephen.»

Jamie aggrottò la fronte. «So dov'è la sala da pranzo. E la credenza. Mangiavamo là, ricordi?»

«Sì, ma può farlo Stephen.»

Stephen gli strinse una spalla mentre gli passava accanto. Detestava che i suoi genitori non vedessero come il loro atteggiamento avrebbe potuto ferire Jamie. *Come fanno a non vedere tutto quello che è in grado di fare?* Poi rifletté sui propri preconcetti quel primo giorno al lago. La sorpresa che potesse guidare. L'idea che vivesse da solo, che non avesse bisogno di qualcuno che lo aiutasse.

Pessimo come mia madre. L'ho sottovalutato.

Era piuttosto sicuro che Jamie potesse fare qualsiasi cosa si mettesse in testa. Beh, a parte alcune attività che non erano più possibili fisicamente, per sfortuna. Non che Jamie fosse interessato a quelle attività.

Poi ci ripensò. *Per qualcuno a cui non interessa il sesso, come mai presta così tanta attenzione al mio culo?*

«Disegni e dipingi ancora, Jamie?» chiese il padre di Stephen, ricevendo uno sguardo duro da sua moglie per aver parlato con la bocca piena.

«Sì, signore. Mi piace andare fuori durante i fine settimana e disegnare.» Guardò Stephen. «Che è il motivo per cui ci siamo incontrati.»

«Quando eri un ragazzino pensavo che saresti

diventato un famoso pittore,» disse la donna, pulendosi gli angoli della bocca con un tovagliolo. «Invece Stephen, che Dio lo benedica…»

Stephen scoppiò a ridere. «Non penso che ci sia un solo osso artistico nel mio corpo.»

«Certo che no,» mormorò Jamie. «Chi ha mai sentito parlare di un contabile artista? È come parlare di un…»

«Sì, sono sicuro che potresti trovare un'altra combinazione altrettanto mai sentita, ma non lo fare, okay?» gli chiese Stephen in fretta.

«Hai preso lezioni d'arte?» domandò il signor Taylor.

«No, signore. Immagino che l'arte mi venga naturale. In passato però ho frequentato un corso di disegno dal vivo, ed è stato molto divertente.» Appoggiò la forchetta sul piatto vuoto. «Sai, te la sei cavata bene ed è molto meglio di come sembrava,» disse, rivolgendosi al suo amico.

Stephen roteò gli occhi. «Grazie.»

«No, dico sul serio, era buona,» sorrise lui. «Soprattutto la glassa. Se questo era il tuo primo tentativo di fare la glassa, te la sei cavata molto bene.»

A giudicare dallo sguardo severo di Stephen, a casa avrebbero fatto i conti.

«Disegni dal vivo?» La madre di Stephen aggrottò la fronte. «Intendi nature morte?»

Jamie sorrise. «No, signora, persone nude.» Adorò il modo in cui lei sgranò gli occhi.

«Le persone se ne stanno sedute senza vestiti e

tu le disegni?»

«O le dipingo. Io e un'intera stanza di altre persone.» Sospirò pesantemente. «Ma poi hanno perso i finanziamenti e hanno eliminato il corso. Che peccato.» Guardò brevemente Stephen, prima di parlare con i genitori. «Uno di questi giorni mi piacerebbe riprendere, però.»

«Chi avrebbero trovato per fare da modelli a una cosa del genere?» mormorò la donna.

«Tutti i tipi di persone, di tutte le forme e anche di tutte le dimensioni. Ricordo un ragazzo che indossava occhialetti da nuoto e pinne.»

La donna sbatté le palpebre. «Pinne? Tipo quelle che indossi per nuotare nell'oceano?» Quando Jamie annuì, lei scosse la testa. «Immagino che ce ne siano di tutti i tipi.»

A quel punto, però, Jamie non stava più ascoltando. Aveva in mente un'idea brillante. Fissò Stephen.

Penso che sia ora di fare qualche schizzo.

«Che cosa hai in mente?» chiese Stephen all'improvviso.

«Io?» Lui sgranò gli occhi. «Me ne sto seduto qui, a pensare.»

«Sì, è ciò a cui pensi che mi preoccupa.»

Jamie si limitò a sorridere. *Non ti preoccupare, lo scoprirai presto.* Adesso, tutto ciò che doveva fare era ottenere un sì da parte di Stephen.

Capitolo 16

Stephen fissò fuori dalla finestra la pioggia scrosciante. «Beh, addio a quell'idea.» Non gli dispiaceva la pioggia quando era una rapida scrosciata, ma quella? Accidenti, nemmeno le papere si sarebbero avventurate fuori con quel tempaccio.

«Che succede?» chiese Jamie entrando in salotto.

«Quando questa mattina mi sono svegliato ho avuto la brillante idea di suggerirti di visitare Horn Pond oggi, fino a quando ho guardato fuori dalla finestra. L'ultima volta che ci sono stato, non sono riuscito a fare una passeggiata.»

«E questa è colpa mia, vero?» ridacchiò Jamie. «Okay, allora facciamo altro.»

Stephen sbuffò. «Basta che non sia cucinare un'altra torta.»

«Ehi, era deliziosa. Tua madre l'ha adorata.»

Lo guardò sbalordito. «Era un disastro.»

«Okay, ma un delizioso disastro, signor BicchiereMezzoVuoto.» Jamie lo guardò con fermezza. «Anche io avevo un'idea su qualcosa che volevo fare oggi, ma coinvolge anche te.»

«Penso che me ne pentirò, ma vai avanti e dimmelo.»

«Posso farti un ritratto?»

Stephen lo fissò. «Dici sul serio? Perché mai vuoi farlo?»

Jamie roteò gli occhi. «Perché saresti meraviglioso da ritrarre. E non c'è nessun altro qui. Per favore?» Sbatté le ciglia.

«Basta con quegli occhi da cerbiatto.» Stephen prese in considerazione la proposta. «Devo fare tipo la statua? Perché non penso di riuscire a restare immobile come il leone del parco.»

Jamie rise. «Ti puoi muovere, scemo. Solo non andartene in giro roteando le braccia, o il disegno verrà sfocato.»

Lui scoppiò a ridere. «Okay, lo farò. Come mi vuoi? Questi vestiti vanno bene?»

Jamie sospirò. «Mi concentrerò sul tuo viso, quindi non mi importa di cosa indossi. Lasciami prendere il mio taccuino e le matite.» Uscì dalla stanza.

Stephen sorrise tra sé e sé, era curioso di come sarebbe venuto il ritratto.

«Oh, buon Dio,» urlò Jamie.

Corse velocemente in camera dell'amico. «Tutto bene?» gridò.

Quando arrivò, Jamie stava fissando il telefono con un sorriso. «Guarda cosa mi ha mandato mia madre. Ha trovato una foto di noi due, dovevamo avere circa nove o dieci anni.» Sollevò il telefono per farglielo vedere. «Guarda un po'.»

Stephen fissò lo schermo. «Oh, mamma mia.» Era stata scattata ad Halloween, loro due in posa davanti alla porta di casa di Jamie. «Me n'ero dimenticato.» Si pavoneggiò. «Ero un fantastico Han Solo, non credi?» Poi sghignazzò. «E tu eri un'incantevole principessa Leila.» Lo guardò. «Quanti anni mi hai detto che avevi quando ti sei reso conto di essere gay?»

Jamie lo colpì con il taccuino. «Ehi, sono gay, non un travestito. E potresti ricordarmi come sono finito a vestirmi da Leila?»

«Io non entravo nel costume.» Scosse la testa. Erano stati giorni felici.

«Beh, dai, sono pronto.» Jamie diede un colpetto al proprio taccuino. «Puoi sederti sul divano, così almeno starai comodo. Io resto sulla mia sedia.»

Stephen lo seguì in salotto e si lasciò cadere sul divano. Fece una posa drammatica, con le gambe per aria. «Che ne dici, di questo?»

Jamie scoppiò a ridere. «Terribile, siediti per bene.»

Fece come gli aveva detto. «Dico sul serio, però, come mi vuoi?»

Lo fissò intensamente per un momento, poi lo vide trattenersi. «Okay, puoi sdraiarti e appoggiare la testa su un cuscino, il viso verso di me. Dovresti cercare di stare comodo.»

Stephen si stese, poi si rilassò. «Così va bene?»

«Perfetto.» Jamie aprì il taccuino. «Solo non addormentarti, va bene?»

Lo guardò sbalordito. «Quanto ci vorrà?»

«Oh, dovrei aver finito per cena.» Gli occhi di Jamie brillarono di umorismo. «Rilassati e basta, okay? Puoi parlare, ma non muoverti troppo.»

Stephen sospirò. «Non penso di averne la pazienza.»

Jamie lo guardò duramente. «Qualsiasi uomo che riesce a stare seduto per tutta la trilogia de *Il signore degli anelli* in un solo giorno ha un mucchio di pazienza, fidati di me.»

«Ehi, hai detto tu che potevo scegliere cosa guardare.»

«Una decisione di cui poi mi sono pentito. Adesso fermo.»

Lo imitò, mimando di chiudersi la bocca.

Se finisce che sembro Pennywise, lo ucciderò.

Stephen si stiracchiò, felice di avere l'opportunità di muoversi. Era sdraiato sul divano da un paio d'ore e, doveva ammetterlo, era stato gradevole. Per la maggior parte del tempo avevano parlato delle superiori, cosa di cui era grato. Aveva condiviso abbastanza della sua vita privata e non aveva alcun desiderio di parlare ancora dell'argomento. La scuola era un argomento neutro.

«Ovviamente sei abituato al multitasking,» commentò Stephen. «Dato che parli e disegni al tempo stesso.»

«Ho la cablatura di un cervello femminile,» mormorò Jamie, concentrato sul foglio.

«Scusa?»

Il ragazzo sollevò lo sguardo. «Una volta ho letto che le donne sono più brave nel multitasking, per via di come è fatto il loro cervello, quindi immagino che il mio lavori come quello di una donna.» Aggrottò la fronte. «Tu non lo sai fare?»

«No,» sbottò. «Devo spegnere la radio quando tento di parcheggiare in parallelo.»

Jamie ridacchiò. «Già, proprio un cervello maschile.» Appoggiò la matita. «Vuoi vedere?»

Balzò dal divano come se avesse il culo in fiamme. «Ci puoi scommettere.» Gli prese il taccuino dalle mani e lo guardò. «Oh... oh, wow.» Jamie aveva perfettamente colto tutti i suoi tratti, solo che...

«È un "oh, wow" positivo?»

Stephen fissò il bellissimo ritratto. «Sono... sono io, ma non sono io.»

Jamie scoppiò a ridere. «Okay, ha perfettamente senso.»

Faticò a dar voce ai propri sentimenti. «Sembra che tu ci abbia messo qualcosa in più e non sono sicuro di cosa sia.» Lo guardò di nuovo. «È davvero così che mi vedi?»

«Non ti piace.»

Stephen sollevò di scatto la testa. «No! Affatto.» Accidenti, perché era così difficile. «Mi hai reso più bello di quello che sono.»

Jamie sbatté le palpebre. «Ma è come ti vedo io.»

Sorrise. «Allora vorrei che altri uomini mi vedessero allo stesso modo.»

Jamie scoppiò a ridere. «Allora dovresti vedere

alcuni dei dipinti e degli schizzi di quelle lezioni dal vivo. Alcuni di loro… era difficile credere che stavamo tutti disegnando lo stesso modello.»

Stephen lo fissò. «Sei davvero andato a quel corso? Pensavo che fosse qualcosa che avevi inventato per mia madre.»

«Ma certo che ci sono andato,» ridacchiò Jamie.

«Ma… non è stato strano?»

Jamie aggrottò la fronte. «Perché avrebbe dovuto? Nessuno dei modelli aveva due cazzi o tre capezzoli, nemmeno una seconda testa.»

«Sì, ma… vedere le persone nude…»

Jamie sospirò. «L'obiettivo del corso era migliorare la tecnica. Era piuttosto… clinico. Non mi eccitavo a guardare un tizio nudo con addosso occhialini e pinne.» Poi sgranò gli occhi. «Oh, capisco, tu saresti nervoso a fare qualcosa del genere.»

«No, non è vero,» ribatté lui.

«Ah, no? Dimostramelo.» Sorrise. «Ti sfido.»

Cazzo, doveva proprio dirlo? Non c'era modo che lo lasciasse vincere.

Sollevò il mento e incontrò lo sguardo divertito di Jamie. «Come mi vuoi?» Si tolse la felpa, poi si sfilò i jeans il più in fretta possibile, prima di avere il tempo di cambiare idea. Quando rimase solo in mutande, si fermò, restando in piedi in modo goffo, con le mani lungo i fianchi.

«Fai sul serio.» Jamie sgranò gli occhi, poi fece un mezzo sorriso sfacciato e gli guardò le mutande. «A quanto pare no. Ancora un fifone, eh?»

Stephen sbuffò. «Ti piacerebbe.» Inspirò a fondo, afferrò l'orlo dei boxer e se li abbassò lungo le gambe, togliendoseli e lanciandoli con la massima noncuranza possibile. Si raddrizzò e, in modo sorprendente, il suo uccello si irrigidì un po'. Per fortuna, Jamie non commentò.

«Sdraiati sul divano,» gli ordinò Jamie.

Fece come gli aveva detto, poi seguì altre istruzioni piegando una gamba, mettendosi un braccio dietro la testa e inclinandosi un po' all'indietro… Le istruzioni lo aiutarono a calmarsi e a concentrarsi. Quando Jamie fu soddisfatto, prese la matita e iniziò di nuovo a disegnare.

«Tutto bene?» gli chiese.

Stephen rise nervosamente. «Beh, non mi aspettavo che sarebbe accaduto, decisamente.»

«Non verrà proprio nessuno, okay?» Quegli occhi scintillarono malandrini. «Perché se qualcosa dovesse schizzare sul mio bloc notes, lo rovinerebbe.»

Stephen trattenne il fiato per un momento, poi scoppiò a ridere. «Non riesco a credere che tu lo abbia detto.»

«Ma ti ha fatto ridere, no? Adesso stai fermo.»

Stephen inspirò a fondo, poi rilassò il corpo. Gli ci volle qualche minuto per rendersi conto che non era diverso da quando Jamie aveva ritratto il suo viso. Ricordò il commento di Jamie sull'essere un atto clinico e questo fu di aiuto. *Non avrei mai pensato di fare qualcosa del genere,* ma doveva ammettere che era anche liberatorio. Era sdraiato nudo sul divano, la pioggia batteva sulle finestre e la matita di Jamie volava sul bloc notes.

Visto come era venuto il ritratto, Stephen non vedeva l'ora di vedere il prossimo.

«Sei una gioia da ritrarre,» mormorò Jamie alzando lo sguardo dal blocco. Aveva già lavorato su tre o quattro fogli e li aveva tolti dal blocco per lavorare su un altro.

«Scommetto che lo dici a tutti i tuoi modelli,» lo prese in giro lui, ma non poté negare che quel commento lo aveva fatto sentire bene. Gli si strinse un po' lo stomaco quando vide Jamie trattenere il fiato.

«Solleva un po' la testa,» gli chiese Jamie e, quando lui lo fece, il ragazzo sorrise. «Così, adoro le linee del tuo corpo, la curva del tuo braccio.»

«Questo non suona molto clinico,» fece notare lui. Non che gli desse fastidio.

Gli occhi di Jamie erano caldi. «È dura essere clinici, quando ti guardo.» Le labbra del ragazzo fremettero. «A proposito di cose dure…»

Stephen non aveva bisogno di abbassare lo sguardo per sapere di avere un'erezione. Gli si accaldarono le guance. «Scusami per quello.»

«Non osare chiedere scusa.» Jamie abbassò lo sguardo. «Hai un cazzo bellissimo.»

«Lo pensi davvero?» Desiderava sapere se stesse parlando l'artista o l'uomo gay.

Jamie annuì. «Amo il modo in cui si curva, così grosso e lungo.» Intrecciò lo sguardo con il suo. «Sei bello, punto.» Stephen deglutì, senza parole. Jamie piegò la testa. «Non te lo ha mai detto nessuno?»

«Magari un paio di volte, di solito la prima volta che…» Non voleva pensarci, perché quando cessavano i complimenti, iniziavano altre cose.

«Se tu fossi il mio uomo, te lo direi tutti i giorni. Ti direi quanto amo il tuo ampio petto, le tue braccia, la curva delle tue cosce…» Scosse la testa, sorridendo. «E una parte di te, ovviamente, adora quest'idea.»

Abbassò lo sguardo e vide il suo uccello che puntava verso il soffitto. Sollevò il mento e guardò Jamie negli occhi. «Non ti dispiace?»

«Perché dovrebbe dispiacermi? A te non dispiace. È così che dovrebbe andare tra un artista e il suo modello.»

Stephen fece un profondo respiro. «Tu non mi parli come se fossi il tuo modello.»

Jamie sorrise. «Non è la prima volta che ti vedo nudo.»

Lui sbatté le palpebre. «Eh?»

«Ma sì, ti sei dimenticato? A casa di tua nonna in Florida. Una notte abbiamo fatto il bagno nudi nella sua piscina. Era così caldo. Per fortuna nessuno ci ha beccati.»

Stephen ridacchiò. «Penso che all'epoca eravamo molto diversi.»

Jamie fece un mezzo sorriso. «Fidati, sei migliorato con gli anni, in più sei cresciuto in tutte le direzioni.» Un altro non troppo sottile sguardo al suo uccello. Stephen sorrise, dando una piccolissima spinta dei fianchi, con il cazzo che puntava direttamente verso Jamie, il quale schiuse le labbra. «Già, un uccello proprio bello.» Poi appoggiò la matita. «Penso che abbiamo finito.»

Stephen afferrò i jeans e se li infilò, lasciando i bottoni aperti. «Fammi vedere.» Si avvicinò a dove Jamie aveva appoggiato i fogli di carta, sul tavolino e, mentre li guardava, gli si strinse la gola.

Jamie aveva fatto una serie di schizzi: uno dalla testa alle spalle, un altro del torso dal collo al pube, e un altro ancora delle sue gambe, ma quello che catturò la sua attenzione fu un disegno dettagliato del suo cazzo, definito in ogni dettaglio, perfino la vena che lo percorreva interamente, il modo in cui i peli pubici si arricciavano alla base, lo splendore della cappella tesa…

Stephen si sforzò di ridere. «Wow, è facile vedere quale parte ha attirato la tua attenzione.»

Jamie sorrise. «Beh, che ti aspetti quando mi dai del materiale simile con cui lavorare?» Raccolse i vari fogli.

«Cosa ci farai?»

Il ragazzo fece un altro sorriso. «Li incornicerò e li appenderò in salotto.» Quando Stephen sussultò, Jamie scoppiò a ridere. «È come sparare ai pesci in un barile. Non andare nel panico, li appenderò in camera mia.»

«Perché… perché vorresti farlo?» Non sapeva come si sentisse all'idea che Jamie guardasse il suo corpo nudo, giorno dopo giorno.

«Così ti posso guardare.» Jamie fissò lo sguardo nel suo e quello lo fece rabbrividire. Poi lanciò un'occhiata al suo grembo. «Ehi, se vuoi girare per casa così per tutto il giorno, non mi lamenterò.» Stephen abbassò lo sguardo sull'apertura dei suoi jeans che rivelava una parte della peluria. Si tirò su in fretta la zip e Jamie sospirò. «Accidenti, avrei dovuto tenere la bocca chiusa.»

Stephen non sapeva come reagire, quell'atteggiamento lo stava confondendo moltissimo.

Il suo telefono vibrò per annunciare l'arrivo di un messaggio e lui lo prese dal tavolo, grato per l'interruzione. Non riconobbe né il numero né il nome.

Ehi, mi chiamo Trey. Carl mi ha detto di cercarti, se fossi passato per Boston.

Si bloccò di colpo. Perché cazzo il suo ex diceva a un tizio di cercarlo? Poi arrivò un altro messaggio.

Mi ha raccontato tutto. Non vedo l'ora di venire a letto con te per scoprire se è tutto vero…

Fu la spinta di cui aveva bisogno per spegnere il telefono e lanciarlo sul divano, come se quel tocco gli bruciasse le dita.

«Tutto bene?» La voce di Jamie era carica di preoccupazione.

«Sto bene.» Finse un sorriso che non sentiva affatto. «È possibile che fare il modello mi abbia sfinito? Perché penso che starmene fermo per così a lungo mi abbia stancato.» Era l'unica scusa a cui era riuscito a pensare per lasciare la stanza.

«Forse devi schiacciare un pisolino,» suggerì Jamie.

Annuì con foga. «Penso che tu abbia ragione, mi stenderò per un'oretta, mi aiuterà.» E così lasciò il salotto, entrò nella propria camera da letto e si chiuse la porta alle spalle. Si sdraiò sul letto e fissò il soffitto con le mani intrecciate dietro la testa.

Poteva solo immaginare cosa avesse detto Carl a quel Trey, e poteva scommettere che fosse dello stesso stampo dello stronzo del su ex. Non aveva la minima intenzione di scopare con… *Trey*.

C'è qualcosa in me che attrae quei tipi? Un qualche difetto che solo degli stronzi violenti potevano percepire e che li attirava a lui, come falene a una fiamma. Una qualche debolezza che faceva venir loro voglia di trasferirsi da lui e sfruttarlo.

Scacciò quei pensieri, che servivano solo a farlo stare male. Ciò che lo faceva sentire travolto dai sensi di colpa era ciò che era appena successo.

Come mi sono potuto comportare così? Sapeva di aver flirtato, lo aveva fatto anche Jamie. *Flirtare? Era più che flirtare.* Le parole di Jamie lo avevano lasciato accaldato e frustrato e ne era ancora confuso. *Perché flirterebbe con me? Non faremo mai niente, giusto?* Quello rendeva la sua reazione ancora peggiore. Sembrava stesse illudendo Jamie, perché Jamie non avrebbe mai voluto un ragazzo come lui.

Perché dovrebbe? Supponiamo che, per qualche miracolo, riuscissimo a farla funzionare… Perché dovrebbe volere qualcosa del genere? E anche se lui lo volesse, chi potrebbe dire che non rovinerei comunque tutto?

Perché il suo passato era uno schema di

relazioni fallimentari.

La colpa di alcuni di quei fallimenti doveva per forza essere sua.

Capitolo 17

Jamie prendeva appunti su un taccuino accanto a una tazza di cereali, di tanto in tanto fermandosi a mangiare e bere un sorso di caffè. I lunedì mattina erano dedicati a pianificare la sua settimana. Poteva sentire Stephen che si muoveva per la casa e aggrottò la fronte. Aveva lasciato la stanza con così tanta fretta la sera precedente, ed era stato silenzioso anche la maggior parte della serata.

Ieri l'ho spinto troppo oltre? Non ci aveva pensato sul momento, anzi, Stephen gli era sembrato rilassato non appena aveva superato i primi nervosismi. Non riusciva ancora a credere che avesse accettato. Ma che modello incantevole…

Quando era andato a letto, la sera precedente, era rimasto lì a fissare gli schizzi mentre si massaggiava l'uccello. Sapeva che l'erezione che aveva avuto non aveva niente a che fare con ciò che gli era passato per la testa, ma soltanto per via della sua mano, eppure era comunque bello.

Un ragazzo può sognare, giusto? E lui quella notte aveva sognato di addormentarsi tra le braccia di Stephen, di condividere un bacio dopo l'altro, della mano del ragazzo che lo accarezzava, facendoglielo diventare duro.

Sono stato troppo leggero? Se fosse stato lui a essere oggetto di quell'evidente corteggiamento, non avrebbe avuto alcun dubbio sulle intenzioni di chi lo aveva messo in atto, ma Stephen non lo aveva assecondato.

«Buongiorno.» Stephen entrò in cucina con addosso un completo, e lui si godette la vista.

Diciamolo, renderebbe elegante anche un sacco di iuta.

«Pronto per una nuova settimana? Impaziente di andare?» lo prese in giro, dato che Stephen non era mattiniero. Stephen si limitò a guardarlo, poi iniziò a spalmare il proprio bagel con crema al formaggio. «Stavo pensando,» continuò, fissando gli appunti, «di prendermi presto una breve vacanza. C'è una pausa nel mio calendario e non ricordo l'ultima volta che sono andato in ferie.»

Stephen annuì. «Sembra una buona idea.»

Jamie attese, ma quando non arrivò nulla, gli porse la sua tazza. «Me la puoi riempire, finché sei lì?» Qualsiasi cosa pur di farlo parlare.

«Certo.» Stephen la prese e ci versò il caffè.

Quello che voleva fare era chiedergli di andare con lui. Certo, Stephen aveva degli impegni di lavoro, ma poteva prendersi una pausa, no?

«Cioè, so che ho parlato di andare a sciare, ma non fino a dopo Capodanno.» Lo guardò. «Quando è stata l'ultima volta che sei andato in vacanza?»

Stephen gli sorrise. «Vivevo a San Diego, ricordi? Avevo la spiaggia fuori di casa, potevo andare a surfare e nuotare ogni fine settimana.»

«Sì, ma lo facevi?»

Sospirò. «Sì, mi piaceva andare a visitare Marie

e i ragazzi. Passavamo intere giornate sulla spiaggia.»

Fu in quel momento che decise che glielo avrebbe chiesto. Stephen aveva lavorato sodo da quando era tornato a Boston, e di certo avrebbe potuto prendersi una settimana libera. Tra l'altro, il pensiero di trascorrere una vacanza rilassante in un posto al caldo lo stava allettando. *Un posto abbastanza caldo da poterlo vedere in pantaloncini corti. Molto corti.*

Gnam.

«Anche io ho pensato,» disse Stephen all'improvviso mentre si avvicinava al tavolo con le due tazze. Riprese il proprio bagel e si unì a lui. «Magari dovrei iniziare a cercarmi un posto tutto mio.»

Jamie si bloccò. «Oh?» Gli cadde il cuore, perché aveva avuto l'impressione che sarebbe stato con lui un po' più a lungo. Era passato pochissimo tempo da quando si era trasferito.

«Già, beh, non posso vivere qui per sempre, giusto?» Stephen fece un mezzo sorriso che non gli raggiunse gli occhi.

Perché no? Aveva quella domanda proprio sulla punta della lingua. «Quando pensavi di iniziare la tua ricerca?»

«Nessun momento migliore di adesso,» rispose Stephen allegramente. «Avrei guardato oggi stesso online durante la mia pausa pranzo, per prendere qualche appuntamento per questa settimana, magari dopo il lavoro.»

Merda, faceva davvero sul serio.

«Ti dispiace se vengo anche io?» domandò in tono incolore.

Stephen sbatté le palpebre. «In realtà, ti avrei chiesto se ti andasse di accompagnarmi, perché la tua opinione è importante. Tra l'altro, se il mio migliore amico detestasse la mia nuova casa, poi non verrebbe più a trovarmi, giusto?»

«Allora riceverò un invito?» Era qualcosa, almeno.

«Ma certo!» Il sorriso di Stephen era più genuino. «Inizierò oggi.» Diede un grosso morso al proprio bagel e sbirciò il telefono.

Dovrei essere grato che mi tenga nella sua vita? Jamie sapeva una cosa: non voleva che se ne andasse. *In cosa diavolo sto sbagliando?* La sua solita positività lo abbandonò per un momento e si tormentò il cervello per qualche indizio su cosa avesse fatto per causare una decisione così improvvisa.

L'unica cosa che poteva trovare era il disegno di nudo. Aveva messo in chiaro di essere interessato, e Stephen se la stava dando a gambe. Magari non riusciva a vedere le cose con chiarezza, ma in quel momento era davvero sconvolto. Aveva bisogno di un buon consiglio.

E sapeva esattamente a chi chiederlo.

«Vuoi dirmi perché sono qui? E durante la mia pausa pranzo?» Liz sorrise. «Anche se non avrei mai detto di no a un bubble tea e a uno yogurt gelato al cocco.»

Il suo yogurt gelato al caramello salato era delizioso, ma lo aveva toccato a malapena. Abbassò il cucchiaino e unì le mani sul tavolo. «Sono brutto?»

Liz rimase interdetta. «Chiedo scusa?»

«È una domanda seria. Sono brutto? Va bene, lo puoi dire se lo sono. Non sono un tenero fiorellino, so accettare le critiche.» Spinse in avanti il mento.

Sua sorella si morse un labbro. «Ehi, tu sei carino, sei un bel ragazzo.» Piegò la testa di lato. «Questo ti fa sentire meglio?»

Lui ignorò la domanda. «Allora sono noioso?»

Liz mise giù il cucchiaino e appoggiò il mento sulle dita intrecciate. «Okay, che succede?»

Sospirò. «Sto cercando di capire perché Stephen non vuole uscire con me.»

Lei lo guardò pensierosa. «Beh, ma lui sa che sei interessato?» gli chiese, prendendo un sorso di tè.

Jamie sussultò. «Oh, adesso ho capito, sono troppo discreto, ho bisogno di un cartello che dice: *Prendimi, sono tuo.*» Fece spallucce. «Pensavo che disegnare un ritratto dettagliato del suo uccello fosse un indizio sufficiente, ma vallo a sapere.»

Liz sputacchiò il tè su tutto il portatile che aveva davanti. Lui le porse i tovaglioli e sua sorella ripulì in fretta quel casino. Quando ebbe finito, lo guardò con sincerità. «Lo hai ritratto nudo?» Jamie annuì e le labbra di Liz ebbero un sussulto. «E com'è il suo uccello?»

Sussultò con finto orrore. «Non dovresti farmi domande del genere.»

«Perché no? Voglio sapere.» Si chinò più vicina. «Beh? Ce l'ha… grosso?»

Jamie la imitò e si spinse in avanti. «Guardarlo mi ha fatto venire l'acquolina in bocca.»

Liz scoppiò in una serie di forti colpi di tosse. «Okay,» rispose asciugandosi le labbra. «Queste sono più informazioni di quelle di cui avevo bisogno.» Si appoggiò alla sedia e lo guardò male. «Vergognati.»

«Per cosa?» La fissò perplesso.

«Per aver pensato che ci fosse qualcosa di sbagliato in te. Se Stephen non vuole uscire con te, è colpa sua, non tua. Perché qualsiasi uomo vivo sarebbe enormemente fortunato a farlo.»

«Qualsiasi uomo vivo, eh?» Fece un sorriso malizioso. «Magari sbaglio in quello, devo iniziare a cercarmi un uomo morto.»

«Sono seria!» esclamò Liz con gli occhi in fiamme. «E il mio consiglio è di parlare con lui. Penso ancora che siate perfetti l'uno per l'altro. E penso anche che abbia bisogno di un paio di occhiali se non riesce a vedere ciò che ha sotto il naso.» Scosse la testa. «Non riesco a credere che ti abbia fatto da modello. Ragazzo, devi avere delle abilità davvero speciali.» Lui si pavoneggiò e lei scoppiò a ridere. «Adesso vai a usarle di nuovo con Stephen.»

Sospirò. «Devo incontrarlo in una casa dopo che ha terminato di lavorare.»

«Che casa?»

«Oh, solo una casa che sta pensando di comprare,» disse con leggerezza, anche se il suo cuore era pesante al solo pensiero. «Gli darò la mia opinione.» Liz premette le labbra insieme. «A che pensi?»

Lei aggrottò la fronte. «Sto pensando che mi piacerebbe dargli la *mia* di opinione. Gli direi di rimanere dov'è e di uscire con mio fratello.»

Jamie si protese sul tavolo e le strinse la mano. «Sono felice di averti dalla mia parte.»

«Sempre,» disse lei.

Le lasciò andare la mano. «Adesso finisci il tuo tè e il tuo gelato, la tua pausa è quasi finita.»

Mentre Liz prendeva la borsetta e il cappotto dallo schienale della sedia, lo guardò per rassicurarlo. «Non sarà come tutti gli altri, lo sento.»

Jamie sperava di no. Non era sicuro di poterlo accettare, non da Stephen.

L'agente immobiliare fece un ampio sorriso a Stephen. «Quando avrete fatto, mi troverete in macchina. Sapete, per dare a entrambi il tempo per discutere della proprietà.» Fece saettare lo sguardò nella sua direzione, guardando sia lui che la sedia a rotelle, poi li lasciò nel bel mezzo dell'ampio salotto vuoto.

Almeno aveva parlato di lui, dato che alcuni si comportavano come fosse invisibile.

Jamie si morse un labbro. «Pensi quello che penso io?»

Stephen aggrottò la fronte. «Cosa?»

«Quell'ultimo accenno a dare del tempo a entrambi.» Sorrise. «Pensa che siamo una coppia, alla chiara ricerca del nostro futuro nido d'amore.»

Stephen girò di scatto la testa verso la porta attraverso la quale la donna era appena uscita. «Dici sul serio?»

Non sembrava trovare il concetto divertente, quindi Jamie cambiò in fretta argomento. «Okay, che ne pensi? Personalmente, mi piace il quartiere. Ha un sacco di alberi, strade tranquille e non ho sentito nessun colpo di pistola da quando siamo arrivati. A meno che quella donna non abbia pagato tutti gli spacciatori perché se ne stiano calmi fino a che non ce ne saremo andati. Questa è una possibilità concreta.»

Stephen roteò gli occhi. «Dio, a volte te ne esci con certe stronzate, testa vuota.»

Lui sorrise. «È il mio lavoro, no? Ma dico sul serio, che ne pensi di questo posto?» Riusciva a vedere Stephen a vivere lì, il giardino sul retro era piccolino, ma immaginava che avrebbe assunto qualcuno che se ne sarebbe preso cura, assicurandosi di avere spazio sufficiente per una griglia e una sdraio.

Stephen sospirò. «No, non va bene.»

«Perché? Cos'ha che non va?» Niente che lui

potesse vedere, a meno che Stephen non avesse già un'immagine definita di ciò che voleva.

«Beh, devi solo guardarti attorno per renderti conto che non va bene. Tanto per cominciare, ti ho dovuto portare su per tre scalini. Le porte non sono abbastanza grandi, perché questa non è una casa moderna, quindi dobbiamo ampliarle, mettere una rampa… e questo solo per iniziare.»

«Aspetta un secondo.» Respirò a fondo. «Sei tu che devi vivere qui, giusto?»

«Sì, ma tu verrai a trovarmi, vero? Non comprerò una casa che non sia accessibile alle sedie a rotelle, discorso chiuso.»

Discorso chiuso. Jamie era davvero confuso.

Stephen voleva una casa alla quale lui avrebbe potuto avere accesso, quindi presumibilmente quello significava che voleva che restasse nei paraggi. *Tutto molto bello.*

Solo che non era bello affatto.

Va bene essere suo amico, ma non il suo fidanzato?

Perché cazzo Stephen non lo desiderava, come lui desiderava Stephen?

Poi riconsiderò la cosa. *Cosa mi aspetto che faccia, che mi legga nella mente?* Stephen non gli aveva chiesto di uscire, non lo aveva rifiutato. E per qualcuno che si dichiarava una persona positiva, era arrivato a delle conclusioni da bicchiere mezzo vuoto.

Ehi, anche le persone positive possono avere qualche insicurezza, di tanto in tanto.

Ovviamente, c'era una sola spiegazione per la

mancanza di qualsiasi mossa da parte di Stephen, ma lui non voleva pensarci, perché farlo avrebbe significato che Liz si sbagliava, che lui stesso si sbagliava e che Stephen non era diverso da qualsiasi altro ragazzo col quale avesse voluto uscire.

Solo che Stephen non era affatto come quei ragazzi, perché, tanto per cominciare, lui non era stato innamorato di nessuno di loro.

«Sono pronto ad andarmene,» annunciò Stephen e si diresse verso la porta. Jamie lo seguì, le ruote della sua sedia che trovavano poca presa contro la moquette. Non appena furono fuori, Stephen parlò a mezza voce con l'agente immobiliare, si strinsero la mano e lei se ne andò. «Ci vediamo a casa?» chiese, indicando le chiavi della macchina.

Jamie annuì. Non sarebbe stata la casa di Stephen ancora per molto.

«Sei stato silenzioso per tutta la sera,» commentò Stephen facendo zapping. Non c'era nulla che attirasse la sua attenzione in televisione e Jamie sembrava perso nel suo piccolo mondo. Quella non era proprio una cosa da Jamie, tanto che gli si rizzarono i capelli sulla nuca e qualcosa gli si mosse nello stomaco.

«Sì, ho dei pensieri per la testa.» Jamie era

seduto sulla penisola del divano con le gambe stese davanti a sé e una guida TV in grembo, che non stava proprio guardando.

«Ti va di parlarne? Sai che cosa si dice di un problema…»

Jamie chiuse la guida e lo fissò. «Magari tu potresti aiutarmi.»

«Qualsiasi cosa,» dichiarò lui. Qualsiasi cosa sarebbe stato meglio di quel goffo silenzio tra di loro.

Jamie voltò la testa per guardarlo negli occhi. «Pensi che io sia attraente?»

Capitolo 18

Stephen sbatté le palpebre. «Chiedo scusa?» Puntò il telecomando verso la televisione e la spense.

«È una domanda piuttosto semplice: mi trovi attraente?» ripeté.

«Okay, starò al gioco. Sì.» Ma il battito del suo cuore stava aumentando.

«Quanto attraente?» chiese Jamie. «Diciamo su una scala dove il numero uno è Elephant man e il numero dieci è Chris Evans.»

A proposito di andare dritto al punto. «Non è giusto.»

«Perché no?»

«Perché… beh… dovrei darti un undici.» Gli occhi di Jamie si illuminarono e seppe di aver risposto bene, solo che adesso aveva lui delle domande. «Adesso dimmi perché sei in cerca di complimenti.»

Jamie lo studiò per un momento e a Stephen venne la pelle d'oca.

«Perché non ho idea di come mi vedi,» mormorò semplicemente.

Stephen optò per l'umorismo. «Ma non mi dire.»

Chiaramente, Jamie non era incline all'umorismo. «Adesso sono serio. Mi vedi come Jamie il miglior amico? Jamie il coinquilino? O… in qualche altro modo?»

Okay, quello attirò la sua attenzione. «A quale altro modo stavi pensando?» chiese a bassa voce.

«Oh, non saprei.» Il tono di Jamie era leggero e arioso, non nel modo attento in cui aveva posto l'ultima domanda. «A me sembra piacere il suono che ha Jamie il fidanzato.» Stephen lo fissò in silenzio. Solo il sangue che gli pompava nelle orecchie non era calmo, e nemmeno il battito del suo cuore. *Come diavolo gli rispondo?* Jamie fece un singolo cenno di assenso. «Immagino che sia un no, allora.»

«No!» sbottò lui. «Cioè, non è un no. Cioè… vuoi uscire con me?»

Jamie scoppiò a ridere forte. «Ovviamente voglio uscire con te. Sulla scala di cui parlavamo prima sei almeno un dodici. Sei incantevole. Premuroso. In più hai così tante belle qualità. Non lasci le briciole nel mio letto, non ti tagli nemmeno le unghie dei piedi lì…» Lo vide trattenere il respiro. «Ed è più o meno il posto dove ti vorrei adesso.»

«Nel tuo letto?» Non che l'idea non gli fosse passata per la testa almeno un milione di volte. Jamie annuì, lo sguardo fisso nel suo. «Oh. Capisco.»

«Beh, magari tu sì, ma io no,» mormorò Jamie. «Visto che sono un undici, perché non salti di gioia all'idea di dormire con me?» Gli brillarono gli occhi. «Non che dormiremo molto.»

Il cuore gli martellava nel petto. «Posso essere sincero?» Perché in quel momento non aveva altra soluzione che dire la verità.

«Oh, oh, non sono sicuro che mi piaccia questa premessa.» L'espressione di Jamie divenne un po' più guardinga.

«Io penso che tu sia bellissimo…»

«Okay, meglio di quello che pensavo,» lo interruppe Jamie.

«Ma…»

«Ah, cazzo, c'è un ma.»

«Jamie! Per l'amor di Dio, fammi finire una cazzo di frase, okay?» Jamie lo guardò con gli occhi sgranati. Accidenti, non voleva farlo, non voleva essere un altro ragazzo che avrebbe deluso Jamie, ma non vedeva altro modo di farlo. «Non ho fatto nessuna mossa con te perché… Gesù, come dirtelo?»

«Dillo e basta,» ringhiò Jamie. «Perché questa cosa mi sta uccidendo.»

«Tu non vuoi uno come me,» disse alla fine.

Jamie lo fissò sbalordito. «Perché non vorrei stare con un uomo bellissimo, affettuoso, generoso e dolce?»

«Perché sono uno sfigato.» Jamie lo guardò sbalordito, schiuse le labbra ma non disse nulla. «Ti fermi mai a pensare a perché tutti quei ragazzi sono stati con me? Che magari è stata colpa mia? Che c'è qualcosa in me che attrae quel tipo di persone? Ho iniziato ogni relazione aspettandomi il peggio e quello è proprio ciò che ho ottenuto. Ho permesso loro di calpestarmi, perché pensavo che se avessi fatto qualsiasi cosa mi avessero chiesto, sarebbero cambiati. E ovviamente non cambiavano mai.»

«Ma questa è una stronzata,» disse Jamie, senza

mezzi termini. «Non sono affatto come quei ragazzi. Sì, c'è qualcosa in te che mi attrae e vuoi sapere cos'è? La tua indole dolce, che non è cambiata perché anche da bambino eri dolce. La tua gentilezza. La tua onestà. La tua… bontà, se vuoi.»

«Non farlo,» lo incalzò Stephen. «Non farlo, non mi mettere su un piedistallo, perché di certo cadrò, e quando succederà ferirò anche te.»

Jamie sgranò gli occhi. «Cosa c'è che non mi stai dicendo?»

Accidenti all'intuito di quel ragazzo. Non aveva altra scelta che dirgli tutta la verità. «Jamie… Io non sono per le relazioni platoniche, okay? Se sto con un ragazzo, mi piace… starci, se riesci a capire quello che voglio dire.»

Jamie si bloccò di colpo. «Fingiamo per un momento che non ti capisca. Sputa fuori.»

Stephen non riusciva a guardarlo. «C'è un fattore che accomuna tutte le mie passate relazioni ed è il sesso. Mi piace il sesso, puro e semplice. E mi piace farne tanto. E questo è il motivo per cui a tutti quei ragazzi piaceva uscire con me. All'inizio riguardava solo il sesso.» Gli uscì più diretto di quanto avesse voluto, ma forse doveva andare proprio così perché Jamie potesse recepire. Poi ripensò al messaggio dell'amico di Carl, Trey. «Sai che non mi piace parlare delle mie passate relazioni, ma questo potrebbe darti un indizio. L'altro giorno ho ricevuto un messaggio da un tizio che mi ha detto che il mio ex gli aveva dato il mio numero. Voleva venire a letto con me. Non so cosa gli abbia detto

Carl, ma posso indovinare. Gli avrà detto che sono una bella scopata e che se Trey voleva fare sesso violento, a me sarebbe andato bene.» Gli martellava il cuore nel petto. «Dopotutto, ho preso tutto quello che mi ha dato Carl, giusto?» Fino a quando non aveva trovato la forza di allontanarsi.

«È questo il motivo per cui hai comprato un telefono nuovo? Mia madre mi ha chiesto perché non avevi tenuto il tuo vecchio numero.»

«Ma certo che sì. Non voglio nessun contatto con il mio passato.»

Jamie rimase in silenzio per un momento, come se stesse digerendo mentalmente quelle parole, poi lo guardò con franchezza. «E perché quello che hai appena detto ci impedirebbe di stare insieme?»

Deglutì. «So che se fossimo una coppia, quella parte della nostra vita dovrebbe fare un passo indietro. Sono solo felice che tu abbia fatto sesso prima dell'incidente.»

Jamie aggrottò la fronte. «Cosa vuoi dire?»

«Beh, non so tu, ma il pensiero di restare vergine per tutta la vita...» Jamie lo fissò con intensità. «Che c'è? Cioè, non è che puoi...» Lo sguardo del ragazzo non vacillò. «Cioè, riesci...? Puoi...?»

Jamie deglutì. «È meglio che ti fermi qui.»

«Jamie?» Gesù, il viso di Jamie era così duro.

«Tu pensi al sesso?»

Stephen aggrottò la fronte. «Penso che tu sappia già la risposta.»

«Ti ecciti per quello che vedi, per quello che

leggi?»

«Beh, sì.»

Jamie annuì lentamente. «Okay, allora ti do una notizia flash. Anche io. Sì, posso fare sesso. Sì, posso avere un'erezione. Indovina? Mi masturbo anche. Certo, i miei orgasmi non sono forse quello che ti aspetti tu, ma ce li ho.» Appoggiò le mani sulla sedia e ci si sedette sopra.

«Jamie...» Questa volta aveva combinato un bel casino.

Jamie lo ignorò e si avviò lungo il corridoio verso la camera da letto.

Fai qualcosa, idiota.

Balzò dal divano e lo seguì: «Jamie, mi...»

Jamie voltò la sedia e lo affrontò. «E adesso, se non ti dispiace, lasciami solo perché voglio divertirmi con i miei giocattoli. Sì, sto parlando di giocattoli sessuali, perché ho un'altra esclusiva per te: anche le persone con disabilità usano i sex toys, quindi cercherò di essere sensibile e non gemerò troppo forte mentre mi masturbo. Non voglio disturbarti. E adesso esci dalla mia cazzo di camera.» Gli occhi di Jamie erano come pietre focaie.

Stephen sapeva che avevano finito. «Okay,» mormorò e lasciò la camera, facendo una smorfia al suono della porta che sbatteva alle sue spalle.

«Sai cosa fa davvero male di tutto questo?» Il dolore nella voce di Jamie gli fece male al cuore. «Pensavo che fossi diverso. Pensavo che non avresti dato tutto per scontato. Cristo, tutto ciò che dovevi fare per rendere le cose perfette era baciarmi e chiedermi ciò che mi piace a letto e io sarei stato tuo. Cuore, corpo e anima. È vero che non ho molta esperienza, ma tu sì e speravo che l'avresti condivisa con me.»

«Ho combinato un casino, okay?» gridò lui. «Ma questo non significa che non possa sistemare le cose. Almeno lasciami provare.» Il silenzio che ne seguì non presagiva niente di buono. «Ti prego, Jamie. Non ti sto chiedendo di lasciarmi entrare. Non adesso, ma ti chiedo di darmi un'altra possibilità.» Silenzio.

Andiamo, Jamie, sai che lo vuoi. Perché lui di sicuro lo voleva.

«Vai a dormire, Stephen, domani devi andare a lavorare.» La voce di Jamie aveva perso quell'accento duro e suonava solo stanca.

«Dimmi che mi darai un'altra possibilità. Ti giuro che non ti deluderò.» Era troppo importante.

Il sincero sospiro di Jamie raggiunse le sue orecchie. «Ho bisogno di dormire.»

«Lo so e mi dispiace così tanto di averti ferito. Hai ragione. Non avrei dovuto dare tutto per scontato.» Il suo cuore sembrava sul punto di spezzarsi.

«Ci puoi scommettere.»

Stava faticando a trovare le parole per sistemare le cose. «Tutto questo è nuovo per me, ma voglio imparare. Sì, sono nervoso. Non voglio combinare più casino di quanto abbia già fatto, ma almeno dimmi che ne possiamo parlare. E non attraverso una porta chiusa.»

Quel silenzio era una tortura.

«Domani.» La voce di Jamie arrivò così sottile che Stephen dovette sforzarsi per sentirlo. «Parleremo domani sera quando tornerai dal lavoro, okay?»

«Okay.» Si sentì più sollevato.

«Buonanotte.»

Stephen si chinò in avanti, appoggiando la fronte contro la porta. «Buonanotte, Jamie.» Poi camminò lentamente verso il salotto per prendere il telefono, con il cuore addolorato.

Sembra proprio che debba fare qualche ricerca, perché non avrebbe dormito fino a quando non avesse avuto risposte alle domande che gli giravano in testa.

Sistemerò le cose. Se Jamie glielo avesse permesso.

Jamie non era pronto a dormire, anche se quel confronto lo aveva stremato. La pesantezza gli gravava sul petto e sulle braccia e sentiva freddo, proprio al centro. La sua mente faticava ad accettare tutto.

Aveva bisogno di conforto, sollievo e speranza.

Aveva bisogno della sua mamma.

Compose un breve messaggio, nella speranza che sua madre non fosse già andata a letto. Quando il suo telefono vibrò, la morsa che aveva nel petto si allentò.

Che succede, piccolo?

Lo aveva chiamato in quel modo così tante volte, e in quel momento desiderava sentire la sua voce. *Possiamo parlare?*

Qualche secondo dopo il suo telefono cinguettò. «Ehi, che succede? E non dirmi niente, perché sai che è il mio istinto materno.»

Vuotò il sacco del tutto, senza nasconderle nulla. Sua madre lo aveva visto nel suo momento peggiore, quando era stato del tutto a terra, e sapeva, dal profondo del cuore, che lei non gli avrebbe offerto luoghi comuni ma un buon consiglio affidabile.

«Quindi gli darai una seconda possibilità?» gli chiese sua madre quando lui ebbe finito.

La parte ferita della sua anima avrebbe voluto dire di no, ma Jamie sapeva che, non appena aveva finito di parlare con Stephen, attraverso la porta della camera da letto, lo aveva già fatto. «Sì.»

«Ne sono felice. Mi dispiacerebbe vedere finire così la vostra amicizia.»

«Finire?» Poi capì. Sua madre aveva ragione, se non fossero riusciti a trovare un modo per sistemare le cose, continuare ancora sarebbe stato doloroso.

«Tu lo ami, non è così?»

Jamie sospirò. «Mamma, io lo amavo come un fratello, poi quando è tornato, cresciuto e bellissimo, l'ho amato ancora di più e una parte di me ha sperato che anche lui potesse amarmi.»

«Questo perché hai sempre visto il meglio nelle persone. Non pensavi che fosse come tutti gli altri.»

«Di tanto in tanto, il pensiero si è insinuato nella mia mente, ma l'ho scacciato e io ho continuato a scacciarlo, fino al momento in cui ha messo in chiaro come mi vede.»

«Lui ti ha detto che ti ama?»

«No, non gli ho dato modo di spingersi a quel punto.»

«Allora ecco perché dovete parlare. Scopri cosa prova davvero per te e abbi fiducia, piccolo. Credi in lui.»

«Dopo tutto ciò che ha detto?»

Ci fu una pausa. «Adesso sei ferito e lo capisco, ma ciò che devi fare è dormire. È un'ottima cura e devi essere pronto per ascoltarlo domani con la mente e il cuore aperti. Dopotutto, domani è un altro giorno, Rossella.»

Sorrise sommessamente. «Saresti stata perfetta come Melania Hamilton.»

«E per quanto riguarda Stephen… a me sembra che stia cercando di chiederti scusa, quindi lasciaglielo fare. Ascoltalo. Chissà dove potrebbe portarvi una conversazione del genere?»

«Ti voglio tanto bene,» disse lui all'improvviso.

«Anche io ti voglio tanto bene. Adesso dormi un po' e chiamami, quando avrai parlato con Stephen. Voi due sarete nei miei pensieri.»

«Grazie, mamma.» Le diede la buonanotte e chiuse la conversazione. Dopo aver appoggiato il telefono sul comodino, si sdraiò e fissò il soffitto.

Domani è un altro giorno.

Sua madre aveva ragione, chissà cosa sarebbe successo l'indomani sera. Spense la luce, chiuse gli occhi e attese che il sonno si portasse via il dolore che aveva nel cuore.

Capitolo 19

Jamie fece leva sui braccioli della sedia a rotelle, sollevandosi un po' e tenendosi fermo per circa trenta secondi. *Devo dare un po' di respiro a quel sedere, no?* Poi si risistemò sulla sedia e fissò il monitor del computer, cercando di non pensare a Stephen.

Quella mattina non lo aveva visto. Quando era uscito dalla sua camera, con gli occhi gonfi e ancora stanco, Stephen era già andato al lavoro. Aveva guardato la cucina vuota, si era versato del caffè, poi era ritornato a letto per dormire un'altra oretta.

L'ora di pranzo arrivò e passò e lui si sentiva sempre di più in allerta. Di tanto in tanto, fissava il telefono, chiedendosi se Stephen gli avrebbe mandato un messaggio.

Niente.

Alla fine, mise da parte il telefono e si immerse nel lavoro. Più facile a dirsi che a farsi, però. La sua mente ripeteva la conversazione della sera precedente, fino a non riuscire più a pensare con coerenza. Si disse che le cose sarebbero migliorate con il ritorno a casa di Stephen.

Se non fosse impazzito prima.

Alle quattro e mezza, la porta d'ingresso si aprì.

«Stephen, sei tu?»

Stephen infilò la testa in salotto. «A meno che tu non abbia dato le chiavi a un ladro, sì.»

Dio, aveva il suo stesso aspetto. Grandi occhiaie sotto gli occhi e un viso tirato. Una piccola parte di lui era felice di non essere l'unico a soffrire. Poi mise da parte quel pensiero, perché non era da lui essere meschino.

«Cosa fai a casa a quest'ora?»

Stephen entrò nella stanza e si tolse la giacca dopo aver appoggiato la borsa sul divano. «Ho chiesto se potevo uscire prima e, date le circostanze, mio padre ha detto di sì.»

«Quali circostanze?»

«Dato che non è riuscito praticamente a farmi lavorare, ha pensato che potevo andare a casa.» Gli fece un sorriso triste. «Ehi, non mi licenzierà, dopotutto. E farò degli straordinari per recuperare.» Si avvicinò alla sua scrivania e si fermò lì. «Mi dispiace,» mormorò. «Ieri sera avevi ragione, non avrei dovuto trarre delle conclusioni, è stato da idioti.»

Jamie incrociò le braccia sul petto. «Se pensi che ti contraddirò, ti sbagli.»

«Non me lo aspetto.» Sospirò. «Ho pensato molto a ciò che hai detto. Mi sono anche documentato.» Le labbra di Stephen ebbero un sussulto. «Anzi, oggi ho letto invece di lavorare.»

«Questo potrebbe spiegare la tua mancanza di produttività.» Jamie piegò la testa di lato. «Cos'hai letto?»

Stephen si avvicinò al divano e infilò una mano nella propria borsa. Prese un Kindle, aprì la cover e passò il dito sullo schermo, poi glielo porse.

«Questo.»

Jamie guardò la copertina del libro. «Quando lo hai comprato?»

«Il mio Kindle? Ce l'ho da un po'.»

Jamie roteò gli occhi. «Sai cosa voglio dire, quando hai comprato questo libro?» Aveva un fumetto in copertina, ma ciò che catturò subito la sua attenzione fu il titolo: *Una semplice e veloce guida al sesso e alla disabilità.*

Qualcosa gli sfarfallò nello stomaco e il suo cuore sembrò diventare meno pesante.

«Ieri sera, circa venti minuti dopo aver parlato attraverso la tua porta. Non è una lettura impegnativa, ma l'ho già riletto tre o quattro volte.»

«Hai preso appunti?» scherzò lui.

Con sua grande sorpresa, Stephen annuì. «Poi ho trovato un sito web che mi ha dato ancora più elementi su cui riflettere.» Jamie era senza parole. «Quindi, immagino di doverti chiedere… Possiamo ricominciare da capo? Perché ho un'idea su come potremmo farlo.»

Jamie si schiarì la voce. «Cos'hai in mente?»

«Hai programmi per cena?»

Ridacchiò. «Ehm, no, scemo, perché tocca a te cucinare, ricordi?»

Stephen sorrise. «Perfetto. In questo caso, fatti una doccia e mettiti il migliore vestito della domenica, perché andiamo fuori a cena.»

«Il miglior vestito della domenica?» sbuffò lui. «Quindi non andiamo al fast food.»

«Assolutamente no, voglio portarti in un bel

posticino.»

Il battito del suo cuore aumentò un po'. «Sembra… un appuntamento.»

Stephen sorrise. «Bene, perché è proprio quel che è. Farò le cose per bene, quindi fatti trovare pronto alle sei e mezza. A quell'ora arriverà un taxi.»

«Un taxi?» La cosa migliorava di minuto in minuto.

Stephen annuì con enfasi. «Già, la cena è già prenotata.»

Si appoggiò allo schienale della sedia. «Devi essere piuttosto sicuro che ti dirò di sì.»

«Quindi mi stai dicendo di sì?» Lo sguardo di Stephen era fisso su di lui.

A Jamie sembrò di riuscire a respirare più facilmente. «Mi piacerebbe molto uscire con te.» Quando Stephen si lasciò sfuggire un evidente sospiro di sollievo, il suo cuore ebbe un sussulto. *Di certo per lui significa molto.*

Non vedeva l'ora di sapere cosa gli avrebbe riservato quella sera, poi sorrise. «Primo in bagno!» gridò mentre Stephen prendeva la propria borsa.

Stephen scoppiò a ridere. «Pensavo che fosse una delle regole di casa che gli abili devono aspettare il turno, giusto?»

«Ci puoi scommettere.» Chiuse il programma a cui stava lavorando, tanto non sarebbe più riuscito a concentrarsi. *Ho un appuntamento con Stephen.*

Sempre che fosse sopravvissuto così a lungo, perché in quel momento stava vibrando e il battito del suo cuore era impazzito.

«Allora, come me la sto cavando?» sussurrò Stephen mentre il loro cameriere si allontanava con l'ordine dei cocktail.

Jamie non aveva smesso di sorridere da quando erano usciti di casa, ma stava facendo del suo meglio per restare impassibile. «Beh, adesso vediamo. Hai chiamato un taxi accessibile alle sedie a rotelle. Hai scelto un ristorante anch'esso accessibile. E, ciliegina sulla torta, hai iniziato la serata con i cocktail.» Non riuscì a trattenere quel sorriso per un secondo di più. «Direi che stai andando alla grande, quindi non rovinare tutto.» Si leccò le labbra. «Non vedo l'ora di provare il loro Martini Espresso.»

Stephen aggrottò la fronte. «Aspetta un secondo, pensavo che non ti piacesse la vodka.»

Fece spallucce. «Che posso dirti? Ho mentito.» Poi si concentrò sul menu. Non era mai stato al Bostonia Public House e gli piaceva. I tavoli erano allineati davanti al lato della vetrata del ristorante, con le sedute coperte di tessuto giallo in simil pelle che conferiva all'ambiente un tono solare. Al bancone del bar c'erano degli sgabelli e tavolini singoli per uno o due avventori in fila al centro del pavimento. C'era anche molto spazio per muoversi, quindi quel posto aveva la sua approvazione.

Stephen gemette piano. «Oh, mio Dio. Polpette

morbide, suonano fantastiche.»

«Fanno un suono? Cantano anche? Fanno parte del programma di spettacoli dal vivo?»

Stephen abbassò il menu e lo guardò negli occhi. «Non sono mai stato più felice di sentirti fare una battuta.»

Jamie sorrise. «Ormai dovresti conoscermi, mi ci vuole molto per tenermi calmo.» Deglutì. «Ma mi ci è voluto un po' di tempo per sentirmi come al mio solito.»

Stephen sospirò. «Ed è per colpa mia. Ne parleremo più tardi, te lo prometto, ma per ora voglio godermi questa serata con te.»

Proprio in quel momento arrivarono i cocktail e Jamie dovette ammettere che il Mojito al mirtillo di Stephen aveva un aspetto delizioso. Quando il cameriere si avvicinò, chiaramente in attesa dell'ordine, gli snocciolò i due piatti che aveva scelto, e Stephen fece lo stesso.

Mentre il cameriere si allontanava, si lasciò sfuggire un sorriso felice. «Sai quanto è bello che un cameriere mi parli direttamente?»

Stephen aggrottò la fronte. «Cosa vuoi dire?»

«Ho mangiato fuori spesso con la mia famiglia e ci sono state volte in cui il cameriere ha chiesto l'ordine a mia madre o a mio padre, come se io non esistessi.»

«Immagino che non sia andata bene con i tuoi,» commentò Stephen.

Sbuffò. «Infatti. Mia madre ha fatto semplicemente un sorriso finto e ha detto: "Non ho idea di cosa vuole ordinare, perché non lo chiede a lui?".»

«Succede spesso?»

«Sì, ma non penso che sia una scortesia fatta di proposito. È un riflesso, immagino. La gente non sa come reagire a un diversamente abile e così si chiude a riccio. Se ci sono in giro altri abili facilita le cose. Ma basta parlare di camerieri.» Sollevò un bicchiere. «Un brindisi alla poutine di crocchette e ai maccheroni al formaggio e all'aragosta.»

Anche Stephen sollevò il proprio bicchiere. «Ho un'idea migliore. Al nostro primo appuntamento.»

Okay, quello gli fece di nuovo saltare il cuore in gola. «Al nostro primo appuntamento.» Fecero tintinnare i calici, poi lui sorseggiò il suo Martini Espresso, godendosi il ricco aroma di caffè. Quando appoggiò il bicchiere, si rilassò nella sedia. «Se arriveremo a un secondo appuntamento, questa sarà una prima volta.»

Stephen si bloccò. «Aspetta...»

Lui annuì. «Sì, hai sentito bene, ho avuto un sacco di primi appuntamenti, ma non sono mai arrivato al secondo.» Quando Stephen si intristì, gli prese una mano. «Ma ci sarà un secondo appuntamento, giusto?» Lo sapeva, dalle palle alle ossa.

«E un terzo. E un quarto.»

Jamie sorrise. «Se stai pensando che stasera avrai fortuna, sei sulla strada giusta.» Il cameriere si avvicinò e Jamie non poté resistere. Mentre appoggiava i piatti sul tavolo, mormorò: «Beh, se mi paghi la cena, il minimo che possa fare è venire a letto con te.»

Stephen quasi si strozzò con il Mojito.

Il cameriere sgranò gli occhi, poi sorrise, si chinò e gli sussurrò all'orecchio: «Sembra che sia la tua serata fortunata, amico. A proposito, hai un gusto eccellente.» Si raddrizzò e si allontanò con un leggerissimo ancheggiamento.

Stephen finse di guardarlo male. «Non posso portarti da nessuna parte, te ne rendi conto?»

Jamie gli mandò un bacio. «Mi ami e lo sai.» Poi si rese conto di ciò che aveva detto e si bloccò. Non lo sapeva, non con certezza. Ma lo sperava.

Stephen però prese le sue parole nel tono leggero in cui erano state dette. «E io non ti cambierei, per niente al mondo.»

Jamie si rifugiò nel proprio antipasto. Dal momento in cui aveva visto la copertina del libro sul Kindle di Stephen, la speranza gli era nata nel petto, gonfiandosi in un'ondata di ottimismo e aspettativa. Fino a quel momento, il loro appuntamento era tutto ciò che aveva sempre sognato, e di sicuro non come a tutti gli altri appuntamenti a cui era stato. E aveva idea che quello sarebbe terminato nel modo in cui voleva che finisse, ossia a letto.

Penso di avere atteso abbastanza, non credi, Dio? Cosa devo fare per rendere questa una notte da ricordare?

Ed eccolo di nuovo, a fare compromessi con l'Onnipotente.

«Jamie.» Sussultò, Stephen gli stava sorridendo. «Il nostro cameriere vorrebbe sapere se vuoi il dolce.»

Jamie sollevò di scatto la testa nella direzione del loro cameriere decisamente carino, che si limitava a guardarlo con occhi scintillanti, come se sapesse con esattezza cosa gli stesse passando per le testa.

Tossicchiò e sbirciò il menu. Non era nemmeno sicuro di avere spazio per il dolce, non dopo le crocchette e i maccheroni al formaggio e l'astice. Non voleva sentirsi strapieno, soprattutto se…

No, non cantare vittoria troppo presto, okay?

«Penso che passerò,» rispose, facendo un sorriso gentile al cameriere che lo ricambiò con un sorriso consapevole e Jamie non si era mai sentito così esposto. Stephen chiese il conto e lui terminò il suo calice di Sauvignon bianco. Era stata una cena perfetta e adesso era eccitato di vedere cosa sarebbe successo a casa.

«Pronto ad andare?»

Jamie gli fece un ampio sorriso. «Sì, è stata una meravigliosa serata.»

«E non è ancora finita.» Quando lui arcuò il sopracciglio, Stephen sorrise con occhi luminosi. «Beh, ti ho pagato la cena, il minimo che puoi fare è venire a letto con me.»

Jamie trattenne il fiato. «Se chiami il taxi, quanto ci mettiamo ad arrivare a casa?»

Il sorriso di Stephen non vacillò. «L'ho chiamato quindici minuti fa e ci sta aspettando fuori.»

«Allora perché te ne stai qui in piedi a parlare con me?» Jamie si fece indietro dal tavolo e si diresse verso la porta, con Stephen alle spalle.

Stephen stava ancora ridacchiando mentre lo guidava giù dalla rampa in metallo verso il taxi.

Lui invece non stava ridendo, era troppo impegnato a pianificare mentalmente ciò che avrebbe fatto quando avrebbero varcato la soglia di casa.

Quella sarebbe stata un'esperienza perfetta tanto quanto sarebbe riuscita a renderla tale.

Capitolo 20

Non appena Stephen si chiuse la porta alle spalle, lui entrò in modalità iperattiva.

«Okay, devo fare una doccia, quindi se vuoi usare il bagno, adesso è il momento. Poi devo…»

Stephen bloccò le sue parole appoggiandogli gentilmente un dito contro le labbra. «Jamie, l'unica cosa che devi fare ora è respirare e baciarmi.» Tolse il dito e si piegò. Jamie tirò indietro la testa e Stephen rivendicò la sua bocca in un dolce bacio casto, appoggiandogli il palmo della mano sulla guancia.

Finalmente.

Le labbra di Stephen erano calde e morbide e lui ne voleva di più. Tese entrambe le braccia e gli circondò il collo, ricambiando il bacio, con le labbra unite, tenendo gli occhi spalancati perché non voleva perdersene un solo secondo. Perché tutto quello era meraviglioso.

Quando si staccarono, Stephen mormorò: «Per la cronaca, se avessi gli occhiali, adesso sarebbero appannati.»

Jamie sorrise. «Di sicuro sai come far star bene un ragazzo ed è bello sapere che me la cavo ancora.» Si sforzò di sedersi meglio e lo guardò negli occhi. «Anche se potrei passare tutto il giorno a baciarti, ci sono delle cose di cui dobbiamo parlare, prima di fare qualsiasi cosa, okay? Non sto cercando di ammorbare l'atmosfera, o ucciderla del tutto, ma abbiamo bisogno di parlare.» Sapeva bene ciò che voleva dire e finalmente lo avrebbe detto.

«Andiamo in camera tua a parlare,» suggerì Stephen.

Poteva farcela. Spinse la sedia fino in camera e attese che Stephen si sedesse sul bordo del letto. Era sorpreso di scoprire che gli tremavano un po' le mani.

Stephen lo notò e si chinò in avanti per prendergliele tra le proprie. «Okay, prima che tu inizi, posso dirti quello che so già?» Lui annuì con la gola chiusa di colpo. «La cosa più importante è che… Sei bello e ti desidero, capito?»

Jamie rabbrividì. «Amico, è un bel modo di iniziare. Sì, ho capito. Anche io ti desidero.»

Stephen chiuse la distanza tra di loro e lo baciò di nuovo, solo che questa volta gli schiuse le labbra con la lingua e lui, porca miseria, si sciolse. Gli diede tutto quello che aveva, fino a quando Stephen non iniziò a emettere dolci rumori di eccitazione e lui stava morendo dalla voglia di spogliarsi.

Stephen interruppe il bacio, con il fiato corto. «Ehi, vacci piano: pensavo avessi parlato di comunicare.»

«Noi stiamo comunicando,» sorrise lui. «Parliamo la lingua.»

Stephen sbuffò. «In qualche modo, non penso che sia quello che intendeva la Bibbia.» Si fece indietro, tenendogli ancora le mani. «Okay, parliamo di erezioni. Mi hai detto di averle.

Immagino che tu abbia bisogno di stimolazione perché succeda, dato che la tua ferita è stata alla T10, quindi questo significa che non puoi fartelo venire duro pensando a me nudo.» Le sue labbra ebbero un sussulto. «E tu mi hai pensato nudo, vero?»

Jamie ridacchiò. «Non so se picchiarti su un braccio per essere un bastardo arrogante o dirti "ma dai" e roteare gli occhi. E poi come diavolo sai…?» Si fermò di colpo. «Ieri sera hai davvero fatto delle ricerche.»

Stephen annuì. «Ti ho detto che volevo imparare, giusto? Quindi ho fatto i compiti. Quei giocattoli di cui mi hai parlato, servono?»

Jamie pensò subito al vibratore. «Decisamente.» Si morse un labbro. «Anche se posso pensare ad almeno un altro metodo di stimolazione che non richiede dei giocattoli.» Il suo sguardo si posò sulla bocca di Stephen, poi risollevò gli occhi.

Stephen arrossì. «Divertente, stavo pensando alla stessa cosa.» Concentrò lo sguardo sulle sue labbra e lui si sentì accalorare. «Immagino anche che dovrai prepararti. Va bene, prenditi il tuo tempo. Hai un sostegno o qualcosa del genere, nel caso arrivassimo a tanto stasera? Se non ce l'hai, useremo i cuscini fino a quando non ne avremo uno.»

Porca puttana, migliora di minuto in minuto.

«Ne ho uno,» sbottò Jamie. «È su un ripiano del mio armadio, ancora nell'incarto originale.» E quello la diceva lunga. Poi si rese conto delle parole di Stephen. «Ehi, *se* arriveremo a tanto?»

Stephen gli accarezzò una guancia. «Calmati,

penso che ci andremo piano. Ti va bene?» gli chiese, gli occhi gentili. «Io non ho fretta.»

«Certo, tu non pensi a scopare dal 2011. Voglio recuperare il tempo perso.»

Stephen scoppiò a ridere. «Beh, non lo farai tutto in una notte, okay?»

«Guastafeste,» borbottò lui. Non diceva sul serio, e l'idea che prendessero le cose con calma lo inteneriva.

«C'è qualcosa che posso fare? Mettere un po' di musica? Cosa ti piacerebbe?»

«Il rock pesante funziona sempre con me,» disse lui impassibile e, quando Stephen scoppiò a ridere, Jamie gli strinse le mani. «Wow, sono colpito. Dico sul serio, dove sei stato per tutta la mia vita?»

«In California,» rispose Stephen, «ma adesso sono qui e non vado da nessuna parte.» Si mosse lentamente, le mani gentili sul suo collo mentre si baciavano con calma.

«Notizia flash,» mormorò Jamie. Stephen si fece indietro per guardarlo e lui sorrise. «Se avessi gli occhiali, anche loro sarebbero appannati.»

«Buono a sapersi.» Stephen si schiarì la gola. «Okay, cosa ti piace?» Gli brillarono gli occhi. «Dimmi dove toccarti per farti stare bene.»

«Lo farò quando saremo entrambi nudi, ma…» Non importava che Stephen avesse fatto delle ricerche sull'intrico del sesso e della disabilità. L'ultima cosa che voleva era deluderlo.

Stephen gli strinse di nuovo le mani. «Guardi il porno?» Jamie annuì. «Beh, anche io, quindi penso di dovertelo dire adesso.» Si bloccò. «Non ti aspettare acrobazie da pornostar da me, okay?»

Jamie scoppiò a ridere e la tensione che gli irrigidiva schiena e spalle sparì. «Grazie per avermelo fatto sapere.» Era importante e Stephen stava dicendo tutte le cose giuste.

«E questo è il momento in cui dovrei parlare delle aspettative.»

Quello attirò la sua attenzione. «Ti sto ascoltando.»

Stephen tossicchiò. «La cosa è che... ciò che ho letto ieri sera... beh, c'era scritto che ci sono cose che puoi fare per prolungare il tempo della tua erezione, quindi mi chiedevo...»

Okay, quel discorso poteva andare in un'unica direzione.

Jamie respirò a fondo. «Ciò che hai letto è giusto. Le mie erezioni non durano così a lungo, ma possiamo prolungare l'inevitabile usando un cock ring e il Viagra, ma se lo facciamo devi avvisarmi, perché a quanto pare ci mette un po' a fare effetto, così per dire.» Lo guardò dubbioso. «Dimmi se ho letto male tra le righe, ma ho avuto l'impressione che volessi che...»

«Sì, se per te va bene.»

Jamie fece un lento sorriso. «Ti prego, dimmi che abbiamo finito di comunicare.» Perché tutto ciò che voleva era immergersi fino alle palle nel culo di Stephen.

A quanto pareva, ci avrebbero messo un po' a farlo.

«Abbiamo finito, per ora.» Stephen gli accarezzò il mento e puntò lo sguardo su di lui. «Ma se vuoi chiedermi qualcosa, o fermarti quando vuoi, non devi fare altro che chiederlo, okay?»

Gli pizzicarono gli occhi per le lacrime e Stephen glieli asciugò gentilmente con i pollici. Gli sfuggì una risata asciutta. «Sei fantastico. In ventiquattro ore sono passato dal volerti cacciare a calci da casa a non volere che te ne vada.»

«Dovevo fare qualcosa, giusto? Non potevo perderti.» Gli baciò la fronte. «Sono stato un idiota per non essermi informato da subito.»

«Ehi, alla fine ci siamo arrivati.»

Gli occhi di Stephen brillavano per il divertimento. «Non ci siamo ancora arrivati e non ci arriveremo, se qualcuno non porta il proprio culo in bagno e si comporta da adulto.»

«E qualcuno è impaziente.» Un pensiero lo colpì e si infilò una mano in tasca, prese il telefono e lo lanciò sul letto. «Guarda nella musica, c'è una playlist che si chiama *Cose per l'umore*, che potrebbe essere ciò che avevi in mente, nel caso non ti piacesse l'idea del rock pesante.» Poi tossicchiò. «Scusa, ma ho bisogno del mio letto per uscire da questi vestiti e anche se mi piacerebbe molto farti uno spogliarello, preferirei tenere la grande rivelazione per quando uscirò dal bagno, okay?»

Malgrado le battute e i commenti sagaci, era nervoso da morire.

Stephen si alzò da letto e si diresse verso la porta. «Ho già visto quello che stai per rivelarmi.

Beh, la maggior parte, almeno. Nascondevi qualcosa sotto l'asciugamano, mi sembra di ricordare.» Ritornò verso di lui e si chinò, facendolo rabbrividire di nuovo mentre con le labbra gli sfiorava l'orecchio. «E non vedo l'ora di vederlo.» Poi sparì.

Da quando era sulla sedia a rotelle, non ne era mai sceso così in fretta, tranne che per quella volta che era caduto, e no, quella non contava.

Jamie guardò l'immagine di sé riflessa nello specchio sopra il lavandino. Il cuore gli martellava nel petto e aveva il respiro corto.

Beh, non sarò mai più pronto di ora.

Lasciò il bagno e attraversò il corridoio fino alla sua camera e, mentre apriva la porta, trattenne il fiato.

Oh, Stephen.

C'erano candele ovunque, che diffondevano un meraviglioso profumo di vaniglia e sandalo che era proprio perfetto. Conferivano alla stanza una luce bellissima. *Fade into you* di Mazzy Star riempiva l'aria con il suono di chitarra e voce era perfetto. Una grande bottiglia di lubrificante era appoggiata sul comodino, con una scatola di preservativi accanto. Stephen aveva steso un asciugamano sulla coperta.

Buon Dio, guardalo.

Stephen era sdraiato sul letto, nudo come un

verme, a toccarsi pigramente l'uccello. Sorrise quando lui si avvicinò al letto. «Vuoi salire qui con le tue forze o posso aiutarti? Potrei sollevarti sul letto, se ti sta bene.»

Jamie ridacchiò. «Per quanto ami l'idea di te che mi sollevi, e non credere che non apprezzi tutto questo romanticismo, non vorrei che tu… ti stirassi qualcosa, perché rovinerebbe l'obiettivo della serata, non credi?» Sorrise. «Ma grazie per avermelo chiesto.» Fermò la sedia accanto al letto e ci si trasferì sopra, posizionandosi al centro dell'asciugamano e si sdraiò sulla schiena, con lo stomaco in subbuglio e il petto gonfio.

Stephen fu lì in un secondo, le mani sul suo petto ad accarezzarlo lentamente. «Eccoti, bellezza.»

«Fai bene al mio ego.»

Stephen gli accarezzò una guancia. «Se nessuno dei ragazzi con cui sei uscito te lo ha mai detto, sei uscito con i ragazzi sbagliati.» Osservò il suo corpo. «Bella rivelazione, a proposito.»

Jamie espirò. Era stato tentato di masturbarsi un po' nella doccia, così da avere un'erezione quando sarebbe entrato nella stanza, poi ci aveva ripensato.

Voglio che mi veda per come sono, poi gli farò vedere cosa mi provoca quando mi tocca.

«Comodo?» Quando lui annuì, Stephen si chinò e lo baciò sulle labbra. Jamie sospirò e lo prese per la nuca, attirandolo a sé, approfondendo il bacio e permettendo a se stesso di rilassarsi sotto quel tocco gentile.

Quando Stephen si tirò indietro, Jamie sospirò a

fondo. «È come stare davanti a un buffet. Non so da dove cominciare, c'è troppo da toccare e assaggiare.»

Stephen abbassò la testa sul suo petto. «Beh, mi piacerebbe una lezione su cosa ecciti Jamie.» Quando con le labbra gli sfiorò il capezzolo, lui gemette. «Bingo.» Sollevò il mento e sorrise. «E così inizia la caccia.»

«Di… di cosa sei a caccia?» A Jamie si mozzò il fiato e Stephen gli tirò leggermente un capezzolo con i denti.

Gli occhi di Stephen scintillarono. «Zone erogene.»

Il suo battito cardiaco andò in sovraccarico.

Quando Mazzy Star finì e Aretha Franklin prese il comando con *Do right woman, do right man,* Jamie sprofondò in un mondo di sensazioni. Perse il senso del tempo mentre Stephen lo baciava, leccava, mordicchiava e gli stuzzicava il petto, i capezzoli, la pancia, le spalle… Gli bastava che trascinasse un dito sui suoi addominali per farlo rabbrividire.

Le parole erano poche, ma non serviva dire molto, oltre a "così?" e "ancora" e "lì" e qualche invocazione a Gesù. Stephen gli baciò le ascelle e Jamie rabbrividì a quella nuova sensazione. *Come facevo a non sapere che fosse così bello, cazzo?* Rimase lì, mentre Stephen venerava il suo corpo, la pelle che gli pizzicava a ogni tocco. Di tanto in tanto, Stephen alternava quell'esplorazione sensuale con baci che gli facevano girare la testa e battere forte il cuore. Poi tornava a esplorare.

Jamie non era mai stato così eccitato e Stephen non gli aveva nemmeno sfiorato il cazzo.

Ci arriverà prima o poi, giusto?

«Stai facendo tu tutto il lavoro,» mormorò, mentre Stephen gli leccava l'ombelico. «Oh, Gesù, è bellissimo.» Sperava che Gesù non badasse alle circostanze. *Perché dovrebbe? Non è stato Suo Padre a inventare il sesso?*

Stephen inclinò il viso verso di lui. «Ma mi sto godendo moltissimo il lavoro e, tra le altre cose, aspetti questo dal 2011, giusto? La prossima volta farai tu. Stasera ci sono solo io che ti faccio godere.» Scese in basso, fino a quando le labbra furono a pochi centimetri dal suo uccello morbido appoggiato contro la sua coscia. «Anche se… Questo darà anche a me non poco piacere. Non so dirti da quanto volevo farlo.» Poi gli leccò la cappella.

Santo Cielo, guardarlo era incredibile.

Jamie non riusciva a distogliere lo sguardo da Stephen che prendeva in bocca il suo uccello. Il cuore gli balzò in gola mentre Stephen si sollevava e si abbassava sul suo uccello, prendendolo più a fondo ogni volta, fino a nascondere il naso nel suo pube, il suo cazzo circondato dal calore. Jamie gli accarezzò i capelli, il fiato corto mentre osservava il suo uccello allungarsi e indurirsi tra le dita di Stephen avvolte alla base.

«Oh… oh, sì…» Gli mancavano le parole mentre affondava in un oceano di eccitazione, la pelle in fiamme, il cuore in subbuglio e brividi lungo le braccia e il petto che gli avevano fatto venire i capezzoli duri. Se li torse, aumentando il brivido mentre si avvicinava all'orgasmo. E quando arrivò, gli sembrò che la sensazione venisse amplificata, facendolo rabbrividire di piacere.

Stephen si liberò lentamente del suo uccello e si spostò sul letto, sdraiato accanto a lui. «Mi piace il tuo sapore.»

Jamie lo tirò a sé per un bacio profondo, abbracciandolo e tenendolo stretto, mentre il battito del suo cuore ritornava gradualmente alla normalità. «È stato...» Deglutì. Le parole non potevano assolutamente descrivere le emozioni e i pensieri che in quel momento lo stavano sopraffacendo.

«Ti devo chiedere una cosa.»

Jamie lo guardò interrogativamente. «Chiedi pure.»

«È stato il tuo primo pompino dall'incidente?»

«Dato che non posso farmelo da solo, sì. E prima che tu me lo chieda, è stato fantastico.» Solo che fantastico non era sufficiente. Poteva solo contare su un unico pompino da parte di Reece, ed era durato pochissimo, ma con Stephen era stato molto di più.

Vedi cosa succede quando ci sono di mezzo anche le emozioni?

«Allora che punteggio prendo da uno a dieci?»

Jamie avrebbe potuto facilmente abituarsi a quella soddisfatta sensazione di calore e pura felicità. «Almeno dodici.» Stephen sospirò soddisfatto e quel suono gli sollevò ancora di più il morale. *Sembra proprio che siamo felici entrambi.* Il sorriso di Stephen svanì e Jamie gli sollevò il mento con le dita. «Che c'è?»

«È tardi e domani mattina devo lavorare. So che ho detto che non avremmo fatto tutto in una sera e so che sto facendo il sensibile, ma…»

«Ma?»

Stephen lo baciò, con un lento bacio persistente che gli fece girare la testa. «Non voglio che stasera finisca.»

Il respiro di Jamie accelerò. «Allora fai in modo che non succeda e resta con me.»

Stephen sbatté le palpebre. «Dici sul serio?»

Jamie scoppiò a ridere. «Sì, sul serio. Non ti tirerò le coperte perché quando dormo non mi muovo. Non russo, almeno non credo.» Gli accarezzò una guancia. «E mi piacerebbe svegliarmi al tuo fianco.»

«Anche a me.» Stephen si mise a sedere. «C'è qualcosa che vorresti che facessi?»

Sorrise. «Sì, potresti spegnere tutte queste candele.» Guardò sul comodino i preservativi e la bottiglia di lubrificante. «Quelli li useremo un'altra volta.»

«Pensavo domani.»

Ridacchiò. «Mi piace come ragioni.» Mentre Stephen si alzava e spegneva le candele per la stanza, Jamie lo osservò, ammirando il corpo snello e il culo sodo. Ciò che però occupava i suoi pensieri era tutta l'attenzione e la cura che Stephen gli aveva dimostrato per tutta la serata.

Tra il momento in cui il suo migliore amico era

arrivato a Horn Pond, e le ultime ore passate insieme, Jamie si era innamorato. Non riusciva a identificare un momento preciso e non gli importava. Sapeva solo che non voleva che finisse.

Sapeva anche che non doveva preoccuparsi che non ci fosse un secondo appuntamento. Si chiese quanto avrebbe dovuto aspettare prima che Stephen gli dicesse cosa provava davvero per lui.

Non può essere così attento e premuroso se non mi amasse almeno un po', giusto? Solo che lui non ne voleva solo un po'.

Lui lo voleva tutto.

Capitolo 21

Stephen aprì gli occhi al suono della sveglia del telefono. Non voleva muoversi, perché era al caldo e ben coperto. Poi si rese conto che il calore poteva provenire dal corpo che occupava l'altra parte del letto.

Quello lo fece sorridere. Era passato un po' da quando aveva trascorso la notte con qualcuno e aveva dormito come un sasso.

«È così ingiusto.»

Rotolò su un fianco per guardare Jamie. «Buongiorno anche a te. Cos'è ingiusto?» Jamie era adorabile con quei capelli neri arruffati e un leggerissimo filo di barba.

«Tu. Come osi svegliarti ed essere così bello? Anche i tuoi capelli da letto sono carini.»

Stephen ridacchiò. «Pensavo la stessa cosa di te l'altro giorno. Stavi dormendo e tutto ciò che volevo fare era accarezzarti la guancia.»

«E perché non lo hai fatto? Mi sarebbe piaciuto.» Si morse un labbro. «E non è la tua guancia che vorrei accarezzare stamattina.» Si sollevò sui gomiti e abbassò lo sguardo sulla sua erezione che tendeva le lenzuola. Stephen non poté resistere a muoverla un po' e Jamie emise un gemito. «Buon Dio, il tuo uccello fa le flessioni.» Lo guardò con occhi sgranati. «Posso dargli il buongiorno?» Si leccò le labbra.

Stephen scoppiò a ridere. «Dimenticatelo. Lavoro, ricordi?»

«Ti faccio venire in meno di cinque minuti. Cronometrami.»

«No, farò tardi.» Dio, ma era una prospettiva così allettante.

«Ma non puoi ignorarlo, cioè, guardalo!»

Stephen finse un'occhiataccia. «Sopravvivrò.»

Jamie sussultò drammaticamente. «E mi vuoi negare il mio primo pompino da…»

«Oh, per l'amor di Dio.» Sollevò le lenzuola, rivelando il suo cazzo pesante, sull'attenti. «Eccolo. È tutto tuo, prendilo.» Non che fosse così contrario a un pompino mattutino.

Che importa se farò un po' di ritardo?

Jamie sorrise mentre si metteva a sedere dritto. «Allora porta qui il tuo culo. Siediti qui e tieniti stretto.»

Stephen gli si mise a cavalcioni, sfiorandogli le labbra con la cappella. «Stretto a… Porca puttana!» Il suo cazzo venne inglobato da un calore umido. Si aggrappò alla testiera del letto e spinse i fianchi avanti e indietro, tenendo le spinte non troppo profonde mentre riempiva quella bocca. A giudicare dai gemiti che sfuggivano dalle labbra di Jamie, si stava godendo l'esperienza tanto quanto lui.

«Ti piace?» mormorò Stephen. «Ti piace avere il mio uccello in bocca?»

Da come Jamie roteò gli occhi, si convinse che il suono che aveva sentito fosse qualcosa di molto simile alla parola *ovvio*. Jamie gli afferrò le natiche e le strizzò forte, spingendolo in avanti e dentro di sé.

Merda. Non sarebbe durato più due minuti.

Venne con un grugnito, spruzzando sperma nella bocca di Jamie, tenendolo per la testa mentre il suo uccello schizzava le ultime gocce. Poi lo lasciò andare per prendersi il cazzo in mano e sfregargli la cappella contro le labbra, mentre con la lingua Jamie lo leccava senza fretta.

Gli tremavano le gambe e rabbrividì, il corpo ancora scosso. «Wow.»

Jamie gli sorrise. «Penso sia un buon wow.»

Si chinò a baciarlo, assaporando il proprio sperma. «Questo sì che è un bel modo per svegliarmi. Vorrei solo avere più tempo per fare altro.» Un altro dolce bacio. «Più tardi, okay?»

«Ti penserò, mentre sarai via,» gli assicurò Jamie.

Era tutto l'incentivo di cui aveva bisogno per uscire dall'ufficio il prima possibile, appena finito il lavoro. «Non vedo l'ora di rivederti stasera.»

«Beh, ci sono cose che devo fare prima di stasera e la prima è andare in bagno, subito.»

«Ma io devo prepararmi per il lavoro!» protestò Stephen.

«Scusa, ma il mio catetere batte la tua doccia.»

Stephen non avrebbe mai vinto quella discussione. «È tutto tuo,» disse, spostandosi così che Jamie potesse salire sulla propria sedia. «Perché non mi hai detto niente?»

«Non potevo,» gridò mentre si portava verso la porta. «Avevo la bocca piena.»

Stephen ridacchiò. Poteva vedere un sacco di mattinate in ritardo nel suo futuro.

Dovrò mettere la sveglia mezz'ora prima.

Suo padre entrò nell'ufficio, chiuse la porta e si sedette davanti alla sua scrivania.

Non era mai un buon segno.

Stephen chiuse il file a cui stava lavorando e diede a suo padre piena attenzione. «Che c'è?»

«Ti stavo per fare la stessa domanda: che c'è? Ieri è andata male, ma oggi perfino peggio.»

Stephen aggrottò la fronte. «Chi ha detto che c'è qualcosa che non va?»

Suo padre sbuffò. «Ogni volta che ho infilato la testa nella porta del tuo ufficio, ti ho visto distratto. Scommetto che non mi hai neanche notato.»

Lo stomaco gli si contorse. *Nemmeno una volta.* Si raddrizzò sulla sedia. «Mi dispiace, hai ragione, avevo qualcosa che mi passava per la testa.» *Già, Jamie.* Forse perché le cose tra di loro erano così nuove, ma non era stato in grado di rimanere concentrato sul lavoro.

Non vedeva l'ora di tornare a casa.

«Stephen?»

Dio, lo stava facendo di nuovo.

Suo padre scosse la testa. «Non so dove ti stia portando la tua testa, ma ovviamente è un posto più interessante del tuo ufficio.» Poi suo padre addolcì l'espressione. «Ti faccio lavorare troppo? È questo? Nessuno di noi si è fermato da quando abbiamo aperto e già lavoravi quando abbiamo lasciato la California.»

«Lavoro solo sodo quanto te.»

Suo padre annuì. «Beh, magari dovresti fare una pausa, andare da qualche parte, rilassarti.»

Stephen lo fissò con occhi sgranati. «Okay, chi sei e cosa hai fatto a mio padre?» Una pausa?

Suo padre ridacchiò. «Sono così tiranno? Dico sul serio, figliolo, ti sei guadagnato una pausa, ma dopo lavoreremo sodo fino alle feste, capito?»

«Capito.» Poi ricordò le parole di Jamie di qualche giorno prima. Aveva parlato di fare una vacanza e un'idea iniziò a prendere piede nella sua testa. Un'idea perfettamente meravigliosa.

«Stephen?»

Sussultò. «Sì?»

Suo padre rise di nuovo. «Pensavo che fossi già altrove, a pianificare una vacanza. Pensi di poterlo fare al momento opportuno?»

«Sì, signore.»

Suo padre si alzò dalla sedia. «Fammi sapere quando decidi di andare.» E lasciò l'ufficio.

Stephen prese il telefono e scorse i propri contatti. Aveva una vacanza da organizzare.

«Jamie, hai un minuto?» lo chiamò Stephen mentre si chiudeva la porta di casa alle spalle.

«Per te? Ne ho diversi,» gridò Jamie di rimando dal salotto. «C'è della birra in frigo, ho fatto la spesa.»

Stephen si scrollò di dosso la giacca. «Spero che tu non abbia comprato troppo.» Entrò in cucina e aprì il frigorifero. Non troppo, per fortuna.

Jamie arrivò nella stanza. «Adesso mi hai incuriosito.»

Stephen prese due bottiglie di birra e le aprì. Ne porse una a Jamie e le fecero tintinnare. «Ho una sorpresa per te.» Sperava con tutto il cuore che gli piacesse la sua idea.

Jamie bevve un sorso di birra, poi lo guardò incuriosito. «Sputa il rospo, cosa mi nascondi?»

«Ricordi l'altro giorno, quando hai detto che stavi pensando di fare una breve vacanza?» Bevve un sorso. «Beh… cosa ne pensi, di una settimana in Florida?»

Jamie aggrottò la fronte. «Eh?»

«Hai sentito bene, una settimana in Florida. Ce ne andiamo sabato. Ho già prenotato il soggiorno, devo solo confermare i voli.»

«Hai prenotato… ancor prima di chiedermelo?» Poi sgranò gli occhi. «Tua nonna.»

Stephen annuì, vibrante di eccitazione allo sguardo di gioia sul viso di Jamie. «Non vede l'ora che andiamo a trovarla. Quindi che ne dici? Ne abbiamo bisogno entrambi.»

Jamie sollevò un sopracciglio. «Hai preso accordi con tuo padre?»

«Accidenti, è stata una sua idea.» Jamie non aveva bisogno di sapere il resto della conversazione, dato che lui aveva condiviso i suoi progetti con suo padre e…

«Andrai in macchina?»

Stephen scosse la testa. «Andremo in aereo.»

Suo padre si irrigidì. «Andremo?»

«Certo, porto Jamie con me.»

Suo padre aggrottò la fronte. «Perché? Non complicherà la tua vacanza? Intendo, ci sono già abbastanza complicazioni a salire su un aereo, di questi giorni, senza aggiungere un passeggero disabile. Ci sono moltissime cose da sistemare con la compagnia aerea prima di poter perfino salire su un aereo. E la sua sedia a rotelle?»

Dio, c'erano così tante cose che voleva dirgli riguardo all'insensibilità che stava dimostrando, ma si morse la lingua.

Fece un profondo respiro. «Ho già parlato con la compagnia aerea, devo solo dire loro quando prenoterò il volo. E, papà?» Stephen lo guardò negli occhi. «Jamie non è una complicazione, okay?»

«Stephen?»

Ritornò alla realtà. Jamie gli stava sorridendo. «Ti stai già immaginando su una spiaggia, vero?»

«Mi hai beccato.» Era meglio lasciargli credere che fosse così. «Allora, ti piace l'idea?»

«Se mi piace? La adoro!» Jamie uscì dalla cucina.

«Dove stai andando?» gli gridò dietro lui.

«A fare le valigie, devo capire cosa portarmi!»

«Mancano ancora giorni.» Stephen sorrise tra sé. Jamie era proprio un bambinone, poi si rese conto che quell'entusiasmo era contagioso. *Forse anche io devo iniziare a fare le valigie.*

Jamie era in paradiso, con Stephen abbracciato a lui da dietro. *Non voglio mai più dormire da solo.*

«A cosa stai pensando?» Stephen sembrava assonnato, il che non era una sorpresa, data l'ora tarda.

«A come è andata a finire.»

«Sei felice?» Stephen gli baciò il retro del collo e lui rabbrividì.

«Sì, ma se continui così, potrei diventare ancora più felice.»

Dita gentili gli percorsero il braccio, seguite da brividi. «Posso chiederti una cosa?»

Jamie sospirò. «Per come sto ora, mi puoi chiedere qualsiasi cosa.»

«C'è qualcosa che non capisco. Sei intelligente, bellissimo, hai talento, sei sexy.»

Jamie ridacchiò. «Ooh, continua, sei in vena.»

«Scemo. Quello che ti sto chiedendo è come mai non sei stato a tanti appuntamenti?»

Sospirò. «Ma io sono stato a un sacco di

appuntamenti, solo che, come ti ho già detto, restavano tali e probabilmente non erano come i tuoi.» *Gesù, come glielo spiego?* «Sappiamo tutti come dovrebbe andare un primo appuntamento, no? Quegli sguardi da una parte all'altra del tavolo? Quelli che ti dicono che gli piaci? Che ti vuole? Poi ci sono appuntamenti usciti direttamente dall'inferno, quelli di cui non vedi l'ora di liberarti.» Si fermò, ripensando ai silenzi imbarazzati, agli sguardi, alle conversazioni bloccate. «Abbiamo tutti avuto appuntamenti così, no? Beh, ognuno dei miei è stato così. Non ci metti molto a renderti conto che ti hanno chiesto di uscire solo per curiosità. Oh, com'è uscire con un diversamente abile? E nessuno vuole un secondo appuntamento. Forse si immaginavano l'aspetto delle mie gambe senza i miei jeans migliori. Forse pensavano che fossi storpio e deforme? Perché bastava chiedermelo e mi sarei abbassato i pantaloni in un secondo.»

«Non hanno idea di cosa si sono persi,» mormorò Stephen. «Un uomo bellissimo, dentro e fuori.»

«Ti piace il mio fuori, eh?» scherzò lui, scacciando i ricordi perché non voleva quel dolore in testa, poi sussultò quando la mano di Stephen scivolò verso il basso, fino a quando le dita non furono proprio tra le sue natiche.

«Anche il dentro non sembra male.»

Il suo respiro accelerò e il cuore gli balzò in gola. C'era in arrivo un'altra prima volta. «Ti va? Cioè, è tardi. Non sei ancora in ferie. Noi…»

Stephen gli rotolò sopra, schiacciandolo sul letto, e lui sospirò. «Mi vuoi dentro di te?»

Jamie sgranò gli occhi. «È una domanda retorica, vero?»

«Mi fai ridere,» ridacchiò Stephen.

Jamie gli circondò il collo con le braccia. «Certo che ti voglio dentro di me, ma forse abbiamo bisogno di qualche aiuto.»

Stephen gli baciò la punta del naso. «Ci sto, prendi il lubrificante.» Lo guardò da vicino. «Possiamo farlo o hai bisogno di…»

«Possiamo,» lo rassicurò. «Adesso prendi quel sostegno dall'armadio.» Cristo, il suo cuore batteva fortissimo.

Mentre Stephen usciva dal letto e faceva il giro, Jamie abbassò lo sguardo sul proprio grembo dove il suo uccello stava già diventando duro. «Nel caso ti interessasse, penso che darai a Reece del filo da torcere.» Stephen non ce l'aveva così lungo, per fortuna, ma di certo era più spesso.

Avremo bisogno di un sacco di lubrificante.

«Sei pronto?»

Jamie sollevò lo sguardo verso Stephen. «Ti sembro pronto?» Le sue caviglie erano appoggiate sulle spalle del ragazzo, il culo era sollevato sul sostegno al bordo del letto. Stephen era in piedi tra le sue gambe, l'uccello avvolto dal lattice e scintillante di lubrificante.

Stephen gli sorrise. «Sei fantastico.» Poi si chinò in avanti, spingendogli le ginocchia fin quasi alle orecchie e lo baciò. Jamie gli prese la testa e lo tirò a sé per un bacio più approfondito, mettendoci dentro tutto il desiderio e il bisogno che gli ruggivano dentro.

«Adesso,» mormorò Jamie contro quelle dolci labbra, e adorò lo sguardo di meraviglia negli occhi di Stephen mentre questi si faceva lentamente strada nel suo corpo.

«Oh, buon Dio,» gemette Stephen. «Questa sensazione…»

Quello sguardo…

Condivisero un bacio dopo l'altro, senza mai perdere quella connessione mentre Stephen si muoveva fuori e dentro di lui, mantenendo un ritmo fermo, massaggiandogli il petto con una mano, mentre con l'altra gli toccava l'uccello.

«Parla con me,» gli chiese Jamie, bisognoso di sentire la voce del suo amante.

Il viso di Stephen era a pochi centimetri dal suo. «Vuoi sapere quanto è bello sentire il tuo corpo avvolto attorno al mio uccello?» Dentro e fuori, così lento, cazzo. «Quanto adori che tu sia così duro dentro la mia mano?» Dentro. Fuori. «Quanto mi eccitino i tuoi gemiti?» Quei meravigliosi occhi verde acqua fissi nei suoi. «Come mi basti guardarti per sapere che ami ogni cazzo di minuto di tutto questo come me?»

«Sì,» sussurrò lui, e tirò con gentilezza il tappeto di peli che ricopriva il petto di Stephen, amando quella sensazione. «Di più.»

Stephen lo baciò, con più calore e fervore, aumentando il ritmo. «Va bene così?» Sussultò tra un bacio e l'altro.

Jamie annuì, incapace di distogliere lo sguardo mentre Stephen gli prendeva il viso tra le mani, i fianchi che pompavano, mentre il suo cuore batteva sempre di più. Ovunque Stephen lo baciasse, lasciava una scia di pelle d'oca, come se ogni parte di lui fosse diventata un'unica zona erogena. Stephen aumentò il ritmo, provocandogli morbidi gemiti, e sapeva che a entrambi mancava poco. Quando Stephen si irrigidì, l'uccello spinto fino in fondo, venne anche lui con gli occhi che gli pizzicavano per i gemiti di piacere che scaturivano dalle labbra di Stephen, dallo sguardo negli occhi del suo amante, mentre raccoglieva un po' di sperma e se lo portava alla bocca.

Poi Stephen fu di nuovo tra le sue braccia, labbra contro labbra, scosso dai brividi, uguali a quelli che percorrevano il suo corpo.

Jamie si lasciò sfuggire un lungo sospiro soddisfatto. «Gesù, è molto meglio senza corteccia.»

Capitolo 22

Stephen si lasciò sfuggire un sospiro felice mentre il taxi si allontanava dall'aeroporto. «Dio, mi è mancato tutto questo.» Il cielo era così blu che gli faceva male agli occhi guardarlo. La temperatura si aggirava sui venti gradi. L'ideale. Di certo, non come il freddo di Boston di quei giorni.

Jamie scoppiò a ridere. «Sei in crisi d'astinenza? Ti mancano il sole e il caldo della California?»

«Sì!»

«Beh, c'è una soluzione. In estate vai a trovare Marie e i ragazzi. E ogni volta che ci vorrai andare,» sorrise Jamie, «verrò anche io, ovviamente.»

Stephen assottigliò lo sguardo. «Fammi indovinare. Sci d'acqua.»

«Mi conosci fin troppo bene.» Jamie guardò lo scenario al di là del finestrino. «Potremmo anche venire in vacanza qui. C'è una vivace comunità gay a Fort Lauderdale.»

«Perché dovrei voler uscire con altri ragazzi gay? Già visto, già fatto, già…»

Jamie si protese in avanti e lo zittì con un dito sulle labbra. «No,» mormorò. «Quella vita è finita. E non tutti gli uomini gay sono come gli stronzi con cui sei uscito, okay?» Spostò la mano. «Un giorno ti riporterò in California per dimostrartelo.»

Stephen sbuffò. «Perché mai dovrei voler

tornare là?»

«Magari un giorno dovresti, per uccidere quei demoni che ti incasinano ancora la testa.» Jamie lo guardò pensieroso. «Mi dirai mai cosa ti è successo?»

«Assolutamente, no.» Si picchiettò un ginocchio. «Fidati, non vuoi saperlo. Ti arrabbieresti o rimarresti turbato o vorresti vendetta. O tutte e tre le cose insieme. E questo non sei tu, piccolo. Quindi resta il mio Jamie raggio di sole, okay?»

Jamie sorrise. «Sì, posso farcela.»

Il taxi si fermò fuori dalla casa e Stephen pagò l'autista, che poi uscì per sistemare la rampa per la sedia. La porta d'ingresso si aprì mentre Jamie usciva dal taxi e sua nonna era lì in piedi, raggiante.

«Stavo controllando online per vedere se il vostro volo fosse atterrato in orario,» disse mentre lui le correva incontro, lasciando cadere le valigie nel vialetto di casa. Lei allargò le braccia, sollevando il viso per guardarlo. «Mio Dio, giuro che sei ancora più alto dell'ultima volta che ti ho visto,» disse abbracciandolo.

«Nonna, è stato solo tre anni fa e non sono cresciuto da allora.» Stephen trattenne un sorriso. «Però penso che tu ti sia rimpicciolita.» Aveva i capelli un po' più bianchi e li portava più corti di quanto ricordava, ma a parte quello era cambiata poco.

«Sfortunatamente è vero, ho perso qualche centimetro da allora. Sono qua in giro, da qualche parte.» Le brillarono gli occhi. «Quindi se li trovate mentre siete qui, dite loro che li rivoglio indietro.»

«E io voglio il mio abbraccio,» pretese Jamie, portandosi verso di lei. Il taxi se n'era già andato.

Lei lo fissò con occhi sgranati, poi deglutì a fatica. «Oh, mio Dio, guardati.» Lasciò andare Stephen e si avvicinò a lui, abbracciandolo. «È passato così tanto tempo.» Gli sollevò il mento e lo guardò negli occhi. «Ecco il James di cui mi ricordo, il bambino che rideva sempre.»

A Stephen non sfuggì il luccichio all'angolo degli occhi di Jamie. «Anche per me è bello vederla, signora Welch.»

Sua nonna aggrottò la fronte mentre faceva un passo indietro. «L'ultima volta che ti ho visto, ricordo che per te ero *nonna*, quindi non voglio sentir parlare della signora Welch. Ho già preparato le vostre stanze, avrete un bagno in comune, ma penso che non vi importerà, dato che condividete già una casa.»

Stephen non aveva la minima intenzione di dormire da solo, ma non lo avrebbe detto a sua nonna. Lanciò un'occhiata verso la casa. «Solo un gradino, ed è piuttosto facile da superare.»

Jamie annuì. «Potrei aver bisogno del bagno, in effetti.»

Sua nonna si fece di lato. «Allora entriamo. Ho preparato il pranzo e dopo possiamo rilassarci in piscina.»

«Fantastico. Ho portato il costume da bagno con me,» disse Jamie, sorridendo.

Stephen roteò gli occhi. «Aspetta di vederlo,

nonna. Ha delle ciambelle attaccate sopra.»

«E cosa c'è di male?» ribatté lei, che rimase a guardare mentre lui guidava in retromarcia la sedia a rotelle di Jamie sullo scalino, e poi dentro casa. Uscì a prendere le valigie, in tempo per trovare sua nonna che cercava di prendere quelle di Jamie.

«Ehi, lasciale, lo faccio io.» Le prese entrambe. «Anche se non ho idea di cosa ci abbia messo dentro. Avevi davvero bisogno di una valigia di queste dimensioni per una settimana?» gridò verso la casa.

«Sì e non aprirla.»

Scosse la testa, ridendo tra sé e sé.

Sua nonna lo seguì in casa. «Avete scelto un momento ideale per venire a trovarmi, visto che domani c'è una camminata e una corsa di cinque miglia a Deerfield Beach, in sostegno al Boys and Girls Club di Broward County.»

«C'è una corsa su sedie a rotelle? Perché altrimenti dovrei starmene seduto qui.»

«C'è una sagra del raccolto a Flamingo Gardens, sempre domani, se vuoi un'attività più tranquilla.» Le brillarono gli occhi. «Anche se non penso che nessuno di voi due sia lontanamente interessato all'Oktoberfest che inizia domenica prossima.»

Stephen sorrise. «Bratwurst, cotoletta alla viennese e strudel… Oh, mamma mia!»

«Tu puoi mangiare i bratwurst, io berrò lager e ale,» disse Jamie a sua nonna con un viso impassibile. «Sì, hai ragione, lo odieremmo.»

Sua nonna scoppiò a ridere. «Non sei cambiato affatto.» Indicò due porte. «Ecco le vostre camere.

Non litigate per decidere in quale stare. Scegliete in pace, vi prego. Io terminerò di preparare il pranzo in tempo per quando avrete finito di disfare le valigie.» Poi li lasciò soli.

Stephen aprì la porta più vicina ed entrò, dirigendosi verso il letto per appoggiare le valigie. «Il bagno è nel mezzo con due porte comunicanti, se ricordo bene. Farò meglio a controllare.» Entrò e sbirciò dentro, poi si bloccò. «Oh, nonna.» Gli si gonfiò il petto d'amore.

«Che c'è?» Jamie si avvicinò per guardare attraverso la porta. «Oh, non lo ha fatto sul serio, che dolce.»

Sulla vasca c'era una panca di trasferimento come quella che Jamie aveva a casa e un adattatore con un bracciolo che si abbassava sul water.

«Non doveva disturbarsi tanto,» esclamò Stephen.

«Non è stato questo gran disturbo.» La voce di sua nonna giunse loro alle spalle. Entrò nella stanza e si mise accanto alla sedia di Jamie. «È stato davvero facile affittare quei supporti. Avete idea di quanti anziani ci siano a Fort Lauderdale?»

Jamie le prese una mano e gliela baciò. «È comunque una cosa dolce da fare, grazie.» Gliela strinse. «Adesso ho capito da chi ha preso Stephen.»

«Preso cosa, dolcezza?»

Jamie le fece un sorriso. «La sua attenzione per gli altri, il modo in cui si preoccupa per le persone, come le tratta.»

Sua nonna diede un bacio a Jamie sulla fronte.

«Mi piacerebbe che tutti avessero quelle qualità.» Poi diede a lui una carezza sul braccio e uscì dalla stanza.

«Adoro tua nonna,» commentò Jamie con un sospiro, poi guardò la camera. «I letti sono delle stesse dimensioni?»

«Controllerò,» sorrise lui. «Se uno dei due è più grande, puoi averlo tu.»

«Basta che non debba starci da solo,» sussurrò Jamie.

«Ci puoi scommettere.» Si chinò per baciarlo, senza temere quel contatto casto.

«Accidenti,» mormorò Jamie contro le sue labbra. «È già ora di andare a dormire?»

Stephen ridacchiò. «Ehi, almeno vedi i miei slip da bagno prima.»

Sgranò gli occhi. «Hai comprato degli slip? Cosa stai cercando di fare? Torturarmi?»

Annuì divertito. «Me ne starò lì, sdraiato in piscina,» sussurrò, «a pensare di far scivolare il mio uccello dentro di te e tu saprai esattamente a cosa sto pensando, perché ce l'avrò così duro, cazzo. Poi andrò a nuotare e quando uscirò il tessuto sarà quasi trasparente, attaccato al mio uccello e…»

Jamie sussultò. «Bastardo, provocatore del cazzo.»

Stephen agitò un dito. «Oh, oh, non a casa della nonna, per favore, perché ti laverà la bocca con il sapone, ricordi?» Di certo non aveva dimenticato. Gli rivolse uno sguardo innocente. «Non dovevi usare il bagno?»

Jamie si lasciò sfuggire un suono che sembrava un gemito basso. «Faremo i conti più tardi.» Gli passò davanti raggiungendo il letto, lo vide armeggiare dentro la borsa fino a trovare il contenitore con tutto ciò di cui aveva bisogno, poi andò in bagno e chiuse la porta.

«Ooh, sono davvero spaventato,» gridò Stephen, rimasto solo.

«Quanti anni hai?» urlò Jamie di rimando. «No, vattene via. Sono… occupato.»

Stephen lo lasciò in pace e si mise a disfare le valigie. Si sentiva più leggero di quanto non si fosse mai sentito da un sacco di tempo ed era felice alla prospettiva di passare una settimana al sole con Jamie, senza il lavoro per cui doversi alzare e con tutta la notte a disposizione per fare l'amore.

Bastava solo tenere basso il volume.

Prese le valigie e le appoggiò sul letto. Quella di Jamie era aperta e non poté fare a meno di sorridere quando ci guardò dentro.

Mi chiedo cosa abbia pensato la sicurezza trasporti quando ha visto passare allo scanner dei bagagli il suo cuscino gonfiabile.

«Andiamo,» lo incalzò Jamie. «Non so quanto possa ancora durare.» Tese l'orecchio verso la porta, convinto che la nonna di Stephen fosse sul punto di bussare da un secondo all'altro, chiedendogli di abbassare il volume. *Basta che non entri.* Jamie non pensava che avesse bisogno di una lezione simile, soprattutto all'una di notte.

«Lo sto facendo, okay? Ma è complicato.» Stephen aveva già fatto passare i piedi, quindi tutto ciò che doveva fare era salire su di lui e cavalcarlo, appoggiando i piedi sul letto che era dietro alla sedia. «Com'è che si chiama questa posizione?» sussurrò Stephen.

«Pretzel seduto.» Si tirò l'uccello, facendo del proprio meglio per mantenerlo eretto. *Tieni duro, resta così tanto da entrargli dentro.* Era impossibile aspettare l'effetto del Viagra, ma almeno aveva il cock ring, che aiutava un po'. Quindi doveva entrare nel suo culo, adesso.

Stephen afferrò i braccioli della sedia, tenendosi sollevato mentre Jamie lo penetrava. «Adesso?» lo implorò.

«Adesso,» Jamie emise un basso gemito mentre Stephen si lasciava andare sul suo cazzo. «Cazzo, è bello.» Stephen lo abbracciò e i loro petti premettero l'uno contro l'altro. «Okay, appoggia i piedi sul bordo del letto e inizia a spingere.»

«Cazzo, non è semplice.» Stephen si muoveva su e giù e la frizione era fantastica, a giudicare dall'espressione che aveva in faccia.

«Lascia che ti aiuti.» Jamie fece leva sui braccioli della sedia, sollevandosi per incontrare le spinte di Stephen. «Ho sempre saputo che… gli esercizi per la parte superiore del corpo… sarebbero tornati utili.» Accidenti, Stephen era troppo bello, col corpo teso e gli occhi fissi su di lui. «Ah, cazzo.»

Stephen gemette. «Finito?»

«Praticamente.» Sapeva che la sua erezione non sarebbe durata tanto, ma aveva sperato di rimanere duro un po' di più. Si strinse a Stephen e le loro labbra si incontrarono in un fervido bacio, il suo uccello ancora dentro il suo amante. Stephen non si mosse per spostarsi da lui, ma gli circondò il collo con le braccia e i loro baci divennero più teneri.

Poi Stephen iniziò a ridere e, accidenti, anche lui vide il lato divertente. «La prossima volta lo organizzeremo meglio.»

Stephen gli prese il mento. «Ma è stato divertente.»

«E sai cosa sarebbe ancora più divertente?» sorrise Jamie. «Hai mai fatto il bagno nudo nel bel mezzo della notte?»

«Stai scherzando? Mia nonna si sveglierà di sicuro.»

«Ah, ma vivi un po'.» Jamie si stava immaginando di essere nell'acqua fresca, tra le braccia del suo ragazzo mentre si baciavano sotto la luce della luna. Incontrò lo sguardo di Stephen. «Ti sfido.»

Stephen roteò gli occhi: «Uno di questi giorni, lo dirai e io non accetterò.»

«Ma non stasera,» suppose.

Stephen lo bacio, con calma e sensualmente. «No, non stasera.»

Jamie si abbandonò a un altro bacio, ricordandosi di quanto fosse fortunato ad avere quel ragazzo nella sua vita.

Capitolo 23

Stephen era giunto alla conclusione che la cosa più difficile da fare con sua nonna nei paraggi era tenere le mani lontano da Jamie. Erano seduti al tavolo per la colazione a bere caffè e mangiare uova, bacon, salsicce e focaccine, e tutto ciò che voleva fare era stringere, di tanto in tanto, la mano al suo ragazzo. Immaginava che quel desiderio sarebbe diminuito un po' man mano che si fossero abituati a stare insieme, ma in quel momento voleva toccarlo. Magari era il desiderio di controllare che fosse vero.

Sua nonna si schiarì la voce. «C'è qualcosa che voi ragazzi mi volete dire?»

Jamie gli diede un'occhiata veloce, ma non disse nulla.

Stephen le lanciò quella che sperava fosse un'occhiata perplessa. «Chiedo scusa?»

Lei si pulì le labbra con il tovagliolo, poi si appoggiò allo schienale della sedia. «Sì, sono vecchia. Mi scricchiolano le ossa e mi fanno male quando sta per piovere. Non sono arzilla come un tempo.» Le scintillarono gli occhi. «Ma non starò qui a dirvi quanto sia buono il mio udito. Soffro di insonnia, però. Quindi, ripeto: c'è qualcosa che volete dirmi?»

Jamie sbuffò. «Ci ha proprio beccati.»

Sua nonna ridacchiò. «Sì, proprio così. Adesso

vi dispiace dirmi da quanto va avanti?»

«Non da molto.» Stephen non avrebbe ammesso che erano una coppia da meno di una settimana. Non pensava che sua nonna avrebbe approvato che andassero a letto insieme così in fretta. Era ancora scosso dal fatto che stava prendendo la cosa così bene.

«Ed è una cosa seria?»

Stephen guardò Jamie dall'altra parte del tavolo. «Sono felice per la prima volta nella mia vita.» Il viso di Jamie si illuminò e la luce che lui gli vide negli occhi lo riscaldò.

Sua nonna sospirò. «Lo prendo come un sì.»

«Tutto ciò di cui aveva bisogno era avermi nella sua vita,» commentò Jamie con un sorriso, lo sguardo fisso su di lui.

«Ha ragione.»

«I vostri genitori lo sanno?»

Stephen scosse la testa. «È il passo successivo. Questa settimana ci darà un po' di respiro prima di dirglielo.»

«Una specie di luna di miele senza matrimonio,» aggiunse Jamie. La guardò entusiasta. «La stai prendendo molto bene.»

«Quale parte? Che Stephen abbia un compagno? Oh, sapevo che sarebbe successo. E di quello che ho sentito ieri notte, non ne parleremo.» Tossicchiò. «Anche se per il futuro suggerisco che uno di voi due usi un bavaglio, se… il desiderio vi coglie nel bel mezzo della notte.»

Stephen era piuttosto sicuro che la mascella gli

fosse caduta sul pavimento. «Nonna?»

Lo guardò con sincerità. «Non avete visto i miei vicini, Ed e Roy, vero? Fidatevi, se lo aveste fatto, non sareste sorpresi nemmeno un po' che sappia queste cose. Ovviamente, se quel tipo di… attività vi interessa, avreste dovuto organizzare meglio la vostra vacanza.» Sorrise. «Il ballo in maschera di pelle è solo il mese prossimo.»

Rimasero tutti in silenzio per un momento, poi Jamie scoppiò in una forte risata. «Adesso so chi mi ricordi. Betty White.»

Sua nonna era raggiante. «Lo prendo come un complimento, ora, tornando ai vostri genitori… Pensate che incontrerete delle resistenze?»

«Non dalla mia parte,» rispose Jamie, facendosi più serio.

«Io non credo che i miei faranno i salti di gioia,» disse lui.

Sua nonna fece spallucce. «Non mi dici niente che non mi aspetti. Dopotutto, dovrei conoscere mia figlia. Ma loro dovrebbero essere estasiati.» Finì di bere il caffè. «Ora, quali sono i vostri piani per oggi?»

«Poltrire in piscina?» suggerì Jamie. «Leggere? Nuotare?»

Stephen pensò che erano tutte opzioni fantastiche. Dopo aver visto Jamie nuotare il giorno prima, era di nuovo sorpreso dal suo ragazzo. Viveva la vita fino in fondo.

E se lui può affrontare la vita così, con tutto ciò che gli è successo, allora posso farlo anche io.

«Sfortunatamente, oggi non potrò stare molto con voi,» disse sua nonna mentre sparecchiava. «Mi sarebbe piaciuto, ma mi ha chiamato un amico che vuole andare alla sagra del raccolto e ho accettato di accompagnarlo. Mi dispiace, non tornerò prima dell'ora di cena.» Sbirciò attraverso la finestra del giardino sul retro. «Che peccato, una giornata ideale per prendere il sole.» Lanciò uno sguardo verso di lui. «Adoro il mio giardino, non solo per le aiuole fiorite e la piscina, ma perché è così piacevole starci senza essere visti dai vicini. Non siete d'accordo?» Fece un cenno verso la lavastoviglie. «Potete riempirla, per favore, prima di uscire in piscina? Grazie.» E lasciò la cucina.

Jamie la seguì con lo sguardo, sbalordito. «Io adoro tua nonna, cazzo.»

«Linguaggio, per favore,» gridò sua nonna dalla camera. «So dov'è il sapone.»

Stephen ridacchiò. «Aveva ragione sull'udito.»

«Ci sta lasciando la casa tutta per noi. E più o meno ci ha detto che potevamo fare il bagno nudi in piscina, perché tanto nessuno ci può vedere.»

Stephen non stava pensando a fare il bagno, ma a starsene sdraiato nudo su un telo, il sole a riscaldarlo, con Jamie accanto.

«Hai portato la lozione solare?» gli chiese Jamie avvicinandosi al bancone per riempire la lavastoviglie.

«Sì, vado a prenderla, insieme ai nostri asciugamani.» Stephen gli si avvicinò alle spalle e si piegò per sussurrargli: «Porto anche il lubrificante.»

Il sussulto nel respiro di Jamie fu delizioso, e poi mormorò: «Il Viagra è nei miei articoli da bagno. Posso prenderlo solo una volta al giorno, quindi decidi. Oggi pomeriggio o stasera?»

Ci mise due secondi a decidere. «Prendo anche quello, due pastiglie, giusto?»

Jamie ridacchiò. «Come dico sempre, impari in fretta.»

Stephen gli baciò il collo, godendosi il brivido che lo percorse. «E stasera sarò dentro di te.»

Vide un altro brivido scuotere Jamie, solo che questa volta fu più forte. «Fidati, se tutto funzionasse come dovrebbe, adesso sarei duro come la roccia.»

«Ecco perché ti prendo il Viagra, ti voglio duro tra circa un'ora.» Poi sentì sua nonna muoversi nella propria stanza. «Sempre che lei se ne sia andata.»

L'ultima cosa che voleva era avere degli spettatori.

Il sole era caldo sulla sua schiena e il sudore gli gocciolava dal corpo cadendo sul petto di Jamie, che era sdraiato sotto di lui su un telo da bagno. Il viso e il collo di Jamie erano arrossati e quell'ondata rossa si stava espandendo verso il basso. Il suo ragazzo aveva appoggiato le mani sulle sue cosce mentre lui era chinato in avanti, impegnato a impalarsi ripetutamente su quell'uccello duro.

Ed era bellissimo.

«Potrei farlo per tutto il giorno,» mormorò, abbassandosi lentamente sul cazzo di Jamie.

«E da quanto pensi che lo stiamo facendo?» sussurrò questi, poi trattenne il fiato mentre lui aumentava il ritmo. «Oh Dio, sì, così. Dio benedica il Viagra.»

«Amen.» Stava facendo lui tutto il lavoro, ma ne valeva la pena, vedendo quanto Jamie fosse dannatamente carino steso lì, con la sua ombra che gli ricadeva addosso.

«Lo senti diverso? Senza il preservativo, intendo?» gli chiese Jamie. Quando annuì, continuò: «Un diverso positivo?»

«Adoro la sensazione che non ci sia nulla tra di noi,» ammise. Probabilmente si trattava di una delle decisioni più veloci che avevano preso e non se ne pentiva. Fare i controlli per la salute faceva tutto parte dell'intimità.

Il respiro di Jamie era affannato, lo sguardo fisso su di lui. «Vuoi sapere qual è la parte migliore di tutto questo?» chiese con voce roca. «Perché potrebbe non essere quello che pensi.»

«Dimmi.»

«Guardare il tuo viso quando sono dentro di te. Vedere la tua reazione ogni volta che tocchi il fondo e adesso sono tutto dentro di te. Sentire i gemiti che fai, quei piccoli gemiti quando sei tutto pieno di me.» Sorrise. «Guardare il tuo cazzo che ondeggia su e giù, tutto rigido, perché è così duro.» Il sorriso di

Jamie si trasformò in un ghigno. «Poi c'è l'eccitazione dell'imprevisto, non sapere se Ed o Roy alla porta accanto sceglieranno proprio questo momento per mettere le teste sopra alla staccionata per prendere in prestito un po' di margarina o del detergente per la pelle,» disse, gli occhi che scintillavano.

Stephen scoppiò a ridere e spinse Jamie fuori di sé. Questi guidò in fretta il proprio cazzo al posto cui apparteneva, poi gli appoggiò le mani sulle cosce. «Penso di stare per sciogliermi in una pozza di sudore o sperma, non so cosa, a questo punto.»

Stephen appoggiò le ginocchia a entrambi i lati del corpo di Jamie e iniziò a muoversi avanti e indietro, prendendo slancio. «Non resisterò ancora molto.» Si chinò a baciarlo.

«Allora vieni,» lo implorò. «Vieni su di me, fammelo sentire.»

Stephen si raddrizzò, avvolse le dita intorno al proprio uccello e se lo accarezzò, con le palle che gli pizzicavano mentre si avvicinava alla fine. Gli sfuggì un grido strozzato e venne forte, schizzando sperma che colpì il suo ragazzo proprio nel bel mezzo del petto. Jamie gemette, tirandolo giù per un bacio febbrile, abbracciandolo. Stephen gli baciò il collo, le guance, le labbra, il corpo scosso da ogni brivido di piacere che lo trafiggeva.

«Sei fradicio,» gli disse Jamie, e gli scostò i capelli dalla fronte.

Lui ridacchiò. «E ne sei sorpreso?» Aggrottò la fronte. «Ma tu non sei…»

Jamie lo bloccò. «Non mi succede sempre, okay? Ma questo non significa che non sia stato incredibile, perché lo è stato.»

Qualsiasi altra cosa stesse per dire si perse in una serie di bassi gemiti e grida che provenivano dal giardino dei vicini. Stephen guardò sbalordito Jamie che si copriva la bocca per cercare di soffocare una risata. Rimasero pietrificati mentre i suoni scemavano.

«Tranquilli, non vi imbarazzeremo sollevando le nostre teste oltre la staccionata,» commentò infine una voce roca, «ma grazie. È stato sexy.»

«Avreste potuto dire qualcosa,» ribatté lui. «Che ne so? Che non eravamo soli?»

«Cosa? E rovinare tutto il divertimento?» Scoppiò una ruvida risata. «Questo è stato il miglior spettacolo di porno dal vivo.»

«E non vi preoccupate, non diremo a May cosa stavate facendo,» aggiunse un'altra voce. «A proposito... quel commento sulla margarina e sul detergente per la pelle mi ha fatto morire dal ridere, cazzo.» Poi sentirono il rumore di una porta che si chiudeva.

«Almeno ci potevano fare un bell'applauso,» borbottò Jamie, mettendo il broncio.

Quel commento lo fece scoppiare di nuovo a ridere. Jamie uscì dal suo culo e lui si sdraiò sul suo ragazzo, condividendo lunghi baci languidi, i corpi madidi di sudore.

Stephen non riusciva a smettere di guardarlo. «Dopo il sesso hai sempre un'aura scintillante,» commentò.

Jamie ridacchiò. «Non è un'aura scintillante, è una bruciatura.»

«Ehi, ti sto facendo un complimento. Ti sto dicendo quanto ami vedere il tuo sguardo appena dopo aver scopato.»

«Lo stesso vale per me.» Jamie guardò la cima della sua testa e rise. «Adoro come i tuoi capelli restino sollevati. È carino.» Fece scivolare le mani lungo la sua schiena. «Adoro la sensazione della tua pelle umida di sudore. Adoro quando mi guardi, come se non riuscissi a credere che sono qui, che abbiamo appena fatto l'amore.»

«Ti amo,» mormorò Stephen. «Ogni parte di te, anche quelle che non funzionano.» E adesso che finalmente lo aveva detto, sapeva di aver scelto il momento giusto.

Jamie deglutì, le lacrime gli scorsero lungo le guance. «Ti amo anche io.» Si asciugò gli occhi. «Non hai idea di quanto abbia atteso che tu lo dicessi.»

Stephen lo baciò, a lungo e lentamente, e Jamie sospirò in quel bacio. Quando si divisero, accarezzò i capelli sconvolti del suo ragazzo. «Scusa se ti ho fatto aspettare.»

Jamie inclinò la testa verso la staccionata. «Grazie per aver atteso che entrassero per dirlo.»

Sorrise. «Beh, avremmo potuto ottenere una standing ovation, ma quello era solo per te. La prossima settimana dirò a tutta la mia famiglia che ti amo.»

«Non farlo.» Lo fermò con un bacio. «Non parliamo di tornare a casa, voglio assaporare ogni momento di questa settimana, quindi non rovinarlo, perché casa significa lavoro, routine e scadenze e io non voglio pensare a niente di tutto quello.»

«Okay, solo una cosa, prima di andare a nuotare.» Lo baciò di nuovo. «Quando torneremo, non cercherò più una casa.» Un altro bacio persistente, ma questa volta premette le labbra sul petto di Jamie. «Ho già trovato la mia casa.»

Capitolo 24

Jamie adorava quando se ne stavano a letto così, uniti da un cuscino tra le ginocchia di entrambi mentre si guardavano. Sapeva che, prima di dormire, Stephen avrebbe colmato quella distanza, facendosi avanti fino a far toccare i loro corpi, e si sarebbe addormentato con il braccio del suo ragazzo attorno alla vita.

«Allora, a chi lo diciamo per prima? I tuoi o i miei?» gli chiese Stephen, accarezzandogli pigramente il petto. Jamie adorava quei tocchi costanti, le carezze dolci, ricordi della loro connessione.

«Ci stavo pensando.» Gli accarezzò la nuca e lo tirò a sé per un bacio. Chiuse gli occhi e si godette la sensazione della bocca di Stephen sulla sua, la mano gentile che si curvava intorno al suo collo, il soffuso sospiro di soddisfazione che gli sfuggì dalle labbra.

Stephen si staccò da lui e si fece indietro per guardarlo negli occhi. «Era un bacio per indorare la pillola?»

«Era più un bacio da: *non ti bacio da cinque minuti, quindi devo farlo adesso.* E per i tuoi genitori ho un piano.»

Stephen gemette. «Oh, Dio, ho voglia di sentirlo?» Jamie gli diede un colpetto sulla pancia. «Ehi!»

«Almeno ascoltami.» Si baciò la punta delle dita e gliele premette leggermente contro il petto. «E scusa.»

«Vivrò. Adesso dimmi il tuo piano.»

«Perché non diamo una festa? Invitiamo i tuoi, i miei, Liz, Phil...» Sorrise. «Un piccolo raduno intimo. Cibo da festa, alcol, tutto quanto. Poi facciamo un annuncio, pensala come a una festa di non fidanzamento.»

Stephen sollevò un sopracciglio. «Perché farlo proprio così?»

«Aumenterebbero le probabilità a nostro favore. I miei ci spalleggeranno, perché loro già ti amano come un figlio. Sappiamo che Liz ci sosterrà, perché ho ancora i segni per quanto mi ha preso a calci, insistendo di provarci con te. E Phil sembra un tipo a posto. Quindi sappiamo che almeno quattro tifano per noi.»

Stephen annuì lentamente. «E i miei sarebbero meno inclini a dire qualcosa di negativo e fare la figura degli stronzi. Non che siano degli stronzi, capiscimi.»

«No, non lo sono,» convenne lui. «Mi guardano e vedono degli ostacoli, tutto qui.»

«Come facevo io?»

Jamie gli accarezzò una guancia. «Tu impari più in fretta di loro. Pensaci, i miei genitori ci hanno messo otto anni a non sottovalutarmi. I tuoi quanto hanno avuto, eh?»

«Sai che ci diranno che facciamo le cose troppo in fretta, vero? Dopotutto, mi sono trasferito qui solo il mese scorso.»

«Ascoltami, mio dolce ragazzo dal bicchiere mezzo vuoto, abbiamo costruito tutto questo per la maggior parte delle nostre vite. Rincontrarci era nel nostro destino.» Gli tracciò la mascella con le dita. «Tu sei la mia metà.» Il sottile sussulto di Stephen gli fece cantare il cuore. «E tra le altre cose, stiamo dicendo loro che siamo una coppia, non che ci sposiamo il prossimo mese.»

«Okay, mi piace il piano,» sorrise Stephen.

Jamie era raggiante. «Fantastico. Ne possiamo parlare domani.»

«E perché non adesso?» Sospirò. «Sei stanco?»

«Non proprio.»

Adorò il modo in cui gli occhi di Stephen si illuminarono. «Oh? Oh!» sussurro questi.

Jamie ridacchiò. «Sì, sto riconsiderando tutto il commento sull'imparare in fretta.»

«Cosa posso fare per rimediare alla mia lentezza?» Stephen aveva già la mano sul suo uccello, massaggiandolo pigramente.

«Tanto per cominciare puoi prendere il cuscino di sostegno.»

Cazzo, lo sguardo di Stephen era decisamente gratificante…

Jamie diede un'ultima occhiata al salotto. Tutto

era in ordine e pulito, perché, ehi, la madre di Stephen riusciva a vedere una ragnatela a quindici metri di distanza. Il cibo era pronto in cucina e i calici erano allineati sul tavolino.

Lo champagne era in frigorifero.

«Penso che siamo pronti,» gridò a Stephen, che era ancora in bagno.

«Sarà meglio, dato che stanno arrivando. Mia madre mi ha mandato un messaggio.»

Liz ne aveva mandato uno a lui, dicendo che lei e Phil stavano arrivando con i loro genitori.

«Sai cosa voglio da stasera?» rifletté Jamie. «Che i tuoi vedano quanto è normale questo posto, che vivi in una casa come tante, non piena di strumenti che facilitano la mia vita.»

Stephen entrò in salotto, tutto elegante con jeans neri e una camicia azzurra. «Pensavo che questo fosse compito mio. Non che tu abbia bisogno di me.»

«Vieni qui,» mormorò, poi lo tirò giù per un bacio prolungato. Quando ebbe finito, lo guardò negli occhi. «Io avrò sempre bisogno di te, okay?»

Stephen deglutì. «Lo stesso vale per me.» Si irrigidì. «Ho sentito una macchina.» Cercò di raddrizzarsi, ma lui lo tirò a sé per un altro bacio, ridendo.

«Okay, adesso puoi farli entrare.»

I suoi genitori furono i primi ad arrivare e, dopo gli abbracci di rito, chiese a Stephen di versare da bere per tutti. Sua madre lo prese da parte e si inginocchiò accanto alla sua sedia a rotelle.

«Okay, perché questa festa?»

Jamie la guardò con il massimo dell'innocenza che poteva fingere. «Avevamo voglia di farla, tutto qui.»

Sua madre arcuò un sopracciglio, ma non disse niente. Si alzò in piedi e guardò le pareti. «Hai appeso i tuoi schizzi.»

«Sì, la maggior parte.» Non avrebbe mai permesso a nessuno di vedere quelli in camera da letto. «È stata un'idea di Stephen.»

«Se mai decidessi di chiudere con la progettazione dei siti web, avresti una grande carriera da artista.» Sorrise. «Sai, ho tenuto i tuoi primi disegni.»

«Davvero?» Jamie non riusciva a pensare così indietro nel tempo. «Cosa avevo disegnato?»

Sorrise. «Stephen. L'hai fatto all'asilo. L'ho tenuto sul frigo per mesi.»

Lui la guardò sbalordito. «Dimmi che li hai conservati al sicuro.»

Sua madre annuì. «È con tutti i tuoi capolavori in una scatola in soffitta.»

Rise forte. «Capolavori.»

Sua madre gli accarezzò una spalla. «Per me lo sono.»

Il campanello suonò. «Ed ecco il resto dei nostri ospiti.» Il battito del suo cuore aumentò un po'. «Farò meglio ad andare a salutarli.» Lasciò sua madre in salotto e si avviò all'ingresso, respirando a fondo.

Ci siamo.

Stephen aveva avuto le farfalle nello stomaco per tutta la sera. Dagli sguardi che si erano scambiati i suoi genitori, aveva capito che sapevano che c'era qualcosa sotto. Non avevano detto nulla, però.

E a proposito di non dire nulla…

Entrò in cucina dove Jamie stava togliendo un vassoio di stuzzichini caldi dal forno. «Quando pensi di dare l'annuncio?»

Jamie sorrise. «Lascia prima che tiri fuori questi, okay?»

Lui afferrò una presina e gli tolse il vassoio dalle mani. «Stanno tutti parlando. Le nostre madri si stanno scambiando dei ricordi, da quanto riesco a sentire.»

«Ma certo, hanno otto anni da recuperare.»

Stephen era felice di aver deciso di dare quella festa. Era ora che le due famiglie si riunissero. Mise gli stuzzichini su un piatto da portata, con lo stomaco attorcigliato.

Jamie gli appoggiò una mano sul braccio. «Andrà tutto bene, aspetta e vedrai.»

Tutto ciò che lui voleva fare in quel momento era baciarlo. «Amo il tuo ottimismo.» Abbassò la voce. «Quasi quanto amo te.»

«Allora andiamo a condividere con loro la buona notizia. E… Stephen?» Gli occhi del suo ragazzo erano carichi di calore. «Ti amo anche io.»

Non avrebbe potuto non baciarlo dopo quello. Premette le labbra contro quelle di Jamie, adorando il profumo familiare del ragazzo, poi si raddrizzò. «Che lo spettacolo abbia inizio.»

Jamie si avviò in salotto, con lui alle spalle. Appoggiò il piatto sul tavolino. «Altri stuzzichini. Ho sentito lo stomaco di Phil brontolare fin dalla cucina.»

Phil sbuffò. «Non ero io,» disse lanciando un'occhiataccia a Liz.

«Ehi!» Lei gli diede un colpo sul braccio.

Jamie si schiarì la voce. «Possiamo avere la vostra attenzione, per favore?»

Tutti gli occhi si puntarono su Jamie, che lanciò a lui uno sguardo significativo. Non doveva leggergli nella mente per sapere che quello sguardo significava "porta qui il culo". Si unì a Jamie, in piedi di fianco alla sedia.

«So che vi state chiedendo perché abbiamo organizzato questa festicciola,» iniziò Jamie.

«Beh, non ho visto scheletri o zombie in cortile, né ragni giganti che si arrampicavano su per la casa, quindi non credo sia una festa di Halloween in anticipo,» scherzò suo padre.

Jamie girò il viso verso di lui, con gli occhi scintillanti e le labbra schiuse. Stephen scosse la testa. «No, niente zombie. E nemmeno ragni.»

Jamie fece il suo tradizionale broncio. «Guastafeste.» Stephen sorrise e gli diede una gomitata. «Oh, sì, quindi… vi abbiamo chiesto di venire qui perché abbiamo qualcosa da festeggiare.»

Liz sorrise. «Oh, davvero? Non mi viene in mente niente.» Stephen le lanciò uno sguardo ammonitorio.

«Stephen vive qui da un po', con l'intenzione di risparmiare per un posto tutto suo. Beh, ha rinunciato a quell'idea.» Jamie sollevò gli occhi con un tale sguardo di nuda adorazione che gli si gonfiò il cuore. «Dato che verrà a stare qui in via permanente.»

Stephen sorrise. «Con il mio fidanzato.» Poi si chinò a baciarlo sulle labbra.

Il gridolino di Liz infranse il silenzio. «Era ora!» Corse loro incontro e abbracciò Jamie di slancio. «Congratulazioni, fratellino.» Arrivò anche Phil con la mano tesa per stringere la sua. Maureen e David arrivarono con gli occhi scintillanti, entrambi sorridendo.

Stephen guardò i suoi genitori, lì in piedi con la bocca aperta e lo sguardo confuso. Si avvicinò a loro, ancora sorridendo. «Mamma, papà? Non sono mai stato più felice di così.»

Suo padre si schiarì la voce. «E io sono felice di sentirlo.» Guardò Jamie. «Sei sicuro di sapere in cosa ti stai imbarcando?» chiese a bassa voce. Sua madre gli diede una gomitata e suo padre aggrottò la fronte. «Beh, anche tu devi pensare la stessa cosa.»

Sua madre sospirò. «Sono felice che tu e Jamie stiate insieme, sul serio. Ci sta, se ci pensi, ma…» Guardò Jamie dall'altro lato della stanza.

Maureen si unì a loro. «Quando Jamie ha avuto l'incidente,» mormorò, «abbiamo tutti cercato di abituarci. Subito abbiamo pensato che le nostre speranze e i nostri sogni per il suo futuro fossero stati infranti. Poi siamo stati semplicemente felici che fosse vivo. Col passare del tempo, abbiamo fatto del nostro meglio per incoraggiarlo, per dirgli di sforzarsi a ottenere ciò che desiderava. E lui lo ha fatto, ripetutamente. L'unica cosa che non è riuscito a fare è stato trovare qualcuno che lo amasse.»

«Lo abbiamo visto con il cuore spezzato più e più volte,» aggiunse David, unendosi a loro. «E per tutto il tempo abbiamo pregato che arrivasse qualcuno che avrebbe capito che miracolo sia nostro figlio, che avrebbe visto un uomo con un'enorme capacità di amare, qualcuno che lo avrebbe amato come merita di essere amato.» Sorrise. «Ciò di cui non ci rendevamo conto era che Jamie lo aveva già incontrato.»

Sua madre aveva gli occhi umidi. «Adoro che si siano rincontrati. Io… tutto ciò che voglio è che Stephen abbia… una vita piena.»

Lui la fissò, finalmente capendo. «Ma io ce l'ho, mamma.» Ridacchiò. «Devi credermi su questo punto e se hai bisogno di qualcuno che ti convinca di più, parla con la nonna.»

Sua madre sbatté le palpebre. «Capisco.»

Jamie si avvicinò a loro. «Mi sono perso qualcosa?»

Stephen scoppiò a ridere e gli prese la mano, mimando "più tardi".

«Ehi, non facciamo un brindisi per la coppia felice?» gridò Liz.

Jamie gli strinse la mano. «Vado a prendere lo champagne.» E si diresse in cucina.

Sua madre lo abbracciò. «Sono felice per voi,» sussurrò.

«Grazie,» le baciò una guancia.

Suo padre gli strinse la mano. «Se dovevi innamorarti di qualcuno, allora non c'era nessuno meglio del tuo migliore amico.»

«Allora, chi andrà prima all'altare? Voi due, o io e Phil?» chiese Liz.

Stephen adorò lo sguardo incredulo di Phil mentre deglutiva a fatica.

«Non sapevo che fosse una gara,» la prese in giro Jamie entrando nella stanza, con la bottiglia di champagne posizionata con attenzione in grembo. «Comunque, non siamo fidanzati.» Assottigliò lo sguardo in direzione di Stephen. «A meno che tu non voglia inginocchiarti e prendere un anello dalla tasca.» Gli brillarono gli occhi.

Stephen scoppiò a ridere. «Non lo avevo in programma.» E tra le altre cose, sarebbe stato un po' troppo per i suoi genitori. Prese la bottiglia e la aprì, stappandola il più delicatamente possibile. Quando i calici furono pieni, tutti ne presero uno.

Maureen sollevò il proprio. «A Jamie e Stephen, che le loro vite siano piene di sole.»

Stephen fece tintinnare il calice con quello di Jamie. «Salute.»

Epilogo

L'estate successiva

«Oh, amico, è stato fantastico!» esclamò Jamie asciugandosi con un telo. «Lo hai visto?»

«Non ti ho tolto gli occhi di dosso per un solo istante.» Stephen gli premette una mano sul petto. «Avevo le palpitazioni a guardarti rimbalzare sull'acqua.»

Jamie scoppiò a ridere. Era la sua terza volta sulla moto ad acqua adattata e tutto ciò che voleva fare era uscire di nuovo. L'esaltazione provata stretto alla sbarra, sulla cresta dell'onda…

«Dovresti provarlo,» suggerì. «Potremmo uscire insieme.»

Stephen sbuffò. «Non sono così coraggioso. Lascio che sia tu lo spericolato.»

Jamie scoppiò a ridere. «Lo avevi detto anche per lo sci e sei stato fantastico in pista.» Non poté resistere. «Prossima tappa il parapendio!»

Stephen scosse lentamente la testa. «No. No. No. Fine della discussione. Convinci Phil, se proprio ci tieni. Ti ha già detto che gli piacerebbe farlo.» Lo punzecchiò con un'occhiataccia. «E no, Jamie, questa volta dirmi "ti sfido" non funzionerà.»

Accidenti.

«Chi era il ragazzo con cui stavi parlando quando sei entrato?» chiese Stephen.

Jamie sorrise. «È un campione diversamente abile di wakeboarding da seduti. Dice che fa salti e tutti i tipi di acrobazie.»

«Wakeboarding?»

Annuì. «Si cavalcano le onde su una tavola, solo che in questo caso c'è una seduta speciale legata sopra.» Jamie pensò di aspettare un po' prima di dirgli che quel ragazzo gli aveva offerto di lasciarlo provare. «Era uno skateboarder prima di avere un incidente. Adesso è anche paraplegico.» Si guardò i pantaloncini bagnati; si sarebbero presto asciugati col caldo. «Dov'è Marie?»

«Ci sta aspettando in spiaggia, Declan vuole costruire un castello di sabbia con lo zio Jamie, poi Natasha vuole seppellirti e fare di te un sirenetto.»

Scoppiò a ridere. «Che ci posso fare se i tuoi nipoti mi adorano?» Erano bambini fantastici e lui adorava prendersi cura di loro quando Marie era impegnata con il piccolo, ma gli piaceva anche stare sulla sedia a dondolo a cullare il piccolo Owen.

«Questa mattina mi ha chiesto di nuovo se abbiamo pensato ancora alla sua offerta,» gli disse Stephen.

Jamie si infilò una maglietta asciutta. «E cosa le hai detto?»

«Quello che ci siamo detti ieri sera. L'ho ringraziata per l'offerta di farci da madre surrogata e le ho detto che lo apprezziamo davvero tanto, ma che non ci vedevamo a fare qualcosa del genere quando ci sono così tanti bambini in attesa di adozione.» Jamie annuì. Quando Marie li aveva fatti sedere e se n'era uscita con quella proposta, erano rimasti sconvolti per la grande generosità. Anche Greg era stato d'accordo ma lui e Stephen ne avevano parlato moltissimo, fino a notte fonda. Entrambi volevano dei bambini, quello era certo, ma l'idea di un'adozione aveva molto più senso. «Tra le altre cose, ha detto che il parto di Owen è stato duro per lei.» Per quanto fosse un'offerta altruista, non l'avrebbero obbligata a un'altra gravidanza solo per loro. Poi Stephen ridacchiò. «Poi le ho detto che eravamo già impegnatissimi con Lou e Bud.»

Jamie roteò gli occhi. «Se essere genitori assomiglia anche solo lontanamente ad accudire due bassotti iperattivi, saremo esausti.»

Stephen scoppiò a ridere. «Questa mattina ho parlato con tua madre. È già piuttosto esausta e li sta tenendo solo da quattro giorni.»

Jamie percorse la passerella, dirigendosi dove Stephen aveva parcheggiato la macchina a noleggio. Fino a quel momento, la loro prima visita a Carmel era stata perfetta. Capiva perché Stephen amasse quel clima. Quella era la loro ultima serata prima di spostarsi a San Diego.

Jamie sperava di star facendo la cosa giusta.

«Penso che sarai un padre meraviglioso,» disse Stephen mentre si avvicinavano alla macchina. «Magari potremmo informarci seriamente quando torniamo a casa? Iscriverci a qualche agenzia di adozione?» Sbuffò. «Probabilmente dovremo fare i salti mortali anche solo per avvicinarci ad adottare un bambino.»

Anche Jamie ci aveva pensato. «E se i poteri forti fossero più felici se avessimo un pezzo di carta?»

Stephen sorrise aprendo la macchina. «Allora mi metterò in ginocchio e tirerò fuori un anello dalla… tasca.» Gli brillarono gli occhi. «Non mi dispiacerebbe sposarmi. E tu?»

Jamie fece spallucce e sollevò le gambe dentro la macchina. «Un giorno, magari. Non sono sicuro di essere già pronto.» Mantenne un tono neutrale, anche se il cuore gli stava pulsando praticamente in gola. Lanciò uno sguardo a Stephen, in tempo per vederlo irrigidirsi.

A-ha.

Stephen non disse niente mentre piegava la sua sedia e la metteva nel bagagliaio.

Jamie lo guardò salire in macchina. «Tutto bene?»

«Sì, tutto bene.» Stephen accese il motore. «Andiamo a costruire un castello di sabbia.»

Jamie si protese e gli accarezzò una coscia. «Ti amo.»

Stephen gli sollevò la mano e gliela baciò. «Anche io.» Uscirono dal parcheggio e si diressero lungo la strada costiera verso la spiaggia che Marie e i bambini di solito frequentavano.

«Ti va ancora di andare a San Diego domani?»

«Certo.»

Jamie lo guardò. «Non sembri così sicuro.»

Stephen fece spallucce. «Immagino che non mi sia chiaro il perché vuoi andarci, tutto qui.»

«Te l'ho detto, voglio vedere dove sei cresciuto.

La scuola superiore, la spiaggia dove andavi a giocare, la casa dove sei cresciuto…»

«Ed è l'unica ragione?»

Jamie sospirò. «In più, penso sia l'ora di esorcizzare qualche fantasma.»

«A-ha, adesso arriviamo al punto.» Stephen tenne gli occhi sulla strada davanti. «Pensi davvero che dobbiamo farlo?»

«Sì, lo penso. E ti chiedo di fidarti di me su questo punto.» Gli batteva fuori il cuore. *Andiamo, Stephen, fidati di me.*

Ci fu una pausa, ma alla fine Stephen annuì. «Okay, andiamo a San Diego.» Poi ridacchiò. «Beh, hai già comprato i biglietti e prenotato l'hotel, quindi tanto vale andare.»

Jamie gli strinse la mano. «Grazie,» disse con sincerità.

Dio, ti prego, fai che tutto vada come spero.

«È stato meraviglioso avervi qui con noi.» Marie versò un'altra tazza di caffè a Stephen. «Solo, la prossima volta vi fermate di più?»

«Lo faremo, promesso.» Si appoggiò allo schienale della sedia, guardando Jamie e Natasha darsi battaglia alla Playstation. Da quello che poteva vedere, Jamie stava vincendo.

«Allora, la prossima settimana torni al lavoro?

Sono sicura che papà sarà contento.»

Annuì. «Dice che c'è una pila di cartelle sulla mia scrivania.»

«Jamie lavora ancora come web designer?» gli chiese Greg.

«Sì, ma al momento ha in ballo qualcosa di un po' diverso.» Per usare un eufemismo.

«Racconta,» lo spronò sua sorella, con occhi scintillanti.

«È una specie di progetto artistico.» Lanciò uno sguardo al divano dove si trovavano Natasha e Jamie e abbassò la voce. «Sta scrivendo un manuale delle posizioni sessuali per i diversamente abili.»

«Dici sul serio?» Marie sgranò gli occhi.

«Già, sta facendo tutte le illustrazioni.»

Marie guardò verso Jamie. «Allora a quanto pare ha lavorato sodo sulle sue abilità grafiche da quando era piccolo, perché se non ricordo male doveva avere davanti qualcosa per poterlo disegnare.»

Stephen annuì. «Ha ancora una scarsa memoria visiva.»

«Allora, come… chi disegna?»

Gemette. «Una delle pareti della nostra camera da letto è ricoperta di fotografie di noi. Sistema una macchina fotografica e poi… ci diamo dentro.» Era certo di essere arrossito.

Greg sussultò. «Ma quanto sono esplicite queste illustrazioni?»

Jamie scelse quel momento per guardare oltre la propria spalla e sorridergli, per poi riconcentrarsi sulla partita.

Stephen ridacchiò. «Non chiedermelo. Se la cava con alcune perché sono a matita.»

«E verrà pubblicato?» chiese sua sorella.

Annuì. «Uscirà il prossimo anno, così ci hanno detto.»

Marie era estasiata. «Farò in modo di prenotarne una copia.»

Fissò sbalordito sua sorella. «E perché mai dovresti farlo?»

«Voglio poterlo mostrare a tutti quelli che incontro e dire: "Guardate cosa ha fatto il compagno di mio fratello!".» Stava ancora sorridendo.

«Ti sta prendendo in giro,» gli disse Greg. «Probabilmente lo regalerà a qualcuno dei nostri amici. Uno di loro è paraplegico.» La guardò male. «Perché siamo sicuri che non lo guarderesti per vedere com'è da nudo il compagno di tuo fratello, vero?»

«Oh, assolutamente no.» Marie guardò il marito con uno sguardo innocente.

Stephen scosse la testa. «Incredibile, tu e Liz potreste essere sorelle.»

Chi lo avrebbe mai detto?

«Quanto starete a San Diego?» gli chiese Marie.

«Qualche giorno. Abbastanza da far vedere a Jamie un po' dei miei scheletri nell'armadio.» Ed erano esattamente quello.

Marie guardò Jamie, poi gli prese una mano tra le proprie. «Non sei lo stesso uomo che eri quando vivevi là.»

«No?»

Sua sorella fece un sorriso tenero. «Stare con Jamie ti ha cambiato.»

«Avevo bisogno di cambiare, eh?» Marie non aveva torto e anche lui se n'era accorto. Jamie aveva portato luce nella sua vita.

«Adesso guardi le cose in modo diverso, tutto qui. Ne vedi il lato positivo, mentre prima...»

«Sì, lo so.» Sorrise anche lui. «È difficile essere negativi quando vivi con uno come Jamie.»

Grazie a Dio per l'impulso che aveva avuto di lasciarsi andare alla nostalgia. Se quel giorno non fosse andato a Horn Pond...

Guardò la nuca di Jamie e, dopo qualche secondo, questi si voltò a incontrare il suo sguardo.

"Ti amo," mimò lui con la bocca.

"Anche io ti amo," rispose Jamie.

Stephen si fermò sulla soglia. «Ripetimi perché siamo qui?» Non metteva piede in quel gay bar di San Diego da più di un anno e non era sicuro di volerci andare adesso. Non aveva bei ricordi.

Jamie gli prese la mano. «Siamo qui perché mi hai parlato di questo posto, e volevo vederlo con i miei occhi. Tra l'altro, questa volta ci vai per bere, non per cercare un compagno, okay?» Sorrise. «Perché hai già un compagno. Io.»

Scoppiò a ridere a quelle parole. «Entriamo, e vediamo se è cambiato.» Aprì la porta e la tenne aperta per Jamie, poi lo seguì dentro. La musica era più forte che mai, le luci brillanti e colorate. Gli uomini erano sparpagliati per la sala a bere e parlare, e diversi sguardi puntarono nella loro direzione, verso la sedia a rotelle. Poi i ragazzi tornarono ai loro drink e alle loro conversazioni.

«C'è un tavolo laggiù,» disse Jamie indicando un angolo della pista da ballo. «Vado a prenderlo, mentre tu ordini da bere.»

Stephen si avvicinò al bancone del bar e ordinò due drink. Uno sguardo ai clienti del bar gli disse che non conosceva nessuno, almeno nessuno che gli avesse causato del dolore in passato, e per questo era grato, ma vide molti uomini che erano stati frequenti visitatori che chiaramente stavano facendo la stessa cosa che facevano sempre, ossia cercare qualcuno che facesse la differenza nelle loro vite.

Portò i drink dov'era seduto Jamie, poi insieme si guardarono attorno, facendo attenzione a quello che succedeva. Un paio di volte notò un'espressione che conosceva fin troppo bene, quello sguardo di desiderio, di ricerca, di speranza…

«Non sei più tu,» disse Jamie sopra la musica.

Stephen sollevò di scatto la testa verso il compagno. «Come facevi…?»

«Ecco perché ti ho portato qui.» Fece un cenno verso gli uomini che li circondavano. «Un tempo eri come loro. Guarda le loro facce, riesci a rivederti in loro?»

Annuì. «Stavo pensando la stessa cosa mentre ero al bar.»

«Ma come ti ho detto, questo non sei tu. Cosa ti rende diverso?»

Stephen soppesò quella domanda. «Magari perché ho trovato quello che cercavo.»

«Pensi ancora di essere uno sfigato?»

Sorrise. «No. Non più. Ho una bella vita, un buon lavoro, una casa, una famiglia allargata che mi adora.» Incontrò lo sguardo di Jamie. «Un compagno che mi ama.»

Jamie annuì. «E se lo vuoi, un marito.»

Stephen fissò la scatolina nera che Jamie si era tolto dalla tasca, con il cuore in gola. «Io… pensavo che non fossi pronto a sposarti.»

Jamie sorrise. «Ho mentito. Anzi, per dimostrarti che super bugiardo sono, ho comprato questo a Boston e l'ho portato con me per farti la proposta qui. Ovviamente, non mi posso mettere in ginocchio, ma è il pensiero che conta.» Il suo bellissimo ragazzo gli lanciò uno sguardo significativo. «Beh? Posso avere una risposta?»

Stephen sbatté le palpebre. «Ma se non mi hai ancora fatto la domanda.»

Jamie assottigliò brevemente lo sguardo. «Bene, Stephen Taylor, mi vuoi sposare?»

Intorno a loro, alcuni dei ragazzi si zittirono, concentrati su di loro.

Stephen incrociò le braccia sul petto. «Non saprei, non ho ancora visto l'anello.» E molti intorno scoppiarono a ridere.

Jamie roteò gli occhi, ma aprì la scatola. «Ecco, soddisfatto? E prima di chiedere, spilungone, ti starà bene.»

«Oh, beh, in questo caso… sì, ti sposo.»

Jamie alzò lo sguardo verso il cielo mentre intorno tutti applaudivano. «Alleluia!»

«Ehi, amico, vi siete appena fidanzati?» gridò il barista. Altri ragazzi si affollarono intorno a loro, ma Stephen aveva solo occhi per Jamie.

«Sì, lo abbiamo fatto,» rispose Jamie. Lui si alzò dalla sedia, fece il giro del tavolo, si chinò e lo baciò sulle labbra, nel bel mezzo degli applausi. Poi lo fissò negli occhi. «Hai idea di quanto sono felice in questo momento?» gli disse Jamie.

«Era il tuo obiettivo? Sposarmi?» gli chiese.

Jamie scoppiò a ridere. «No, spilungone, sposarti è la ciliegina sulla torta.» Lo fissò. «Capisco, sai? Hai passato la maggior parte della tua vita a vedere i problemi che ti aspettavano, nascondendoti nell'ombra.» Sorrise. «Il mio obiettivo era di farti vedere oltre quell'ombra e uscire nella luce, perché era lì che io ti aspettavo.»

Stephen lo fissò. «Suona quasi poetico. Lo hai appena pensato?»

Scosse la testa. «Non ho fatto altro che pensarci da quando sei tornato nella mia vita.»

Lo baciò di nuovo. «Sai che c'è? Mi piace stare nella luce, penso che mi trasferirò qui in via permanente.»

«Cosa? In questo bar?» lo prese in giro Jamie.

Stephen roteò gli occhi. «Ma dai. Finirò il mio

drink, poi torneremo in hotel e tu dovrai dimenticarti di fare il turista e io di ricordarmi di aver vissuto qui. Non usciremo dalla nostra camera d'albergo fino a quando non sarà ora di prendere un taxi per l'aeroporto.»

Jamie sorrise. «Come faremo a far passare il tempo?»

Stephen scoppiò a ridere. «Sei un ragazzo intelligente, ti verrà in mente qualcosa.»

Jamie si morse un labbro. «C'è qualcosa che è un po' che vorrei fare.»

«Sarebbe?» Era sicuro che la sua voce non fosse mai sembrata così roca.

«Beh, c'è un'intera serie di posizioni sessuali sulla sedia a rotelle che volevo disegnare per il libro. Pensa a quante potremmo farne mentre siamo in quella camera.»

«Non le abbiamo già fatte?»

Jamie sgranò gli occhi. «Amico, abbiamo appena grattato la superficie.»

D'improvviso, Stephen si bloccò. «Aspetta, hai portato con te il bloc notes e le matite?» Assottigliò lo sguardo. «Lo avresti fatto comunque.»

Jamie sorrise. «Ops, beccato.»

«Allora, cosa stiamo aspettando?» Prese il telefono. «Quale arriverà per primo: un taxi, un Uber o Lyft?»

FINE

I libri di K.C. Wells

Love, Unexpected
Il Debito

Prime Volte
Un passo alla volta
BFF Best Friends Forever (Italian Version)

Personal
Una Questione Personale
Cambiamenti Personali
Piú che personale
Segreti Personali
Strettamente personale
Sfide personali

Confetti, Coriandoli e Confessioni

Per Salvare Jason
Una Promessa di Natale

Island Tales
Le Maree di Settembre
In Attesa di un Principe

Piegarsi alle tenebre

<u>Lightning Tales</u>
Il Professore
Fidati di me

<u>A Material World</u>
Pizzo
Satin
Seta
Denim

<u>Maine Men</u>
La fantasia di Finn
Il boss di Ben
L'estate di Seb
Il dilemma di Dylan
La salvezza di Shaun

Scambio di ruoli

Regale Sottomissione
Un giorno sul treno

<u>Writing as Tantalus</u>
Damon & Pete: Giocare col fuoco

L'Autrice

K.C. Wells vive su un'isola a sud della costa inglese, circondata da bellezze naturali. Scrive di uomini che amano altri uomini e non potrebbe immaginare una vita che non includa la scrittura.

Il tatuaggio con la rosa arcobaleno sulla sua schiena con le parole *"Love is love"* e *"Love wins"* è il suo modo di sventolare una bandiera. Ha in programma di scrivere di uomini innamorati, in modo dolce, sensuale o kinky, ancora per molto tempo.

www.ingramcontent.com/pod-product-compliance
Lightning Source LLC
LaVergne TN
LVHW041150150826
845673LV00001B/117

* 9 7 8 1 9 1 5 8 6 1 2 1 4 *